シカゴ・ブルース

フレドリック・ブラウン

帰ってこなかった——。

路地裏で父親を殺された18歳のエドは、おじのアンブローズとともに、父親殺しの犯人を追うと決めた。移動遊園地（カーニバル）で働き、人生の裏表を知り尽くした変わり者のおじは、刑事とも対等に渡り合い、雲をつかむような事件の手がかりを少しずつ集めていく。エドは知らなかった父親の過去に触れ、痛切な思いを抱くが——。彼らがたどり着く予想外の真相とは。少年から大人へと成長していく過程を瑞々しく描いた、一読忘れがたいミステリを清々しい新訳で贈る。アメリカ探偵作家クラブ賞最優秀新人賞受賞作。

登場人物

エド・ハンター……………………………印刷会社の見習い
ウォレス（ウォリー）・ハンター………エドの父。印刷会社の植字工
マッジ・ハンター…………………………ウォレスの後妻
ヒルデガード（ガーディ）・ハンター…マッジの連れ子
アンブローズ・ハンター…………………エドの伯父。移動遊園地（カーニバル）の一員
ホーギー……………………………………カーニバルの一員
フランク・バセット………………………殺人課の刑事
バニー・ウィルソン………………………エドとウォレスの同僚。植字工
ボビー・ラインハルト……………………ハイデン葬儀場の見習い
ジョージ・カウフマン……………………酒場のオーナー
ハリー・レイノルズ………………………ギャング
ベニー・ロッソ……………………………ハリーの仲間。殺し屋
ダッチ・リーガン…………………………ハリーの仲間
クレア・レイモンド………………………ミラン・タワーズに住む女

シカゴ・ブルース

フレドリック・ブラウン
高 山 真 由 美 訳

創元推理文庫

THE FABULOUS CLIPJOINT

by

Fredric Brown

1947

シカゴ・ブルース

第一章

夢のなかで、ぼくは質屋(しちや)のウィンドウのガラスに手を突っこんでいた。ノース・クラーク・ストリートの西側、グランド・アヴェニューから半ブロックのところにある質屋だった。ぼくはガラスの向こうに手を伸ばし、銀色のトロンボーンに触れようとしていた。ウィンドウのなかにあったほかのものは、靄(もや)がかかったようにぼやけて見えた。

歌声がしたので、銀色のトロンボーンには触れずにふり向いた。ガーディの声だった。ガーディは通り沿いで歌いながら縄跳びをしていた。ハイスクールに上がるまえみたいに。去年ハイスクールに入ってからは、男のことで頭がいっぱいになり、口紅を塗ったり顔じゅうにパウダーをはたいたりするようになった。まだ十五にもなっていなくて、ぼくより三歳半年下だった。いま、夢のなかでもガーディはこってりとメイクをしていたけれど、縄跳びもしていたし、子供みたいに数え歌を歌ってもいた。「1、2、3、オレアリー、4、5、

6、オレアリー、7、8……」

しかしぼくは夢を通して目を覚ましつつあった。こんなふうに、半分は夢のなか、半分は現実の世界にいるというのはおかしなものだ。高架を通り過ぎる列車のうなりは夢の一部で、誰かが外の廊下を歩いているのも耳に入り、それで——高架を駆ける列車が行ってしまうと——ベッドのそばの床に置いた目覚まし時計がカチカチいう音や、アラームがやかましく鳴りだす直前の小さなカチリという音も聞こえる。

アラームを止め、またごろりと転がったが、二度寝しないように目はあけたままでいた。夢は薄れていった。トロンボーンを手にしたかった——そのために見た夢だったのに。ガーディのやつはなんだってわざわざ夢にまでやってきて、ぼくを起こすような真似をしたんだ？

すぐに起きなければならないのはわかっていた。ゆうべ父さんは飲みに出かけ、ぼくが寝たときにはまだ帰宅していなかった。けさは起こすのがたいへんそうだ。

きょうは仕事に行きたくなかった。列車に乗ってジェインズヴィルへ向かい、アンブローズおじさんのいる移動遊園地（カーニバル）に行きたかった。八歳のころから、もう十年も会っていないけど、きのう父さんがおじさんのことをいっていたから思いだしたのだ。父さんは、兄弟のアンブローズがJ・C・ホバートのカーニバルで働いていて、今週はジェインズヴィルに来るんだと母さんに話していた。ジェインズヴィルがシカゴに一番近い場所での興行だから、一日休暇を取って行ければいいんだが、と父さんはいっていた。

母さんは（ぼくのほんとうの母さんじゃない、継母だけど）例によって険悪な顔つきで尋ねた。「なんであんな、なんの役にも立たない道楽者に会いたいの？」それで、父さんはその話を終わりにした。母さんはアンブローズおじさんが嫌いだった。ぼくたちが十年もおじさんに会っていないのはそのせいだった。

自分で電車賃を出して行くことだってできる、とも思ったけれど、もしそうしたらきっと面倒なことになるはずだった。だから父さんとおなじ判断をした——そこまでする価値はない。

起きなければ、と思った。勢いをつけてベッドから降り、バスルームに行って水をはねかしながら顔を洗い、しっかり目を覚ました。いつも先にバスルームを使って着替えてから父さんを起こし、父さんが出かける準備をしているあいだに朝食を用意する。ぼくたちは一緒に仕事に行った。父さんはライノタイプ（キーボードを打鍵することによって活字を並べ、印刷版型を作製する装置）の植字工で、ぼくも〈エルウッド・プレス〉というそのおなじ会社で見習いとして働けるようにしてくれた。

まだ朝の七時なのにひどく暑かった。窓のカーテンが板みたいに、そよりとも動かずに垂れさがっていた。息をするのも苦痛なほどだった。きょうもまた酷暑の一日になりそうだと思いながら着替えを終えた。

父さんと母さんが眠っている部屋へ、忍び足で廊下を歩いた。ガーディの部屋のドアがあいていたので、そんなつもりはなかったのになかを覗いてしまった。ガーディは腕を放りだして仰向けに寝ていて、メイクをしていない顔が子供っぽく見えた。頭の悪い子供みたいだった。

そんなふうに眺めると、ガーディの顔は体のほかの部分と合っていなかった。たぶん熱帯夜だったせいだと思うのだが、ガーディはパジャマの上を脱いでおり、丸く、かたちよく引き締まった胸が見えていた。あと何年かしたらちょっと大きすぎるくらいになるのかもしれないけれど、いまはとてもきれいな胸で、本人もそれを自覚して、自慢に思っていた。それがわかるのは、胸が目立つようなタイトなセーターばかり着ているからだ。

ほんとうに体の成長が早いな、と思った。それに見合うくらい頭も賢くなっているといいけれど。でないと、いずれ妊娠して帰ってくることになるだろう。まだ十五にもならないのに。

ガーディはおそらく、ぼくが覗いてそういう目で彼女を見るように、わざとドアを全開にしておいたのだ。ガーディはほんとうはぼくの妹ではなかった。半分血がつながっているわけでもなかった。母さんの連れ子だったから。父さんが再婚したときぼくは八歳で、ガーディは洟たれの四歳児だった。ぼくはほんとうの母さんとは死別していた。

もちろん、ガーディがぼくをからかう機会を逃すはずがなかった。こっちから告白か何かするように仕向けることが何よりの楽しみなのだ。それで大騒ぎしたいのだ。

ガーディのばか、ガーディのばか、と思いながらひらいたドアのまえを通り過ぎた。ほかにはどう考えることも、どうすることもできなかった。

キッチンで長い寄り道をして、コーヒーを淹れられるようにやかんを火にかけた。それから廊下へ戻り、両親の寝室のドアをそっとノックして、父さんが起きだす音がするのを待った。

音はしなかった。つまり、部屋に入って起こさなければならなかった。なるべくなら両親の部屋に入りたくなかった。しかしもう一度ノックしても何も起こらなかったので、仕方なくドアをあけた。

父さんはいなかった。

母さんが一人でベッドにいて、靴だけ脱いだ状態で服のまま眠っていた。一番いいワンピースを着ていた。黒いベルベットみたいなやつだ。いまはそれがすっかりくしゃくしゃになっていた。これを着たまま寝るなんて、かなり酔っていたにちがいない。なにしろ一番上等な服なのだから。髪もひどいことになっていたし、メイクも落としていなかったので、滲んだり、枕に口紅がついたりしていた。部屋じゅう酒くさかった。ドレッサーの上にほとんど空になったボトルがあり、栓もはまっていなかった。

室内を見まわして、父さんがどこにもいないことを確かめた。ほんとうにいなかった。母さんの靴が、ベッドとは反対の部屋の隅に、一つずつかなり離れて落ちていた。ベッドから蹴り飛ばしたようだった。

だが、父さんはいなかった。

帰ってこなかったのだ。


あけたときよりもさらに静かにドアをしめた。しばらくその場に立ったままどうしようかと思いを巡らし、それから——溺れる者は藁をもつかむとよくいわれるように——父さんを探しはじめた。もしかしたら酔って帰ってきてどこかの椅子か床で寝たのかもしれない、と自分にいい聞かせた。

家じゅうを探しまわった。ベッドの下も、クロゼットのなかも、どこもかしこも見た。ばかばかしいとは思ったけれど、それでも探した。とにかくどこにもいないことを確認しなければ気が済まなかった。やっぱりどこにもいなかった。

コーヒーのための湯が沸いて、湯気が噴きだしていた。やかんの火を止め、次いで自分も動きを止めて考えなければならなかった。いままでも、考えるのがいやだから探していたようなものだった。

もしかしたら、同僚の植字工とか、誰かほかの人と一緒だったのかもしれない。ひどく酔っぱらって家までたどり着けず、誰かのところに一晩泊まったのかもしれない。いや、ほんとうはまだ自分が現実から目を逸らしているだけなのはわかっていた。父さんはどこでやめるべきか心得ていた。そこまで飲み過ぎることは決してなかった。

だが、ぼくは自分にいい聞かせた。たぶん、きのう起こったのはそういうことなんじゃないか。バニー・ウィルソンと一緒だったとか？　昨夜、バニーは休みだった。ふだんは夜勤なのだ。父さんはよくバニーと飲んでいた。バニーがうちに泊まったことも何度かあった。ぼくも朝、ソファで眠っているバニーに出くわしたことがあった。

バニー・ウィルソンの下宿に電話をかけるべきだろうか。ぼくはダイヤルを回しかけ、すぐに手を止めた。一度電話をかけはじめてしまったら、やめられなくなるだろう。病院とか、警察とか、思いつく場所すべてに電話をかけるはめになるだろう。

それにここで電話を使っていたら、母さんかガーディが起きてくるかもしれない――なぜそれがいけないのかよくわからないが、もしかしたらまずいかもしれない。

あるいは、単に家を出たかっただけかもしれない。ぼくは忍び足で家を出てひとつ下の階まで降り、次いで二つ下の階まで階段を駆け降りた。

外の通りを渡ったところで立ち止まった。電話をかけるのが怖かった。それにしてももうすぐ八時だったので、急いでなんとかしないと仕事に遅れてしまう。そう考えてすぐに、それは問題じゃないと気がついた。いずれにせよ、きょうは仕事に行くつもりはなかった。どうしたらいいかわからなかった。電柱にもたれると、体のなかが空洞になったように感じ、めまいがした。まるで自分の一部しかそこにいないみたいだった。

もう終わりにしたかった。何があったかを知り、決着をつけたかったが、警察に行って尋ねるのはいやだった。いや、先に連絡をすべきなのは病院だろうか。

ただ、どこに電話をするのも怖かった。知りたかったけど、知りたくなかった。

反対側の車線をやってきた車がスピードを落とした。男が二人乗っており、歩道側の男が身を乗りだして番地の表示を見ていた。車はうちのアパートメントの正面で停まり、二人の男がそれぞれの側から降りた。警察だった。制服を着ていなくても、全身にそう書いてあった。

父さんのことだ、とぼくは思った。

何があったかようやくわかるのだ。

ぼくは通りを渡り、二人のあとから建物に入った。追いつかないように気をつけた。二人と口をききたくはなかった。二人がしゃべりはじめたら、それを聞きたいだけだった。

二人より半階くらい遅れて階段を昇った。三階で、一人の男が待っているあいだに、もう一人が廊下を歩いていってドアに書かれた部屋番号を確認した。「次の階だ」

階段の先頭にいた男がふり向いてぼくを見た。足を止めるわけにはいかなかった。男が声をかけてきた。「やあ、きみ、十五号室は何階だね?」

「次の階です」ぼくは答えた。「四階」

二人は昇りつづけ、ぼくは二人からほんの数歩うしろを昇っていた。そんなふうにして、ぼくたちは三階から四階へあがった。すぐ目のまえの男の尻は大きくて、座ったとき椅子に当たる部分のズボンの生地がテカテカしていた。ズボンは男が一段昇るたびにぎゅっと引きつれた。おかしなものだ。大柄な刑事だという以外、二人の見かけについてぼくが覚えているのはこれだけだった。二人の顔は見なかった。二人に目を向けはしたけれど、ぜんぜん見えていなかった。

二人は十五号室のまえで立ち止まってドアをノックし、ぼくは二人のそばを通り過ぎて五階、つまり建物の最上階まで昇った。最上階に着いてそのまま数歩進んでから、手を下へ伸ばして靴を脱ぎ、廊下を戻って階段を降りた。向こうから見えないように背中をぴったり壁につけて進んだ。こちらに話が聞こえるように、それでいて二人からはぼくが見えないように。

何もかも聞こえた。母さんがドアへ向かうときのスリッパを引きずって歩く音も、ドアがひらくときのかすかな軋(きし)みも。つづくつかのまの沈黙のなかで、キッチンの時計だけがカチカチと音をたてるのも、ひらいたドアの向こうから聞こえた。裸足(はだし)でそっと歩く足音も耳についた。おそらくガーディがバスルーム脇の廊下の曲がり角まで出てきたのだろう。そこなら姿を見られることなくドア口の話し声が聞こえるはずだった。

「ウォレス・ハンター」一方の刑事がいった。遠くを走る高架鉄道の列車の騒音みたいな声だった。「ウォレス・ハンターさんはここの住人ですか?」

母さんの呼吸が速くなるのが聞こえた。それで充分答えになっていた。おそらく「あなたは……あー……ミセス・ウォレス・ハンターですか？」という質問の答えも、母さんの顔にありありと浮かんでいたのだろう。刑事はすぐにこうつづけた。「残念ながら悪い知らせです、マーム。ミスター・ハンターは……えー……」

「事故ですか？　怪我をしたの？　それとも……」

「亡くなりました、マーム。われわれが発見したときにはすでに死亡していました。それが……おたくのご主人だと思うんですがね。こちらへ来て、身元確認を……できるだけ早くお願いしたいのです。いや、そこまで急ぐ必要はありません。ちょっとあがらせてもらえれば待ちますよ、あなたのショックが……」

「なぜ？」ヒステリックな声ではなかった。母さんの声は平板で、生気がなかった。「なぜ？」

「その……ええと……」

もう一人の刑事の声がした。ぼくに十五号室は何階かと訊いた声だった。

「強盗です、マーム。殴られて、路地に倒れていました。昨夜二時ごろ発見されたんですが、財布がなくなっていたのでけさになるまで誰だかわからな……ハンク、受けとめろ！」

ハンクは間に合わなかったらしい。ドサッという音がやけに大きく響いた。取り乱したガーディの声が聞こえ、次いで刑事たちが家に入る音がした。理由は自分でもわからないけれど、ぼくは靴を手に持ったままドアへ向かった。

ドアはぼくの目のまえでしまった。

階段へ戻り、また腰をおろした。靴を履いて、ただそこに座っていた。しばらくすると、誰かが上の階から降りてきた。ミスター・フィンクだった。彼は室内装飾業者で、ぼくらの真上の部屋に住んでいた。ぼくは壁に身を寄せて、ミスター・フィンクが通れるようにたっぷり場所をあけた。

一階下に着いたところで、ミスター・フィンクは足を止め、一方の手を手すりの支柱にのせてぼくをふり返った。ぼくは目を合わせなかった。ミスター・フィンクの手を見ていた。爪の汚い、肉のたるんだ手だった。

ミスター・フィンクはいった。「何かあったのかね、エド?」

「何も」ぼくはそう答えた。

ミスター・フィンクは支柱を離し、すぐにまたつかんだ。「どうしてそんなところに座っているんだ、ええ? 仕事をクビになったのか?」

「ちがいます」ぼくはいった。「なんでもありません」

「そんなわけないだろう。何もなけりゃこんなところに座っていないだろうに。酔っぱらった親父さんに蹴りだされたか……」

「放っといてください」ぼくはいった。「早く行けばいいでしょう。ぼくにかまわないで」

「わかったよ、好きにしなさい。ちょっと声をかけてやろうとしただけだ。おまえさんはいい若者になれるよ、エド。それにはあの飲んだくれの親父と縁を切って……」

ぼくは立ちあがり、ミスター・フィンクに向かって階段を降りはじめた。殺してやるつもりだったのだと思う。よくわからないけれど。ぼくの顔を一目見ると、ミスター・フィンクの表情が変わった。誰かがこんなにすばやくここまで怯えるのを見たのは初めてだった。ミスター・フィンクは向きを変えて足早に立ち去った。ぼくはミスター・フィンクがもう一つ下の階へ降りるのが聞こえるまで、そこに立ったままでいた。

それからまた腰をおろし、両手で頭を抱えた。

しばらくすると、うちのドアがひらく音が聞こえた。ぼくは動かず、手すり越しに覗いたりもしなかったけれど、声と足音で四人全員が家を出ようとしているのがわかった。

階下から音がしなくなったあと、ぼくは自分の鍵を使って家に入った。またやかんを火にかけた。今度はドリッパーにコーヒーをセットし、全部準備を済ませてから窓辺に立ち、コンクリートの中庭の向こうを眺めた。

父さんのことを考え、父さんのことをもっとよく知っていたらよかったのにと思った。

もちろん、ぼくらはうまくやっていた、仲はよかった。しかしいまになって——もう遅すぎるのに——ほんとうは自分が父さんのことをほとんど知らなかったことに気がついた。

ぼくは父さんを遠くから眺めていただけで、ほんとうはほんの一部しか見えていなかったんじゃないかと思えた。いまになって、自分が多くの点でまちがっていたことがわかった。おもに酒のことだ。いま考えてみれば、酒そのものが問題なわけじゃなかったと理解できる。なぜ父さんが酒を飲むのかぼくにはわかっていなかったけれど、何か理由があるはずだった。窓から外を眺めているうちに、その理由がわかりはじめた。父さんは静かな酒飲みで、静かな男だった。父さんが怒ったところなどほんの何回かしか見たことがなかったし、しかも怒ったのは全部素面（しらふ）のときだった。

ぼくは考えた。一日じゅうライノタイプのまえに座り、スーパーマーケットの〈Ａ＆Ｐ〉のチラシや、アスファルト舗装の道路について書かれた雑誌や、図表入りの教会の会計報告書のために活字を組んで、家に帰れば、午後じゅうほとんど酒を飲んで過ごした挙句（あげく）けんかをふっかけてくるろくでもない妻と、ろくでもない女の見習いみたいな継娘が待っている。それに息子だ。こいつは父親より自分のほうがましな人間だと思っている。学校で優等生だったことを鼻にかけた生意気な若造で、自分は父親よりものを知っている、自分は父親より偉いと思っているのだ。

そして父親本人は、まっとうな人間であるせいでこんな面倒な家族を見捨てることもできず、それで何をするかといえば、何杯かビールを飲みにいき、酔っぱらうつもりはないのだが、それでも酔ってしまう。いや、もしかしたら酔っぱらうつもりで飲んでいたのかもしれない。だったらどうだというのだ？

両親の寝室に父さんの写真があったのを思いだし、部屋に入って立ったままそれを眺めた。十年くらいまえ、二人が結婚したころに撮られたものだった。

そこに佇み、写真を見つめつづけた。ぼくは父さんのことを知らなかった。父さんは見知らぬ他人のようだった。そして死んでしまったいまとなっては、もう父さんをほんとうに知ることは絶対にないのだ。

十時半になってもまだ母さんとガーディが戻らないので、ぼくは家を出た。そのころまでには室内はオーブンになっていて、まっすぐ降ってくる日射しで外の通りもこんがり焼けていた。やっぱり酷暑の一日だった。

グランド・アヴェニューを西へ歩き、鉄道の高架下をくぐった。

ドラッグストアを通り過ぎて、こう思った。いまの店に入ってエルウッド・プレスに電話をかけ、きょうは出社しません、父も行きませんと伝えるべきだったのではないか。しかしすぐにどうでもよくなった。かけるなら朝八時にかけるべきだったのだ。この時間になれば、もうぼくたちが行かないことはわかっているだろう。

それに、いつ会社に戻るつもりなのか、いまはなんともいえなかった。いや、ほんとうは誰とも話をしたくないだけだった。まだ完全には事実になっていないのに、「父さんが死んだ」と誰かにいったら、それが事実になってしまうような気がした。

警察についてもおなじだった。しなければならない葬儀のことを考えたりしゃべったりするのもおなじだった。さっきまでは母さんとガーディが帰宅するのを待っていたが、二人が戻ってこなくてよかった。あの二人にも会いたくなかった。

母さんには、ジェインズヴィルへ行ってアンブローズおじさんに話す、と書いたメモを残した。父さんが死んだいま、唯一の兄弟であるおじさんと話をすることにまさか文句はいわないだろう。

しかしアンブローズおじさんにどうしても会いたいわけでもなかった。ジェインズヴィルへ行くのは逃げだすための口実に近かったと思う。

オーリンズ・ストリートからキンジー・ストリートへ曲がって橋を渡り、運河沿いを歩いてシカゴ&ノース・ウェスタン鉄道のマディソン・ストリート駅に着いた。ジェインズヴィルを通る次の列車、つまりセント・ポール行きの列車は、十一時二十分発だった。切符を買い、駅のなかで座って待った。午後版の早刷りの新聞を何紙か買って、パラパラめくった。父さんのことは何も書かれていなかった。内側ページのほんの数行の記述さえなかった。

シカゴでは、あんなことは一日に何回も起こるからだろうな、とぼくは思った。ギャングの大物かどこかの重要人物でもないかぎり、わざわざインクを浪費したりしないのだろう。酔っぱらいが路地で強盗にあい、その酔っぱらいを襲った犯人はマリファナでふらふらなせいで強く殴りすぎたか、あるいはどれくらい強く殴ったかなど気にも留めなかったのだろう。

インクを使う価値もなかった。ギャング絡みでもないし、不倫騒動でもないのだから。死体安置所にはそんな人間が何百人も運びこまれる。もちろん、全部が殺人というわけじゃない。ワシントン広場のベンチで眠りこんで目覚めない路上生活者もいる。安宿の十セントのベッドや二十五セントの仕切り部屋に泊まり、朝になって揺り起こされたときには硬くなっているような人もいる。従業員はすばやくポケットをさらって、二十五セントか、五十セントか、一ドルくらい残っていないか確認し、その後、遺体を運びだしてもらうために市に電話をかける。それがシカゴだ。

ほかにも、手製のナイフで切り刻まれた黒人がサウス・ハルステッド・ストリート沿いの路地で見つかったし、安ホテルの部屋でアヘンチンキを飲んだ女の子も発見されていた。酔った植字工はおそらく酒場からあとをつけられていたのだろう。きのうは給料日で、財布に紙幣が入っていたから。

こういうことを新聞に載せたら、誰もがシカゴに悪い印象を持つだろうけれど、新聞に書かれないのはそのせいじゃなかった。そういう事件が多すぎるからだった。どこかの重要人物であるか、よっぽど派手な死に方をしたか、セックス絡みの切り口があるかしないと駄目なのだ。

きのうの晩にどこかでアヘンチンキを飲んだ女の子も似たようなものだった。いや、もしかしたらヨードチンキだったかもしれないし、モルヒネの過剰摂取だったかもしれないし、もっと自暴自棄になっていたなら殺鼠剤だったかもしれないが、高層ビルの窓から人混みの通りへ飛びおりるか何かすれば新聞のなかで一日の栄光に輝くこともできたはずだった。野次馬が集まり、警官が彼女を引き戻そうとし、新聞社のカメラマンたちが到着するまで待ってから飛びおりて、歩道で血みどろになりはするものの、スカートがウエストまでまくれあがった状態で死んで横たわり、いい写真のネタになることもできたはずだった。

ぼくは新聞をベンチに置き去りにして、正面のドアを抜け、そこに佇んでマディソン・ストリートを歩く人々を眺めた。

新聞のせいじゃない。新聞は人々が望むものを与えているだけだ。だから悪いのは街そのものなのだ。こんな街なんか大嫌いだ。

ぼくは過ぎゆく人々を見つめ、全員を憎んだ。お高くとまっていたり、陽気だったりする人が目につけば——そういう人は何人かいた——なおのこと憎んだ。あいつらは誰に何が起ころうと気にもしないのだ、と思った。だからここはこんな、何杯かの酒を腹に収めた男がたかだか数ドルのために帰宅途中に殺されるような街なのだ。

いや、もしかしたら街のせいですらないのかもしれない。人間なんてどこでもおなじようなものなのかもしれない。この街がほかより悪いのは、単にほかより大きいからかもしれない。

ぼくは通りの向かいの宝石店の時計を見ていた。そして十一時七分になると駅へ戻った。

セント・ポール行きの列車が荷物を積みこんでいたので、乗車して席についた。

車内は地獄みたいに暑かった。車輛内はすぐに人でいっぱいになり、太った女が隣に座ってぼくを窓に押しつけた。通路に立っている人もいた。気分のいいお出かけとはいかなかった。心も体もどん底だと思っていても、不快感によってさらに気分が悪くなるとはおかしなものだ。

それにしても、どうしてこんなことをしているのだろう。列車を降りて家に帰り、潔く事実を受けいれるべきだった。ただ逃げているだけではないか。アンブローズおじさんには電報を送ることだってできるのに。

ぼくは立ちあがろうとした。だが、列車が動きはじめた。

第二章

移動遊園地(カーニバル)の敷地内は機械音であふれていた。メリーゴーランドの蒸気オルガンが、フリークショウの舞台のスピーカーや、ジグダンスのショウを宣伝するバスドラムの雷みたいな音と競いあうように鳴っていた。ビンゴの看板の下では誰かがマイクに向かって数字を読みあげていて、その声は遊園地内のどこにいても聞こえた。

ぼくはそういうもの全部のまんなかで、行き詰まったまま立ち尽くしていた。人に訊かずにアンブローズおじさんを見つけることができるだろうか。外見もぼんやりとしか覚えていなかったし、カーニバルで何をしているのか、わかっていることといえば何かの店を出していることくらいだった。父さんはほとんどおじさんの話をしなかったから。

誰かに訊いたほうがいい、とぼくは心を決めた。忙しかったり怒鳴ったりしていない人を探してあたりを見まわし、綿あめの屋台の男が何を見るでもなく柱にもたれているのを見つけた。ぼくは歩いていって、アンブローズ・ハンターがどこにいるか尋ねた。

男は親指を敷地のまんなかあたりに向けていった。「ボールゲームだ。牛乳瓶のやつ」

そちらを見ると、口ひげを生やした小太りの男が目についた。通りすがりの人々に向かってカウンター越しに野球ボール三つを差しだしている。アンブローズおじさんじゃなかった。

それでもとにかく行ってみた。もしかしたらおじさんが雇った男かもしれないし、この人がおじさんの居場所を教えてくれるかもしれない。さらに近づいた。

ええっ、アンブローズおじさんだ、とぼくは思った。顔に見覚えがあった。だけどもっとずっと背が高かったはずだ――まあ、八歳の子供にとっては大人はみんな大きく見えるのだろう。それに昔より太っていた。最初に思ったほど肥満体というわけではなかったけれど。変わっていないのは目だった。だからわかった。おじさんの目を覚えていた。相手を見るときにきらめくのだ、まるでその相手の秘密を、それも何かとんでもなくおかしいことを知っているかのように。

いまではぼくのほうが身長が高かった。

おじさんはこちらに向かって野球ボールを差しだしながらこういっていた。「さあさあ、三球で十セントだよ。あれを倒して、賞品を……」

当然のことながら、おじさんにはぼくがわからなかった。八歳から十八歳になるまでにはずいぶん変わるから、わからなくても仕方なかった。それでも、ぼくだとわかってもらえなくてすこしがっかりした。

ぼくはいった。「あの……アンブローズおじさん、わからないかもしれないけど、ぼくはエドです。エド・ハンター。シカゴから来ました、話さなきゃならないことがあって……ゆう父さんが殺されたんです」

ぼくが話しかけたときはほんとうにうれしそうに明るくなりかけた顔が、全部いい終えたときにはすっかり変わっていた。おじさんの顔は一瞬ゆるんで、またすぐに引き締められ、まったくちがう顔になっていた——どんなふうかはわかってもらえると思うけど。目からきらめきが消え、別人のようになった。ぼくの記憶のなかのおじさんからますます離れてしまった。

「殺されたって、どんなふうに？　エド、きみはつまり……」

ぼくはうなずいた。「路地で死んでいるのが発見されたんです。強盗にあって。給料日の夜で、ちょっと飲みに出かけて……」それ以上つづける必要はなかった。その先はわかりきっていた。

おじさんはゆっくりとうなずき、低いカウンターに置かれた四角い枠のなかに三つの野球ボールを入れた。「おいで、そこをまたいで。店をしめるよ」

おじさんは入口をしめてからいった。「こっちだ、わたしの仮住まいが裏にある」おじさんは先に立って裏へ歩き、牛乳瓶のダミーが上に並べられた箱二つを通り過ぎ——これを野球ボールで倒すのだ——奥の壁を持ちあげた。

ぼくはおじさんのあとについて、店の裏から十メートルほどのところに張られたテントへ向かった。おじさんがフラップを持ちあげてぼくを先に通してくれた。地面部分の面積はだいたい一・八メートル×三メートルくらいで、壁は一メートルほどまっすぐ上へ伸び、その先はてっぺんに向かって徐々に細くなっていた。まんなかにいれば苦もなく立っていられた。一方の端に折りたたみ式ベッドと大きなトランクがあり、ほかにキャンバス地の折りたたみ椅子が二脚あった。

けれども最初に目についたのは折りたたみ式ベッドで眠っている女だった。小柄でほっそりしていて、すごいブロンドだった。二十歳から二十五歳くらいまでのあいだに見えた。寝顔すらきれいだった。靴は脱ぎ散らかしていたが服は着たままだった。とはいえ柄のついたコットンのワンピースの下にはほとんど何も着ていないようだった。

おじさんは女の肩に手を置き、揺すって起こした。彼女の目がひらくと、おじさんはいった。「ここを出てくれ、お嬢さん。こちらはエド、わたしの甥っ子だ。ここでちょっと話がしたい。それから荷づくりも。ホーギーを見つけて、重要な用件でいますぐ会いたいと伝えてくれるかね?」

女はもうすっかり目を覚まして、靴を履いていた。ほんの一瞬ですばやく完全に目覚めており、眠そうにすら見えなかった。それから立ちあがり、ワンピースのスカートを撫でつけながらぼくを見た。

「こんにちは、エド。あなたの名前もハンターなの?」そう訊かれてぼくはうなずいた。

「さあ、行って」おじさんがいった。「ホーギーを連れてきてくれ」

女はしかめっ面をしてみせてから、出ていった。

「ダンスショウに出てる女だ」おじさんはいった。「彼女たちは夜まで仕事がないから、ここに昼寝しにくるんだ。先週なんか、ベッドにカンガルーがいたよ。いや、冗談抜きで。ジョン・Lって名前のついた、闘技場でボクシングをするカンガルーだ。カーニバルで働いているとベッドに何が入ってきてもおかしくない」

ぼくはキャンバス地の椅子の一つに座った。おじさんはトランクをあけて、ベッドの下から引っ張りだしたぼろぼろのスーツケースに荷物を移した。

「アンブローズ、いるか?」外から深く響く大声が聞こえてきた。

「入ってくれ、ホーギー」おじさんが答えた。

フラップがまた持ちあげられ、大柄な男が入ってきた。そこに立っていると、テントの前面が完全にふさがった。天井に渡した横木に頭が届きそうだった。男は完全に無表情な、のっぺりした顔をしていた。

男がいった。「なんか用か?」

「聞いてくれ、ホーギー」おじさんは荷づくりの手を止めてスーツケースの横に腰をおろした。「シカゴに行かなきゃならなくなった。いつ戻れるかわからない。わたしがいないあいだ、代わりにボールゲームの店をやってもらえないか?」

「ああ、もちろんだ。ここじゃ泥沼にはまっちまってね、たぶんスプリングフィールドでも泥沼だ。この先ジェイクにブロウをやるチャンスがあれば、女を出せばいい。で、あんたの分け前は？」

「なしでいい」おじさんはいった。「わたしが払っていたのとおなじだけの取り分をモーリーに渡してほしいんだが、あとはあんたのものだ。わたしが戻るまで商売道具をちゃんと管理してくれればそれでいい。わたしのトランクをなくさないでくれ。シーズンの終わりまで戻らなかったら、保管しておいてもらいたい」

「問題ないよ、けっこうなこった。あんたにはどうやって連絡したらいい？」

「シカゴの局留め郵便で。だが、そんな必要もないだろう。スプリングフィールドの先のルートはまだちゃんと決まっていないが、宣伝を追いかけるよ。で、戻れたら店に復帰する。いいかな？」

「もちろんだ。じゃあ、乾杯といこう」大柄な男は平べったい一パイント壜を尻ポケットから取りだして、おじさんに手渡した。「こいつが甥っ子のエドか？　嬢ちゃんはがっかりするだろうな。エドもおれたちと一緒にまわるのか、知りたがってたから。もしかしたら、こいつも何かを逃すことになるんじゃないか？」

「さあ、どうかな」アンブローズおじさんはいった。

大柄な男は声をたてて笑った。

おじさんはいった。「さて、ホーギー、ちょっと外してもらっていいかね？　エドと話をしなきゃならない。エドの父親が――わたしの兄弟のウォリーなんだが――昨夜亡くなったんだ」

「なんてこった」大柄な男はいった。「気の毒にな」

「大丈夫だ。このボトルを置いていってくれるかな、ホーギー？　その気があるなら、いますぐ店をあけたらいい。きょうはなかなかの人出だからね。これから一儲けだと思っていたところだった」

「そうだな、アンブローズ。じゃあ、兄弟のことはほんとうに……くそ、うまくいえないが、いいたいことはわかるだろ」

大男は出ていった。

おじさんは座ったままぼくを見た。すこしのあいだ、どちらも何もいわなかった。それからおじさんが口をひらいた。「どうした？　何が引っかかってる？」

「べつに」ぼくはおじさんにそういった。

「そんないい方はやめてくれ」おじさんはいった。「なあ、エド、わたしは見かけほど鈍くない。きみが気を抜けずにいることくらいわかっている。きみはまだ泣いていない、そうだろう？　板みたいに固くなってる。そんなことじゃ事実を受けいれられない。そのうち影響が出てくる。苦々しい気持ちになってくる」

「ぼくなら大丈夫」

「いいや。何が引っかかっているんだ？」

おじさんはまだ、ホーギーからもらった平たいボトルを持っていた。キャップを外してもいなかった。ぼくはそれを見ながらいった。「それを飲ませてよ、アンブローズおじさん」

おじさんはゆっくりと首を横に振った。「それは解決にはならない。酒を飲むなら、飲みたいから飲むのが正解だ。何かから逃げるためじゃなくてね。きみは事実を知ってからずっと逃げまわっている、そうじゃないかな？　ウォリーはそんなふうには……なあ、エド、きみは……」

「聞いて」ぼくはいった。「酔っぱらいたいわけじゃないんだよ。ただ、一杯飲みたいだけ。飲まなきゃならないんだ」

「なぜ？」

説明はむずかしかった。「ぼくは父さんをよく知らなかった。けさやっとそれに気がついたんだ。ぼくは父さんを見くびってた。ただの酔っぱらいだと思っていた。それは父さんにもわかってたと思う。ばかにされてると感じていたはず。それで、もうお互いのことをちゃんと知る機会は絶対にないんだよ」

おじさんは何もいわなかった。ただゆっくりうなずいた。

ぼくはつづけた。「ほんとうはそんなもの好きじゃない。味がね。ビールならすこしは好きだけど、ウイスキーの味は嫌いなんだよ。でもいまは一杯飲みたいんだ……父さんのために。ほんのちょっとでも、何かしら埋め合わせをするために。それを父さんが知ることは絶対にないんだけど、ぼくがそうしたいだけ……父さんに乾杯したいんだよ、おじさんたちがするみたいに、なんていうか……ああもう、これ以上うまく説明できない」

おじさんはいった。「やれやれ」そしてボトルをベッドに置き、トランクへ向かった。「このなかにブリキのカップがいくつかあるはずなんだがね。カップとボールの手品に使うやつだ。カーニバルではボトルから直接飲むのがきまりみたいなものなんだが、二人で飲みたいからな。わたしもウォリーに乾杯したい」

おじさんは三個一組のアルミカップのセットを見つけ、酒を――かなり気前よく、カップに三分の一くらい――そのうちの二つに注いだ。そして一方をぼくにくれた。

「ウォリーに」とおじさんはいった。「父さんに」とぼくはいった。それから二人でアルミカップの縁を触れあわせ、中身を飲みほした。とんでもなく喉が焼けたけど、むせそうになるのをなんとか抑えた。

しばらく黙ったままでいると、おじさんが口をひらいた。「モーリーのところへ行ってくる。カーニバルのオーナーだ。わたしがここを出ることを知らせておかないと」

おじさんは急いで出ていった。

ぼくはそこに座ったままでいた。口のなかに生のウイスキーの不快な味が残っていたが、そのことは考えなかった。父さんのことを考えた。父さんは死んでしまい、もう二度と会えないのだということを。すると突然、ひどく泣けてきた。ウイスキーのせいじゃなかった。味と焼けるような感覚のほかは、飲んですぐに影響が出るわけじゃない。ウイスキーとは関係なく、自分のなかで何かが解き放たれたような気がした。おじさんはこうなるとわかっていて、こういう気持ちがこんなふうに訪れるとわかっていて、ぼくを一人にしたのだろう。ぼくの年ごろの男が人まえで大泣きするのはいやだろうと思ってくれたのだ。

だが、ひとしきり泣いておちついたころに酒が効きはじめた。めまいがして、胃のあたりがむかむかした。

アンブローズおじさんが戻ってきた。ぼくの目が赤いことに気づいたらしく、こういった。

「気分はすぐにマシになるよ、エド。それが済んでしまえばね。さっきは太鼓の皮みたいに張りつめていたけど、ようやく人間らしく見えるようになった」

ぼくはなんとかにやりと笑ってみせた。「だけど酒に関してはとんだ素人だと思う。吐きそうなんだ。トイレ（キャン）はどこ？」

「カーニバルではドニカーというんだ。敷地の反対端にある。しかしそのへんの地面と変わらんよ。行って吐いてきたらいい。まあ、もしなんならテントの外でもいいさ」

ぼくは外に出てテントの裏へまわり、用事を済ませた。

ぼくが戻ると、おじさんはスーツケースの荷づくりを終えていた。「いくら酒に慣れていないといったって、一杯で気持ちが悪くなるはずはないんだが。ちゃんと食事はしているのかい？」

「あっ」ぼくはいった。「きのうの夕食以来、食べてない。思いつきもしなかった」

おじさんは笑った。「どうりで。行こう。まずは食堂だ。そこで食事をしたらいい。わたしはスーツケースを持っていくから、そこから直接駅へ向かおう」

アンブローズおじさんは食事を注文してくれて、ぼくが実際に食べはじめるのを見届けてから、またすこしのあいだいなくなった。ぼくはその場で食事をつづけた。

ちょうど食べ終えたころにおじさんが戻ってきた。そしてテーブルの向かいに腰かけてぼくにいった。「駅に電話したよ。夕方六時半にシカゴに着く列車に間に合いそうだ。それから、マッジにも連絡した」――マッジというのは母さんの名前だ――「で、情報を手に入れた。新たにわかったことは何もなくて、あしたの午後に検死審問があるそうだ。場所はハイデン葬儀場、ウェルズ・ストリート沿いだ。そこに……ウォリーはいまもそこにいる」

「ええと……父さんはモルグに連れていかれると思ってた」ぼくはいった。

おじさんは首を横に振った。「シカゴではちがうんだよ、エド。当局は遺体を――重要人物だったり、何か特別なことがあったりしないかぎり――一番近い民間の葬儀場へ運ぶ。もちろん、市が料金を支払う。身内が現れて葬儀屋に式の手配をさせる場合はべつだがね」

「親類がいなかったら？」

「共同墓地に埋葬する。つまり、当局はすぐに検死審問をするってことだ、事件が古びないうちに証言を記録するために。もし必要なら延期することもある」

ぼくはうなずいた。それから訊いた。「母さんは怒ってた？　ぼくが、その……ええと……逃げだしたから」

「それはないと思う。だが、担当の刑事がきみと話をしたいといってイライラしていた、とは聞いたよ。きみが戻ったら知らせることになっているそうだ」

「刑事なんかクソ食らえだ」ぼくはいった。「話すことなんか何もない」

「そんな態度では駄目だよ。刑事はわれわれの味方につけておかなければ」

「われわれの味方？」

おじさんは妙な目でぼくを見た。「なんだい、当然だろう、エド。われわれの味方に、だよ。きみはわたしと一緒に動く、そうじゃないのか？」

「つまり、おじさんは……その……」

「あたりまえだ。だからホーギーやモーリーと――モーリーは今シーズン、カーニバルを買い取ったんだ、そのままホバートの名前をつけてあるが――話をつけたんじゃないか。必要なだけカーニバルを離れていられるように。そうだろう、エド。まさか父さんを殺したどこかのクソ野郎をそのまま逃がすつもりなんかないだろう？」

「警察にできないことが、ぼくたちにできるの？」

「警察には限られた時間しかないからね、よっぽど有力な手がかりがないかぎり。われわれは好きなだけ時間をかけられる。それが一つ。ほかにも、われわれは警察にないものを持っている。わたしたちはハンター一家じゃないか」

おじさんがそういうと、なんだか感電したみたいに体がチクチクした。

そう、ぼくたちはハンターなんだ。名前のとおり。殺人者を探して、暗い路地へと狩りに出かけるのだ。父さんを殺した犯人を求めて。

もしかしたらばかげた話かもしれないけれど、ぼくはおじさんを信じた。ぼくたちには警察にないものがあった。ぼくたちはハンター一家なのだ。電報で済ませなかったことが、いまはうれしかった。

ぼくはいった。「オーケイ。ぼくたちでクソ野郎を捕まえるんだね」

おじさんの目にきらめきが戻った。しかしその奥に何かがあった――何か厳しいものが。目にきらめきがあっても、おじさんはもう、大きな黒い口ひげのあるおかしな小太りの男には見えなかった。困ったことがあったとき、味方になってほしい人物のように見えた。

シカゴで列車を降りると、アンブローズおじさんはいった。「ここでしばらくお別れだ、エド。きみは家へ帰ってマッジと仲直りして、刑事がやってくるようなら彼を待つ。わたしもおちついたら電話するよ」

「それで、そのあとは?」

「時間がまだあまり遅くなっていなければ、つまりきみが寝る時間になっていなければ、また一緒にできることがあるかもしれない。何か思いつくかもしれない……とっかかりになるようなことを。きみはできればくだんの刑事から話を聞きだすんだ。それに、マッジからも」

「わかった。だけど、どうしていま一緒にうちに来ないの？」

おじさんはゆっくりと首を横に振った。「マッジとわたしは顔を合わせる回数がすくないほどうまくいくんだ。ジェインズヴィルから電話をかけて話す分には問題なかったが、押しかけたりはしたくない」

「ねえ、おじさん。ぼくはあの家にいたくない。ぼくも部屋を取るんじゃ駄目なの？　おじさんの部屋のそばとか、いっそ二人用の部屋とか。もしこれから一緒に動くなら……」

「駄目だ、エド。とにかく、いますぐは駄目だ。きみとマッジの仲がどんなふうかは知らないが、きみは家で暮らすべきだ……最短でも葬儀が済むまではね。いま家を出るのはふさわしい行動じゃない、もしくはふさわしい行動に見えない。わかるね？」

「そうだね。おじさんのいうとおりだと思う」

「それにもしきみが家を出て、それがマッジの気に食わなかったら、マッジはわたしのせいにするだろう。われわれは二人ともマッジを怒らせることになる……もしこの事件に取り組むつもりなら、関係者全員と良好な関係を保っておかなければならない。いってる意味はわかるね？」

「母さんはやってないよ、もしそういうことをいっているなら。ときどきは夫婦げんかもしたけど、母さんは殺したりはしないと思う」

「いや、そういうことじゃないんだ。わたしだってマッジがやったとは思っていない。だが、きみにはしばらくのあいだ家にいてもらいたいんだよ。きみの父親が暮らした場所だからね。この事件を、内側からもたどれるようにしておきたいんだ。外側から見るだけじゃなく。きみはマッジとうまくやってくれ。そしておなじように、刑事ともうまくやってもらいたい。訊きたいことができたらいつでも警察に質問できるように。手に入るすべてのチャンスを利用する必要があるんだ。わかったかい？」


　家に帰ると、母さん一人だった。ガーディはどこかへ出かけていた。どこへ行ったのかは訊かなかった。母さんは、見たことのない黒のワンピースを着ていた。ずっと泣いていたみたいに目が赤かったし、メイクもほとんどしていなかった。口紅だけは薄くつけていたけれど、口角の一方がちょっと滲んでいた。

　声はぜんぜん母さんらしくなかった。死にかかっているみたいな、抑揚に乏しい元気のない声だった。

　なんだか見知らぬ他人同士のような気がした。

「おかえり、エド」と母さんはいい、「ただいま」とぼくは答えた。そのまま居間へ行って腰をおろすと、母さんも入ってきて座った。そばにラジオがあったので、つけずにダイヤルて。ぼくは口をひらいた。「母さん、ごめん……けさは見捨てて逃げたみたいになっちゃって。ここにいるべきだった」アンブローズおじさんを見つけられたのはよかったが、母さんには悪かったなと思う気持ちもあった。

「いいのよ、エド」母さんはぼくにいった。「わたし……どうして出ていきたかったのかは、わたしにもわかる。だけどどうやって知ったの？　だって、ここにいなかったでしょう、警察が来たとき……」

「階段のところにいたんだ。話は聞こえたよ。それで……家に入りたくなかった。エルウッド・プレスには電話した？」

母さんはうなずいた。「葬儀場から電話をかけた。あなたは一人で仕事に行ったと思っていたから、伝えようとしたの。現場主任は親切だった。あなたも休みたいだけ休んでいい、心の整理がついたら戻ってくれればいいといってくれてた。仕事は……いずれ仕事には戻るんでしょう、エド？」

「うん、たぶん」

「いい仕事だものね。あ、あの人も、あなたは覚えがよくてうまくやってるといっていたわ。つづけるべきね」

「そうだね」

「食事はしたの、エド？　何かつくってあげようか？」

母さんはすっかり変わってしまった。まえはぼくがちゃんと食べたかどうかなんて気にもかけなかったのに。

「ジェインズヴィルで食べてきた」ぼくはいった。「アンブローズおじさんはホテルへ行ったよ。どこに部屋を取ったかは電話で知らせてくれるって」

「ここへ来たってよかったのに」これにはどう答えたらいいかわからなかったので、ぼくはまたラジオのダイヤルをいじって、母さんから目を逸らした。ひどくみじめな様子だったので、あまり見たくなかったのだ。

しばらくして、母さんはいった。「ねえ、エド……」

「なに、母さん」

「あなたがわたしをあんまり好きじゃないのは知ってる。ガーディのことも。たぶん、一人になりたいと思ってるでしょう。あなたはもう十八だし、わたしたちはただの義理の家族だし……責めるつもりはないの。だけど、まだしばらくはここにいるでしょう？

もうすこし経ったらなんとかしましょう。ガーディとわたしはもっと小さい家を探して、わたしは仕事に就く。ガーディにも高校はちゃんと卒業してほしい、あなたとおなじようにね。家賃は九月一日まで払ってあるけど、出ていくときはひと月まえに通告するきまりで、どのみち次のひと月分は払わなきゃならないから。ここはわたしとガーディだけで暮らすには大きすぎるし……わかるでしょう。もしあなたがそれまでここにいてくれるなら……」

「わかった」ぼくはいった。

「助かるわ。それまでうまくやっていけるわよね、エド?」

「もちろんだよ」

「お葬式が終わったらすぐに仕事を探すつもり。たぶん、またウェイトレスね。ここを出るまえに家具を売るかも。支払いは全部済んでるから。大金にはならないだろうけど、もしかしたらお葬式にかかるお金くらいは出せるかもしれない」

「家具を売るのはかまわないけど、お葬式の心配ならしなくて大丈夫だよ。組合からの見舞金で出せるはずだから」

母さんにはわかっていないようだったので、説明した。父さんはすこしまえに何年か仕事をやめていた時期があって、組合員だった期間が足りないから満額が支給されるわけではないけれど、国際組合と地元の組合から出る分を合わせたら五百ドルくらいにはなるはずだった。正確なところはわからないけど、この計算でそう大きくは外れていないだろう。

母さんはいった。「それは確かなの? 見舞金なんて、ほんとにあるの?」

「あるよ。国際活版印刷労働組合は、いい組合なんだ。あてにできる。もしかしたら会社からもいくらか出るかもしれないし」

「だったらすぐにハイデンのところへ行ってこなきゃ」

「どうして？」

「ウォリーのためにちゃんとしたお葬式を出したいのよ、エド。できるかぎりいいお葬式にしたい。さっきまでは、借金をしなきゃならない、もしかしたら家具を売って穴埋めする必要もあるかもしれないと思ってたから、葬儀には二百ドルくらいしか出せないっていってあるの。その倍は出せるっていいに行かないと」

「父さんなら、それを全部式に使ってほしいとは思わないんじゃないかな。母さんとガーディが新しい生活をはじめるために、いくらか残しておくべきだよ。お葬式だけじゃなく、家賃とかほかの経費もかかるんだし……葬儀はそのままでいいと思う」

母さんは立ちあがった。「ううん、行ってくる。しみったれたお葬式なんて……」

ぼくはいった。「式はあさってなんでしょう。あした変更したっていいんじゃないかな、見舞金がどれくらい出るかはっきりわかってから。あしたの朝まで待ったほうがいいよ、母さん」

母さんはためらって、それからいった。「そうね、わかった。あしたの朝でも遅くはない。コーヒーでも淹れるわ。飲むでしょう？　おなかは空いてなくても、コーヒーくらいなら」

「そうだね。ありがとう。手伝おうか？」

「そこに座ってて」母さんはちらりと時計を見てつづけた。「あなたと話がしたいっていう殺人課の刑事が……バセットっていう名前の人なんだけど、八時に来るはずだから」

母さんはドア口でふり返っていった。「ありがとう、エド……ここにいることにしてくれて。ほかにもいろいろと。わたしはてっきり……」

涙が母さんの頬を伝って流れ落ちた。

ぼくも泣きそうになった。何もいわずに座っているだけなんてひどく間が抜けているように思えた。しかしなんといっていいかわからなかった。

「ええと、母さん……」

母さんの体に腕をまわして、慰めてあげられればよかったのに。しかしそういうことは突然できるようになるものじゃない。この十年、一度もしたことがないのだから。

母さんはキッチンへ行った。明かりをつけるカチリという音が聞こえてきた。ぼくはまたもや、頭がすっかり混乱していた。

第三章

バセットは八時にやってきた。ぼくは母さんとコーヒーを飲んでいた。母さんがもう一つカップを出し、バセットはテーブルのぼくの向かいに座った。刑事らしく見えなかった。大柄でもなかった。平均的な、ぼくとおなじくらいの身長で、体重もぼくとたいして変わらない印象だった。赤っぽい色の褪(あ)せた髪をしていて、顔には薄いそばかすがあった。鼈甲縁(べっこうぶち)の眼鏡の向こうの目は疲れて見えた。

しかしバセットは感じがよく、親切だった。まったく刑事らしくなかった。

質問攻めにされるのかと思ったら、バセットはこう訊いてきただけだった。「さて、きみには何があったんだい?」あとはずっと聞いていた。ぼくは両親の部屋のドアをノックして父さんの返事がなかったことからはじめて、全部話した。ただ、母さんが靴を脱いだだけで服を着たまま寝ていたことはいわなかった。事件とは関係がなさそうだったし、刑事にもなんの関係もなかったから。母さんがどこへ行っていたのであれ、それはいまは問題ではなかった。

ぼくが話し終えても、バセットはそこに座ったまま、まったく何もいわずにただコーヒーを飲んでいた。ぼくにはもういうことはなかったし、母さんも黙っていた。そこへ電話が鳴ったので、おそらくぼくにかかってきたものだからといって居間へ行き、電話に出た。アンブローズおじさんだった。ワッカーに部屋を取ったという。ノース・クラーク・ストリート沿いのホテルで、ここからほんの数ブロックのところだった。

「いいね」ぼくはいった。「これからうちに来たら？　ミスター・バセットが——刑事だけど——いるよ」

「行きたいね」おじさんはいった。「マッジはわたしが行ってもかまわないかな。どう思う？」

「もちろん大丈夫。すぐに来て」

ぼくはキッチンへ戻り、おじさんが来ることを二人に伝えた。

「移動遊園地（カーニバル）で働いているんだっけ？」バセットが尋ねた。

ぼくはうなずいた。「すごい人だよ。ところで、ミスター・バセット、訊いてもいいですか？」

「どうぞ」

「はっきりいって、警さ……あなたたちが犯人を見つけられる可能性はどれくらいありますか？　じつはかなり低い、そうじゃありませんか？」

「そうだね」バセットはいった。「追うべき手がかりがほとんどないからね。こういう犯罪をおかす人間は、捕まる可能性がものすごく高い……犯行のさいちゅうならば。パトロールカーが通りかからないか心配しなければならないし……あの地区の路地をライトで照らしながら走っているからね。それに巡回中の警官に気をつけなきゃならない。それから、襲った相手に反撃されて、自分のほうがやられてしまうかもしれない。

しかしひとたび仕事が済んで逃げきってしまえば、かなり安全だ。あとは口をしっかりとじておくだけで……まあ、捕まる可能性は千に一つ、いや、万に一つだね」

ぼくはいった。「こういうケースだと」――なんとなく一般論にしておきたかった、父さんのこととして話したくなかった――「捕まる可能性はどれくらいですか?」

「足がつきそうな場所はいろいろとあるよ。もしかしたら、犯人は殺した相手から時計を盗るかもしれない。あらゆる故買屋に製造番号を知らせておけば、なかの一軒から時計が出てきて、そこからたどれるかもしれない」

「父さんは時計はしていなかったはず」ぼくはいった。「何日かまえに修理に出していました」

「そうか。まあ、ほかにもある。もしかしたら、あとをつけられたのかもしれない。つまり、酒場で金を持っているところを見られ、店を出てすぐに誰かに追いかけられるんだ。その場合には、酒場にいたほかの人がそれを覚えているかもしれないし、われわれにそいつの顔や身なりを教えてくれるかもしれない。あるいは、そいつを知ってる可能性だってある」

ぼくはうなずいた。「父さんが昨夜どこにいたかはわかっているんですか?」

「最初はクラーク・ストリート沿いだ。この通りですくなくとも二軒――あるいはもっと多いかもしれないが――立ち寄った。どの店でもビールを二、三杯飲んだだけ。一人だった。その後、きみのお父さんが最後に行った場所を見つけたよ。そこが最後でまずまちがいないと思う。シカゴ・アヴェニュー沿いを西へ歩いて、オーリンズ・ストリートを渡ったところだ。そこでも一人だった。お父さんが店を出たあと、すぐにあとを追った者もいなかった」

ぼくは尋ねた。「どうしてそこが最後だったってわかるんですか?」

「その店で、持ち帰り用に壜(びん)のビールを何本か買ったんだよ。それに、そこにいたのがだいたい一時で、発見されたのは二時ごろだった。発見された場所もここととその店のあいだだったから、家に向かっていたようだ。しかも途中の通り沿いには、たいした店はない。二軒だけあるのを確認したよ。どちらか一方に立ち寄ることもできなくはなかっただろうが……まあ、持ち帰りのビールや時間のことなんかを考えると、寄らなかった確率が高い」

「どこで……父さんはどこで見つかったんですか?」

「オーリンズ・ストリートとフランクリン・ストリートのあいだの路地だ。シカゴ・アヴェニューから南へ二ブロック半のところだね」

「ヒューロン・ストリートとエリー・ストリートのあいだ?」

バセットはうなずいた。

ぼくはいった。「だったら、オーリンズ・ストリートを南へ歩いている途中で、路地を抜けてフランクリン・ストリートへ出ようとしたんだな。だけど……どうしてあんなところで路地を通ろうと思ったんだろう？」

バセットはいった。「答えは二つある。一つは……ビールをたくさん飲んでいたからね。わかっているかぎり、ほかのものはほとんど飲んでいない。で、九時から一時まで飲み歩いていた。腹いっぱいにビールを詰めこんで帰路についた男なら、路地を抜けて近道をしたいと思うかもしれないね。たとえきみのいうとおり、一人歩きに向かないような治安の悪い場所でも」

「もう一つの答えは？」

「お父さんは路地を抜けようなんてまったく思わなかった。フランクリン・ストリートの角にいた。シカゴ・アヴェニューからフランクリン・ストリートへ入って、そのまま南へ進んだ。そして路地の入口で脅(おど)された。強盗は、あるいは強盗たちは、お父さんを路地へ引っ張りこんで、そこで金を奪い殴った。あのあたりの通りは深夜から朝方にかけてほんとうに人けがないからね。高架下のフランクリン・ストリートでは、いままでにも何件も強盗事件が起こっている」

ぼくはうなずいて考えこんだ。このバセットという人は刑事らしく見えないが、無能ではなかった。いまバセットがいったうち、どちらが事実だとしてもおかしくなかった。おそらくどちらか一方が正解で、どちらが正解かは五分五分だった。

そしてやはり、警察が犯人を捕まえられる可能性はきわめて低いように思われた。バセットもいっていたように、千に一つといったところだろう。

バセットは、こういうことに関してはアンブローズおじさんより抜け目がないかもしれない。すくなくとも父さんの足跡をかなりうまくたどることはできたわけで、このあたりではそれは容易なことではなかった。クラーク・ストリートやシカゴ・アヴェニューでは、警察は嫌われているからだ。法律を守って商売をしている大半の人々のあいだですら反感を買っている。

アンブローズおじさんがやってくると、母さんが出迎えた。二人はすこしのあいだ廊下で立ち話をしていた。声は聞こえたけれど、話の内容まではわからなかった。キッチンに入ってきたときには、いがみあっている様子はなかった。母さんはまたべつのカップにコーヒーを注いだ。

バセットはおじさんと握手をした。二人はすぐに、お互いに対して好感を持ったようだった。バセットはおじさんに質問をしはじめたが、ほんのすこし訊いただけだった。ぼくがジェインズヴィルにいたかどうか尋ねたりはしなかった。バセットはぼくがどの列車に乗ったか、こちらへ戻るときの運行状況はどうだったかといったようなことを何気ない様子で質問しただけだった。そこにはぼくがした話を確認できる小さなポイントがいくつか含まれていたので、ぼくがほんとうのことを話したかどうかがわかったはずだった。

頭の切れる男だなと、ぼくはまた思った。

しかしアンブローズおじさんが捜査について質問をはじめるまで、ぼくにはバセットの能力の半分もわかっていなかった。バセットは初めのいくつかに答えてから、一方の口の端をちょっとあげていった。

「この子に訊いたらいい。現状そのままに、全部話したから。二人で一緒に調べるつもりなんでしょう。幸運を祈りますよ」

おじさんはぼくを見てかすかに眉を上げた。バセットはこっちを見ていなかったので、ぼくは小さく首を横に振って、ぼくが刑事に漏らしたわけじゃないと伝えた。まったく、鋭い男だ。どうしてこんなに早くぼくたちの狙いがわかったのだろう。

ガーディが帰ってきて、アンブローズおじさんに紹介された。母さんが、映画でも観てきたらといって送りだしたらしい。たぶんほんとうにそうしたのだろう。でなければこんなに早く帰ってくるはずがない。

アンブローズおじさんがガーディをすっかり子供扱いして、頭をぽんぽんとたたいたので、ぼくはとても気分がよかった。ガーディはそれが気に入らないようだった。見ればわかった。

〝一族集合〟みたいな五分が過ぎると、ガーディは自室へ向かった。

アンブローズおじさんはぼくに向かってにやりと笑ってみせた。

コーヒーが冷めてしまったので、母さんが新しく淹れ直そうとすると、アンブローズおじさんがいった。「いや、外へ出て一杯やろう。どうかな、刑事さん？」

刑事は肩をすくめた。「私はかまわないよ。いまは非番だから」

母さんは首を横に振った。「二人でどうぞ」

ぼくも一緒に行きたいと思い、喉が渇いたからセブンアップかコーラが飲みたいといった。アンブローズおじさんは「いいよ」といい、母さんも文句をいわなかったので、ぼくは二人と一緒に階段を降りた。

三人でグランド・アヴェニュー沿いの店へ行った。バセットがいうには、話ができる静かな店らしい。確かに静かだった。ぼくたちのほかには客はほとんどいなかった。

ボックス席に座り、ビール二杯とコーラを一杯注文した。バセットは電話をしなければならないといって、電話ボックスへ向かった。

ぼくはいった。「いい人だよね。まあ、ぼくは好きだよ」

おじさんはゆっくりうなずいた。「ばかじゃない。正直じゃないが、クズでもない。まさにわれわれに必要な人間だ」

「え？　どうして正直じゃないってわかるの？」ぼくだってまるで世間知らずというわけじゃなかった。正直じゃない警官がたくさんいることくらい知っている。ただ、アンブローズおじさんがどうしてそんなにすぐに確信が持てたのか――あるいは、口から出まかせをいっているだけなのか、よくわからなかった。

「見ればわかる」おじさんはいった。「どうしてと訊かれると説明できないが、とにかくわかるんだよ。昔、カーニバルで占いをやっていたことがあってね。もちろんインチキなんだが、人を見分けることができるようになる」

そういわれて、何かで読んだのを思いだした。「それってロンブローゾの観相学みたいな……」

「ロンブローゾのいうことなんかでたらめだ。顔のかたちの問題じゃないんだよ。感じるんだ。目をつぶっていてもわかる。どうやっているのかは自分でもわからないんだが。しかしこの赤毛の刑事には……金を渡しておこう」

おじさんは財布を取りだし、前方のカウンターにいる二人の男から何をしているか見えないようにテーブルの下で持って、紙幣を一枚抜きだした。そして財布は尻ポケットに戻した。だが、おじさんが紙幣をたたんで手のひらの内側に隠したときに、ぼくにもちらりと見えた。百ドル札だった。

ぼくはちょっと怖くなった。そもそもなぜバセットを買収する必要があるのかわからなかったし、おじさんはまちがっているんじゃないか、金を渡すことがトラブルにつながるんじゃないかと思うと心配だった。

バセットが戻ってきて席についた。

おじさんがいった。「バセット、警察がこういう事件にどう対処するかはわたしも知っている。しかしウォリーはわたしの兄弟なんだ、ウォリーを殺した男が刑務所送りになるところが見たい。犯人が電気椅子に座るところが見たい」

バセットはいった。「できるだけのことはするよ」

「わかってる。だが、捜査にそんなに時間はもらえないはずだ。それはあんたもわかっているだろう。わたしも手伝いたいんだよ、できることならなんでもする。一つ、できるとわかっていることがある。つまりね、こっちで数ドル、あっちで数ドルと金を渡しておけば、ふつうなら歌わない人間を歌わせることができる。いっている意味はわかってもらえると思うが」

「何をいっているかはわかるよ。ああ、それが助けになることもある」

おじさんは手のひらを下に向けて、手を差しだした。「これをあんたのポケットに入れておいてくれ。何か引きだせそうな場面があったら使えるように。内密に」

バセットは紙幣を受けとった。テーブルの下で紙幣の角をちらりと確認してからポケットにしまったのが、ぼくにも見えた。バセットの顔つきに変化はなかったし、何もいわなかった。

ぼくたちはもう一杯飲み物を注文した。いや、二人が注文した。ぼくにはまだコーラが半分残っていた。

鼈甲縁の眼鏡の向こうのバセットの目が、さらにすこし疲れたように見えた。覆いがかかったようにも見えた。バセットはいった。「この子に話したことでほんとうに全部なんだよ。これ以上、わかっていることは一つもない。クラーク・ストリート沿いで二軒。どちらも滞在時間は三十分程度。そしてシカゴ・アヴェニュー沿いで最後の一軒。そこでビールを買った。十中八九、そこが最後だ。何かわかるとすれば、そこのはずだったんだ。だが、何も出てこなかった」

「あとの時間は？」おじさんが尋ねた。

バセットは肩をすくめた。「酒飲みには二種類いる。一つは場所を決めて、腰を据えて飲むタイプ。もう一つはぶらぶら飲み歩くタイプ。ウォレス・ハンターは飲み歩くタイプだったんだろう。まあ、とにかくあの晩はそうだった。四時間近く外にいて、一軒にだいたい三十分……われわれが突き止めた三軒のそれぞれで、ビールを二、三杯飲めるくらいの時間を過ごした。これが平均なら、おそらく六軒か七軒は立ち寄れそうだが……歩く時間も計算に入れなきゃならないからな」

「ビールしか飲まなかった？」

「だいたいのところは。一カ所、バーテンダーがよく覚えていない店があってね。それから、シカゴ・アヴェニュー沿いの店では、最後のビールと一緒にウイスキーをワンショット飲んでから、持ち帰りのボトルを買ったんだ。カウフマンの店だ。カウフマン自身がカウンターの向こうにいた。静かな酒飲みで、ちょっと酔っているようだったが、よろめいたりなんかはしていなかった、自制できていた、といっていた」

「カウフマンというのは？　つまり、酒場のオーナーとはべつの顔があるのかな？」

「ないと思う。どこまでまっとうかはわからないが、もしまっとうでないとしてもいまのところその証拠はない。シカゴ・アヴェニュー沿いの署の連中に確認したんだ。彼らが知っている範囲では、カウフマンはシロだ」

「あんたはカウフマンと話をしたんだろう。ほんとうにシロだと思う？」

バセットはいった。「まあ、マリファナの売買くらいはやるかもしれない。しかし今回の件についてはシロだと思う。ちょっと突いて、あんたの兄弟の写真を確認させたんだがね。ほかのやつらのときとおなじようにいったんだよ。この男が店にいたのはわかっている、こっちが知りたいのは男が帰った時間だけだって。最初は見たことのない男だといっていた。で、男が店に来た証拠があるし、こっちは時間が知りたいだけで、あんたを面倒に巻きこむことはないといってやったら、引出しから眼鏡を出して、もう一度写真を見てからしゃべったんだ」

「全部？」

「だと思う」バセットはいった。「自分で確かめればいいじゃないか。話も聞ける。あした、検死審問で」

「すばらしい」おじさんはぼくにいった。「エド、検死審問では他人のふりをしてくれ。全員、他人のふりだ。誰にも正体を知られずに、うしろのほうにただ座っていることにするよ。どのみち証言を求められることもないしな」

バセットの目からすこし、ほんのすこし覆いが剝がれた。バセットは尋ねた。「やるのかね？」

「もしかしたらね」おじさんはいった。二人のあいだでは話が通じているようだった。二人には、相手が何をいっているかわかっていた。ぼくにはわからなかった。

あの大柄なホーギーが、ブロウだとか泥沼だとかおじさんにいっていたときのようなものだった。ただ、あれはカーニバル用語だった。すくなくとも、ぼくに話が通じない理由はわかっていた。今回はちがった。二人はぼくの知っている言葉で話しているのに、それでも意味がわからなかった。

ぼくは気にしなかった。

バセットがいった。「保険の線はないな」

これならわかった。ぼくはいった。「母さんはやってないよ」

バセットはこっちを見た。第一印象ほどこの刑事のことが好きじゃなくなったかも、とぼくは思った。

アンブローズおじさんがいった。「その子のいうとおりだ。マッジは……」おじさんはいったん口をつぐんでからつづけた。「彼女はウォリーを殺したりしない」

「女はわからんぞ。そんな事件ならいくらだって知って……」

「当然、そんな事件なら無数にあるだろう。しかしマッジは殺してない。まあ、ウォリーが帰るまで待って、肉切り包丁を持って追いかけまわすっていうならあるかもしれない。だが、これはちがう。マッジはウォリーを路地までつけまわして、黒革に詰め物をした棍棒なんかで殴ったりは……ええと、凶器はブラックジャックでいいんだっけ？」

「ちがう。もっと固いものだ」

「たとえばどんな？」

「振りまわせる程度の重さのもので、当たった場所は尖っておらず、鋭い刃がついていたりもしていない。棍棒か、鉄パイプか、空き壜か……なんでもありうる」

鈍器だ、とぼくは思った。新聞にはそう書かれるはずだった、もし新聞に載れば。

ふと、ゴキブリが見えた。カウンターのほうから床を這ってくる。黒くて大きい種類のやつで、足を引きずるような動きをしている。ちょこちょこ動いたかと思うと、次の瞬間にはぴたりと止まる。三十センチ近く動いて、すこしのあいだ動きを止め、それからまた三十センチくらい動くのだ。

カウンター席に座っていた男のうちの一人がやはりそのゴキブリを見ていた。男がゴキブリのほうへ歩くと、ゴキブリはギリギリのところで男の足の下から逃げた。

しかし二度めはそううまくはいかなかった。ぐしゃ、という音がした。

「さて」バセットがいっていた。「家に帰らなきゃならない。さっき電話をしてみたら、妻が少々具合を悪くしていてね。そんなに深刻なものじゃないんだが、薬を買ってきてほしいというものだから。あした、検死審問で会おう」

「わかった」おじさんがいった。「だが、さっきもいったように、その場では話ができない。終わったあと、ここで落ちあうというのはどうかね？」

「けっこう。では、また。またな、エド」

バセットは立ち去った。

百ドルといえば大金だ。すべきでないことをするために人が百ドルを差しだしてくるような仕事に就いていなくてよかった、とぼくは思った。

まあ、それをいうなら、バセットは悪いことをするために金を受けとったわけではないけれど。ただぼくたちの味方になってくれればいいだけだ。ほんとうのことを話してくれればいいだけ、すべての情報を教えてくれればいいだけだった。それくらいかまわないだろう。悪いのは、それをするために金を受けとったことだけ。しかしまあ、病気の妻もいることだし。

それから、バセットに病気の妻がいることをおじさんは知らなかったはずだと思い当たった。それでもおじさんにはバセットが百ドルを受けとることがわかっていた。

おじさんはいった。「いい投資だよ」

「かもね」ぼくはいった。「だけど、あの人が正直じゃないなら、おじさんに対してフェアにふるまうってどうしてわかるの？　向こうにしたら、百ドルに見合うことなんか何もせずに済ますこともできるわけでしょう。無駄にするには大きすぎる金額だよ」

「ときには十セントが大金になることもある。ときには百ドルが大金でないこともある。今回は払っただけのものが手に入ると思うよ。ところで、エド、すこし歩きまわるのはどうかな？　ウォリーが立ち寄った店を見てみるんだ。一つ、知りたいことがあってね。行ってみる気はあるか？」

「もちろん。どうせ眠れそうにないから。それにまだ十一時だし」

おじさんはぼくの様子を眺めていった。「二十一で通るだろう。もし飲酒できる年かどうか誰かに訊かれたら、わたしが父親のふりをすれば、いうとおりに信じてもらえるだろう。身分証の名前もおなじだし。まあ、身分証を見せたいわけじゃないが」

「つまり正体を人に知られたくないってこと？」

「そうだ。店に入ったら、それぞれ一杯ずつビールを頼む。わたしは自分の分を急いで飲み、きみはちびちび飲む。そしてグラスを交換するんだよ。そうすれば……」

「すこしのビールくらい、なんの害にもならないよ。ぼくだってもう十八なんだから、まったく」

「すこしのビールなら、なんの害にもならない。きみが飲むのはそのすこしだ。わたしたちはグラスを交換する。わかったね？」

　ぼくはうなずいた。口論してもなんにもならない。とくに、おじさんのほうが正しいときには。

　二人でグランド・アヴェニューを歩いてクラーク・ストリートに入り、北へ向かった。そしてオンタリオ・ストリートの角で足を止めた。

「ここがスタート地点みたいなものだと思う」ぼくはいった。「つまり、父さんはウェルズ・ストリートからオンタリオ・ストリートへ入って、そのあと北へ向かったんじゃないかな」

　そこに立ってオンタリオ・ストリートを見渡していると、父さんがやってくるのが見えそうな気がした。

　ばかげてる。父さんはハイデン葬儀場の安置台の上で横たわっているというのに。もうとっくに血を抜かれ、防腐処理用の液体を入れられているはずだった。気温が高いので、すばやく処理する必要があったのだ。

　遺体はもう父さんとはちがう。父さんは暑いのは平気だった。寒いと気が滅入るほうで、たとえ一ブロックか二ブロック歩くだけでも、寒いなかへ出ていくのはひどくいやがった。だけど暑いのは苦にしなかった。

アンブローズおじさんがいった。「〈ビア・バレル〉と〈コールド・スポット〉、その二軒だっけ？」

ぼくはいった。「ぼくが聞いてないときにバセットがいったんだね。わからないよ」

「聞いてなかっただって？」

「ゴキブリを見てたんだ」

おじさんは何もいわなかった。ぼくたちは通り過ぎる店の名前を見ながら歩いた。ループ地区の北からワシントン広場へ向かってノース・クラーク・ストリートを歩いていると、平均して一ブロックに三、四軒の酒場がある。貧乏人のブロードウェイだ。

ヒューロン・ストリートのすぐ北に〈コールド・スポット〉があった。二人で店に入り、カウンターのまえに立った。カウンターの向こうのギリシャ人は、ぼくのことを見もしなかった。

カウンター席にはほかに数人の男性客がいただけで、女性客はいなかった。奥のほうのテーブル席で酔っぱらいが眠っていた。ぼくたちはそれぞれビールを一杯飲むあいだだけ店にいた。ぼくの分はほとんどアンブローズおじさんが飲んだ。

〈ビア・バレル〉でもおなじことをした。この店は一軒めから通りをはさんだ向かいにあった。シカゴ・アヴェニュー寄りだ。一軒めより多少大きかったけれど似たような店で、客もさっきより何人か多く、バーテンダーは一人じゃなくて二人いて、テーブル席で眠りこんでいる酔っぱらいは一人じゃなくて三人だった。

カウンター席のぼくたちのそばには誰もいなかったので自由に話せた。

ぼくはいった。「情報を集めたりしないの？　父さんが何をしていたか調べるとか？」

おじさんは首を横に振った。

ぼくは知りたかった。「何を見つけようとしてるの？」

「ウォリーが何をしていたか。何を探していたのか」

ぼくはじっくり考えた。人に訊きもしないでそれを調べるのは無理なんじゃないかと思った。

おじさんはいった。「おいで。どういうことか教えるから」

ぼくたちはその店を出ると、来た道を半ブロック戻ってべつの店に入った。

「わかった」ぼくはおじさんにいった。「いってる意味がわかったよ」

ぼくはそれまで何も見ていないも同然だった。この店はいままでの二軒とはちがった。音楽があった――この騒音をそう呼べるなら。それに、男性客とほぼ同数の女性客がいた。中年女性が多く、若い女性も何人かいた。大半が酔っていた。

商売をしている女たちではなかった。もしかしたら何人かは娼婦なのかもしれないけれど、そう多くはなかった。だいたいがふつうの女性客だった。

ぼくたちはまた、一人一杯ずつビールを飲んだ。

父さんがここや、ここみたいな店でなく、〈ビア・バレル〉や〈コールド・スポット〉に行っていてよかった。父さんは飲むために出かけていたのだ。飲むだけのために。

ぼくたちはまた北へ向かい、通りの西側へ戻って、シカゴ・アヴェニューの角を曲がった。警察署を通り過ぎた。ラサール・ドライヴを渡り、次いでウェルズ・ストリートも渡った。父さんはここで南へ向かって帰宅することもできた。この道を来たときには十二時半ごろだったはずだ。

きのうの夜か、とぼくは思った。ついきのうの夜、父さんはここを通ったのだ。おそらく、いまぼくたちがいるのとおなじ側を歩いたのだろう。ついきのうの夜、だいたいこのくらいの時間に。いまはちょうど十二時半くらいのはずだった。

ぼくたちは高架下のフランクリン・ストリートを渡った。

列車がうなりをあげて頭上を通り過ぎ、夜気を揺さぶった。夜になると高架を通る列車の音がとてもうるさく聞こえるのは妙なものだ。高架から一ブロック離れた、ウェルズ・ストリート沿いのぼくたちのアパートメントでも、目が覚めていれば夜間にはすべての列車の音が聞こえた。早朝にも聞こえた。ぼくが最初に起きだすときや、まだベッドで横になっているときなんかに。そのほかの時間帯には聞こえなかった。

ぼくたちはオーリンズ・ストリートの角に着くまで歩きつづけた。角で足を止めた。通りの向こうにトパーズ・ビールの看板があった。シカゴ・アヴェニューの北側で、角から三つめのドアだった。これがカウフマンの店のはずだった。このブロックに酒場は一軒しかないので、まちがいないだろう。

父さんが最後に入った店。

ぼくはいった。「入らないの？」

おじさんはゆっくり首を横に振った。

たぶん五分くらい、ぼくたちは何もせず、話すことさえせず、ただそこに立っていた。ぼくもなぜカウフマンの店に入らないのかと重ねて尋ねたりはしなかった。

しばらくすると、おじさんがいった。「じゃあ、エド……？」

「そうだね」

ぼくたちは踵（きびす）を返し、オーリンズ・ストリートを南へ歩きはじめた。

あの場所へ向かっていた。二人であの路地へ向かっていた。

第四章

路地はただの路地だった。オーリンズ・ストリート側の端は、片側が駐車場で反対側は製菓工場だった。製菓工場沿いには大きな積載プラットフォームがあった。

路地は赤煉瓦で粗く舗装されていて、縁石(えんせき)はなかった。

オーリンズ側の端には、通りの向こうに街灯があった。ブロックのまんなかにあるようなものとおなじ、小さな街灯だった。

フランクリン・ストリート側の端は高架下で、やはりおなじような街灯が路地入口の左側にあった。とくに暗いわけではなかった。オーリンズ側の端に立っていても路地の奥まで見通せた。

路地のまんなかあたりは薄暗かったが、先が見えないほどではなく、もし誰かがそこにいればフランクリン側からの明かりでシルエットが見えるだろう。

いまは誰もいなかった。

路地のまんなかは、ヒューロン・ストリートに面した建物とエリー・ストリートに面した建物の背面にはさまれていた。どちらもぼろぼろの住居ビルだった。エリー・ストリート側の建物には裏のベランダがあり、各部屋の裏口へ通じる木の階段があった。ヒューロン・ストリート側の建物は、まっすぐな壁を路地に向けていた。

アンブローズおじさんはいった。「もしウォリーがこの道へ入ったなら、誰かにつけられたんだな。待ち伏せされたんだったら見えたはずだ」

ぼくは裏のベランダを指さしていった。「ここのベランダのうちの一つに誰かいたのかもしれない。男が一人、よろよろと下の路地を歩いてくる。やつらは階段を降り、男が通り過ぎたすぐあとに路地に降り立ち、路地の端近くで男に追いついて……」

「そうかもしれない。だが可能性は低い。ベランダにいたなら、そこに住んでいるということだ。人は自宅裏の路地でそういうことはしないものだ。家からそんなに近い場所ではね。それにウォリーが酔ってよろよろ歩いていたとは思わない。もちろん、店を出るときの客がどれくらい素面かについて、バーテンダーのいうことは割り引いて聞くべきだが。彼らだって面倒に巻きこまれたくないだろうからね」

「でもそんなふうだったかもしれない。可能性は高くはないかもしれないけど、なくはない」

「もちろんだ。それも調べるよ。この建物に住んでいる全員に話を聞くつもりだ。どんな可能性も見逃すつもりはない。そんなつもりじゃなかったんだ、可能性が低いとはいったけれど」

ぼくたちは夜中に路地で話すのにふさわしい小声でしゃべっていた。路地のまんなかを過ぎ、アパートメントの建物を通り過ぎた。そしてフランクリン・ストリートに面した建物のうしろに出た。路地のどちらにも煉瓦造りの三階建てのビルがあり、どちらも一階は店舗で、上階は住居だった。

おじさんは足を止めて身を屈めた。「ビール壜のガラスだ。ここで事件があったんだな」

気分が変になった。めまいに近かった。ここで事件があったのだ。いまぼくが立っているまさにこの場所で。ここで殺人が起こったのだ。

そんなふうに考えたくなかったので、ぼくも身を屈めて地面を見た。確かに琥珀色のガラスがあった。あたり三メートルくらいに、壜が二、三本割れたんじゃないかと思うほどのガラスが散っていた。

当然、ただ落ちて割れただけではないのだろう。路地を通った人々に蹴散らされたはずだし、何台ものトラックがここを通り抜けただろう。ガラスは昨夜よりも細かく割れ、より散らばっているだろう。しかしちょうどこのあたり、ガラスが散っているまんなかあたりに壜が落ちたはずだった。

おじさんがいった。「ラベルの一部がついたかけらがある。カウフマンが売っている銘柄かどうか確認できる」

ぼくはそれを拾って街灯の下で見ようと路地の端まで歩いた。「トパーズのラベルの一部だ。父さんが買って帰ってきたビールで見慣れてる。カウフマンはトパーズの看板を使ってるけど、これはこのへんではものすごくありふれたビールだから。確かな証拠にはならないと思う」

おじさんがそばへやってきて、二人でフランクリン・ストリートの先を見た。頭のすぐ上の高架を列車が通過した。長かった。きっとノースショア線だ。この世の終わりかと思うくらいうるさかった。

発砲音を隠すにも充分な騒音だ、とぼくは思った。人が倒れる音くらい――たとえ同時にビール壜が落ちたのだとしても――容易にかき消されたはずだ。だからこそ事件はここで、もっと暗い路地のまんなかでなくこの端で起こったのだろう。暗さもそうだが、騒音も重要だった。ここにたどり着き、犯人が父さんの背後に迫ったとき、高架列車が通り過ぎたのだ。父さんが助けを求めて叫んだとしても、高架列車の騒音のせいで、父さんの声は囁き程度にしか聞こえなかっただろう。

路地の両脇の店舗を見た。一軒は配管用具の店で、もう一軒は空っぽだった。ずっとまえから空いているようだ。ガラスがひどく汚れているせいで、なかが見えなかった。

おじさんがいった。「さてと、エド」

「そうだね。これで……今夜ぼくらにできることはこれで全部だ」

ぼくたちはフランクリン・ストリートとエリー・ストリートの角まで歩いて、ウェルズ・ストリートへ向かった。

おじさんがいった。「なんで調子が悪いかわかったよ。死ぬほど腹が減っているんだ。わたしは昼の十二時から何も食べていないし、きみも二時ごろの食事が最後だろう。クラーク・ストリートに出て何か食べよう」

ぼくたちは終夜営業のバーベキューの店に行った。

腹は減ってないと思っていたのに、ポークバーベキューサンドを一口齧(かじ)ったとたんに止まらなくなり、フライドポテトとコールスローまで食べ尽くしてしまった。二人とも、もう一皿注文した。

サンドイッチを待っているあいだに、おじさんが訊いてきた。「エド、これからどうするつもりだ？」

「なんの話？」

「きみがこれからどうするつもりかという意味だよ。この先五十何年かの話だ」

答えはあまりにも明白だったので、かえって考えこんでしまった。「これといってたいしたことはしないと思う。ぼくは印刷工見習いなんだ。もうすこししたら、ライノタイプが使えるようになると思う。ほかの雑用もできるし。印刷業はいい商売だよ」

「そうだろうね。このままシカゴにいるつもりかい？」

「それはまだ考えてない。すぐにここを出ていくつもりはないけどね。見習い期間が終わったら一人前の職人だから。仕事はどこにでもあると思う」

「手に職をつけるのはいいことだ。だが、仕事は自分の一部としてうまく取りいれるべきだ、仕事に取りこまれるんじゃなくてね。おなじことが……ああ、いかん、わたしらしくもない。ガミガミじいさんみたいじゃないか」

おじさんはにやりとした。おなじことが女にもいえる、といおうとしたのだろう。ぼくにわかると思ったから最後までいわなかったのだ。そう信じてもらえてうれしかった。

おじさんは先をつづける代わりにこう尋ねた。「エド、どんな夢を見てる?」

ぼくはおじさんを見つめた。真面目な顔だった。「それって例の占い？ それとも、精神分析でもしようとしてるの？」

「どっちでもおなじだろう」

「けさの夢では、質屋(しちや)の窓越しにトロンボーンを手に取ろうとしてた。そこへガーディが縄跳びをしながら歩道をやってきて、トロンボーンを手にするまえに目が覚めたんだ。これでおじさんにはぼくのことが全部わかったってわけ？」

おじさんは小さく笑った。「地べたに座ってるカモを撃つようなものだよ、エド。きみは一発で二羽狙っているね。一方のカモには気をつけろ。どっちのことかはわかると思うが」

「うん、たぶん」

「あの娘は毒だよ、きみのような青年にはね。ちょうどマッジが……まあいい。トロンボーンっていうのはなんだろう。吹いたことがあるのかい？」

「あるっていえるほどは吹いてない。高校二年のとき、学校の楽器を借りたんだ。吹けるように練習して楽団に入るつもりだったんだよ。だけど近所の人に文句をいわれちゃって。たぶんひどい騒音だったんだろうね。アパートメント暮らしだったから……母さんもあんまりいい顔しなかったし」

カウンターの向こうの男が二皿めのサンドイッチを二つ持ってきた。もうあまり空腹感はなかった。はみでた具を見ていると、大きすぎるような気がした。ぼくはまず、フライドポテトをいくつかつまんだ。

それからバーベキューサンドの上のパンを剝がすと、ケチャップのボトルを傾けてドボドボかけた。

その見かけはまるで……。

上のパンをぴしゃりと戻し、どんなふうに見えたか忘れようとした。しかしぼくの意識はあの路地に戻っていた。血が流れたかどうかは知らなかった。もしかしたら流れなかったかもしれない。出血させずに殴り殺すこともできるだろう。

けれども父さんの頭は血まみれで、昨夜、路地のざらざらした煉瓦には血の汚れがあったのだろうと思えてならなかった——染みこんだあと、いまはこすり落とされたり洗い流されたりしたのだろう。誰かが掃除をしたのだろうか？ いや、まさか、おそらく血なんかついていなかったのだ。

しかしサンドイッチのことを考えると気持ちが悪くなってきた。なんとか気を逸らさなければ吐きそうだった。目をつぶり、何も考えずに済むように、最初に浮かんだ無意味な言葉を頭のなかでくり返した。〝1、2、3、オレアリー、4、5、6、オレアリー……〟

しばらくすると、勝った、もう吐かないぞと思えた。けれどもアンブローズおじさんのまわりだけを見て、カウンターのほうへは目を向けないようにした。

ぼくはいった。「ねえ、もしかしたら母さんが起きて待ってるかも。遅くなるって連絡を入れるのを忘れていたから。もう一時過ぎだよ」

おじさんはいった。「なんてこった、わたしも忘れていた。やれやれ、寝ていてくれるといいが。急いで帰ったほうがいいな」

どっちみち二つめのバーベキューサンドの残りはもう食べたくないからと、ぼくはおじさんにいった。おじさんのほうはもう食べ終わるところだった。ぼくたちは店の外で別れた。おじさんは北へ歩いてワッカー・ホテルへ向かい、ぼくはウェルズ・ストリート沿いの自宅へ急いだ。

母さんは玄関ホールの明かりをつけておいてくれたけど、起きて待ってはいなかった。寝室のドア口は暗かった。よかった。説明したり謝ったりしたくなかったし、もし心配して起きたまま待っていたら、アンブローズおじさんが責められるかもしれなかった。

ぼくは静かにすばやくベッドに入った。目をとじたとたんに眠りに落ちた。

目覚めると、部屋のなかのどこかがおかしかった。何かがちがう。いつもとおなじような朝で、室内はまたもや空気がこもって暑かった。寝そべったまま一分か二分考えてやっと気がついた。目覚まし時計のカチカチという音がしていなかった。ねじを巻いて仕掛けておかなかったからだ。

どうしてそんなに時間が気になるのかわからなかったが、いま何時か知りたかった。起きだしてキッチンの時計を見にいった。七時一分だった。

面白いな、とぼくは思った。ちょうどいつもとおなじ時間に目が覚めるなんて。自室の時計は動いていなかったのに。

ほかには誰も起きていなかった。ガーディの部屋のドアはあいていて、妹はまたパジャマの上を着ていなかった。急いで通り過ぎた。

目覚まし時計のねじを巻いてセットし、できればあと一時間か二時間眠ろうと思ってまた横になった。しかし眠りに戻ることはできなかった。ぜんぜん眠くならなかった。

家のなかはやけに静かだった。けさは外の騒音さえほとんど聞こえてこない。数分おきにフランクリン・ストリート沿いを高架列車が通るときを除けば。

時計のカチカチという音がどんどん大きくなった。

けさは父さんを起こさなくていいんだな、と思った。二度と起こさなくていいのだ。誰も父さんを起こさなくていい。

起きだして着替えた。

キッチンへ向かう途中、ガーディの部屋のドア口で足を止め、なかを覗きこんだ。ガーディは見てもらいたがっていて、ぼくも見たいなら、どうして見ちゃいけない？　答えはよくわかっていた。

もしかしたら、父さんを起こさなくていいんだと思ったときの冷えきった心に、正反対の刺激がほしかったのかもしれない。もしかしたら、冷えきった感情が熱い感情で相殺されると思ったのかもしれない。正確にはそんなことにはならなかったが、一分も経たないうちに自分に嫌気が差してきたのでキッチンへ急いだ。

コーヒーを淹れ、座って飲んだ。午前中は何をしよう。アンブローズおじさんは遅くまで寝ているだろう。移動遊園地(カーニバル)で働いているので、朝寝坊が習慣なのだ。どっちみち、捜査についていえば、検死審問が済むまでたいしてできることはなかった。それから、葬儀が済むまでは。

こうして朝日のなかで考えると、ちょっとばかみたいに思えた。口ひげを生やした小太りの男と世間知らずの若造が、この大きなシカゴの街から、仕事を終えて逃げおおせた強盗を見つけられると思っているなんて。

色褪(いろあ)せた赤毛と疲れた目をした殺人課の刑事のことを思いだした。ぼくたちはあの男を百ドルで買収した。いや、アンブローズおじさんは買収したつもりになっていた。とにかく、おじさんは部分的には正しかったわけだ。バセットは金を受けとったのだから。

裸足でぱたぱたと歩く音が聞こえ、ガーディがキッチンにやってきた。パジャマ姿で、上も着ていた。足の爪には色が塗ってあった。

ガーディはいった。「おはよう、エディ。コーヒーある?」

ガーディはあくびをし、次いでしなやかな仔猫さながらに伸びをした。爪はしまってあった。

ぼくはもう一つカップを出してコーヒーを注いだ。ガーディはテーブルの向かいに腰をおろした。

「ねえ、検死審問はきょうよね」ガーディはわくわくしているような声を出した。「ねえ、フットボールの試合はきょうよね」といっているみたいな声だった。

「ぼくも証言させられるのかな。何をいえばいいかわからない」

「ううん、エディ、それはないと思う。母さんとあたしだけだっていってた」

「なんでおまえが?」

「身元確認のことで。最初にちゃんと父さんを確認したのはあたしだったから。母さんは、ハイデンの店でまた気を失いそうになっちゃって。警察は失神してもらいたくないみたいだったから、あたしが見ますっていったの。あとになってすこしおちついてから、刑事のミスター・バセットが話をすると、母さんも見たがった。で、警察は母さんにも見せた」

ぼくは尋ねた。「警察にはどうして父さんだってわかったんだ？　だってさ、身分証がなかったのに。あれば警察は夜中にここに来ていたはずだろう、発見した直後に」

「ボビーが父さんを知ってたから。ボビー・ラインハルトが」

「ボビー・ラインハルトって誰？」

「ミスター・ハイデンのところで働いてる人。葬儀の仕事を勉強してる。何回かデートしたことがあるの。彼が見て、父さんだとわかった。七時に出勤して、遺体が誰かをすぐに警察に話したのよ、あの部屋に……遺体安置室に入ってすぐ」

「あ、そう」どの男のことかわかった。あの見かけ倒しの役立たずだ。十六か十七だったはず。髪にグリースをたっぷり塗って、いつも一番いい服で登校していた。自分のことをホットなプレイボーイだと思っているようなやつだった。

あいつが父さんの遺体の処置を手伝うのかと思うと、ちょっと気分が悪くなった。

コーヒーを飲み終えると、ガーディはカップをすすいで部屋へ着替えに戻った。母さんが起きだした音がした。

居間に移って雑誌を手に取った。外では雨が降りだしていた。しとしとと降る雨だった。手にしたのは探偵小説誌だった。ぼくが読みはじめた一編は、裕福な男が死体になってホテルのスイートで見つかる話で、その男の首のまわりには黄色い絹のひもが巻きつけてあるのだが、じつは毒殺されたのだ。容疑者が大勢いて、みんな動機があった。被害者がちょっかいを出していた秘書、遺産を相続した甥、被害者から金を借りていたたかり屋、秘書の婚約者。第三章でたかり屋が犯人と決まりそうになるのだが、そこで彼は殺される。首のまわりには黄色い絹のひもが巻きつけてあり、たかり屋は実際絞殺されたのだが、その絹のひもが使われたわけではなかった。

ぼくは本を置いた。くだらない、と思った。殺人はそんなものじゃない。

殺人とはこういうものだ。

なぜか、父さんが水族館に連れていってくれたときのことを思いだした。どうして覚えていたのかもよくわからなかった。あのときのぼくはたったの六歳、いや、もしかしたら五歳だった。母さんもまだ生きていたけれど、一緒には行かなかった。口をまん丸くあけた、ひどくびっくりしたような表情の魚を見て、父さんと一緒に大笑いしたのを思いだした。

いまになって思えば、あのころの父さんはよく笑っていた。

ガーディが、友達の家に行ってくる、昼までには戻るから、と母さんに話していた。

雨は午前中ずっと降りつづいた。

検死審問は、開始を待って座っている時間が一番長く思えた。ハイデン葬儀場でおこなわれた。〝本日、検死審問〟のような看板が出たわけではなかったが、噂が広まっていたにちがいない。かなりの人が集まってきた。座席の数は四十ほどあり、それがすべて埋まった。アンブローズおじさんは後列の端のほうにいた。ぼくにこっそり合図を送ってきて、そのあとは知らないふりをした。ぼくは母さんとガーディから離れ、部屋の反対端の後方の席についた。

金縁の眼鏡をかけた小柄な男がまえのほうでやきもきしていた。担当の副検死官だった。ウィーラーという名前だとあとで知った。男は苛立ってかっかしているように見えた。急いではじめて、さっさと終わらせたがっているようだった。

バセットやほかの警官たちもいた。一人だけ制服で、ほかはみんな私服だった。一人、細く通った長い鼻をした、プロのギャンブラーのような男がいた。

ホール前方の片側に椅子が並び、六人の男が座っていた。

何が進行を止めていたにせよ、ようやくそれが片づいたようだった。副検死官が小槌を打つと室内は静まりかえった。検死陪審として選ばれた六人のなかに、ふさわしくないと思う人がいれば知らせてください、と副検死官はいった。反対意見は出なかった。副検死官は今度は陪審の六人に向かって、ウォレス・ハンターという名の男を知っているか、彼がどういう状況下で死亡したか知っているか、事件について誰かと話しあったりしていないか、これから耳にする証言に関して公正かつ公平な判断ができない理由が何かあるかを尋ねた。全員が否定の返事をしたり首を横に振ったりした。

その後、副検死官は六人を安置室へ案内して遺体を見せ、次いで宣誓をさせた。そんなに堅苦しいわけではなかったが、まさに型どおりのやり方だった。ありきたりで、できの悪い映画のワンシーンみたいだった。

そうしたことがすべて済むと、副検死官は故人の家族はいないかと尋ねた。母さんが立ちあがり、まえへ出た。小声で何かいわれたのに対し、母さんは右手を挙げて小声で返した。それから名前、住所、職業、故人との関係を告げ、遺体を見て夫であることを確認しましたと話した。

父さんについてもたくさんのことを訊かれた。職業、勤務先の所在地、住所、どのくらいそこに住んでいたのか、といったようなことを全部。

「生きているミスター・ハンターを最後に見たのはいつでしたか、ミセス・ハンター?」

「水曜日の夜、だいたい九時ごろです。夫が出かけるときでした」

「ミスター・ハンターはどこへ行くつもりかいっていましたか?」

「ええと、いいえ。ただビールを飲みにいってくるとだけ。わたしはクラーク・ストリートに向かうものと思いました」

「そういうふうに、一人で出かけることはよくあったのですか?」

「そうですね……はい」

「頻度は?」

「週に一回か二回です」

「ふだんは……どれくらい遅くまで外にいましたか？」

「たいてい夜中の十二時くらいまでで、ときどきもっと遅いこともありました。一時とか、二時とか」

「水曜日の夜はどれくらい現金を持って出たのでしょうか？」

「厳密な金額はわかりません。二十ドルか三十ドルくらいだと思います。水曜日はお給料日でしたから」

「もうすこしこまかくわかりませんか？」

「わかりません。夫からはいつも水曜日の夜に二十五ドル渡されるんです。食費と……その他の家計費にって。残りは夫が自分で持っていました。そこから家賃とか、ガス代とか、電気代なんかを払っていました」

「ミスター・ハンターに敵意を抱いていた人を知りませんか、ミセス・ハンター？」

「いいえ、一人も知りません」

「よく考えてください。ほんとうに一人も知りませんか……ミスター・ハンターを憎む理由のある人物を？」

「ええ。一人も」

「それでは、ミスター・ハンターの死亡によって経済的な恩恵を受ける人はいませんか？」

「どういう意味でしょう?」

「つまり、ご主人は現金を所有していたか、あるいは商取引や株による利益を手にしていませんでしたか?」

「いいえ」

「保険をかけていませんでしたか? あるいは、保険をかけられていませんでしたか?」

「いいえ。以前、かけようかといっていたことはありました。わたしがやめようといったんです。保険なんかかけるより、その分を銀行に貯金するべきだって。ただまあ、貯金なんてできはしませんでしたけど」

「水曜日の夜ですが、ミセス・ハンター、あなたは起きて待っていましたか?」

「はい、最初は起きていました。だけどしばらくしてから、遅くまで飲むことにしたのだろうと思って、ベッドに入りました」

「ミスター・ハンターは飲酒をするとき、すこし不注意に……ええと、治安の悪いエリアの路地を歩くようなことが以前にもありましたか?」

「はい、残念ながらありました。いままでにも二回、ホールドアップ強盗にあっています。前回は一年まえでした」

「しかしそのときには怪我はなかったのですね? 抵抗しなかったということでしょうか?」

「ええ。ただお金を奪われただけでした」

ぼくは注意深く聞いていた。これは初めて聞く話だった。父さんがまえにも強盗にあったことがあるなんて一度も聞いたことがなかった。しかし思い当たることがあった。一年まえ、財布をなくした、社会保障カードと労働組合員証を再発行しなければ、といっていたことがあった。おそらく、どうやって財布をなくしたかはぼくには関係ないと思ったのだろう。

副検死官は、警察関係者からほかに質問はありますか、と尋ねた。誰からも何も出なかったので、母さんは席に戻ってよいといわれた。

副検死官がいった。「もう一人、身元確認をした人がいます。ミス・ヒルデガード・ハンターがやはり故人の身元を確認しました。この場にいますか?」

ガーディが立ちあがり、おきまりのつまらない手続きをこなした。証人席につくと脚を組んだ。スカートを調節する必要はなかった。すでに充分短かったから。

ガーディは父さんの身元を確認したこと以外は何も訊かれず、母さんの隣の席に戻ったときにはがっかりしているのがよくわかった。

次は私服の警官が証言台に立った。パトロールカーの乗員だった。この警官がパートナーとともに遺体を発見したのだ。

二人は南へ走っていた。二時ごろ、フランクリン・ストリートの高架下をゆっくり流していたところ、路地が暗かったのでヘッドライトで照らしたら、そこに父さんが横たわっているのが見えたという。

「あなたがそばへ行ったときには死亡していたのですか？」

「はい。たぶん一時間ほどまえに死亡したようでした」

「身分証を探しましたか？」

「はい。財布とか、時計とか、そういったものは何も身につけていませんでした。すっかり奪われていたようです。小銭はいくらかポケットにありました。六十五セントでした」

「人がそばを通り過ぎても気がつかないほど、路地は暗かったのですか？」

「そうですね。フランクリン・ストリート寄りの端には街灯があるんですが、消えていました。われわれはあとでそのことも報告しましたので、電球は交換されました。まあ、すくなくとも、すぐに交換しておくといってました」

「争った形跡はありましたか？」

「ええと、顔にすり傷がついていましたけど、倒れたときについたものかもしれません。殴られたときに顔から倒れたんです」

「それはわからないはずでしょう」副検死官は鋭く切り返した。「つまり、あなたが発見したとき、被害者は顔を下にして倒れていたということですね？」

「そうです。それから、ビール壜が何本か割れたようなガラスの破片があって、ビールのにおいがしていました。路地も被害者の服もビールで濡れていました。被害者はまちがいなくそれで……ああ、わかっています、これも推測ですね。周辺に散っていたのはビールと、ビール壜の破片です」

「故人は帽子をかぶっていましたか?」

「帽子はそばに落ちていました。固い麦わら帽子です。よく、船乗りの麦わらと呼ばれるやつです。つぶれていませんでした。殴られたときにはかぶっていなかったはずです。この帽子と、倒れていた格好から考えて、うしろから殴られたのでしょう。強盗は被害者に近づくと、一方の手で帽子をはたき落として、もう一方の手で凶器を振ったんじゃないかな。まえから殴りかかったんじゃ、気づかれずに帽子をはたき落とすことなんかできませんからね、犯人はきっと……」

「事実を述べるだけにとどめてください、ミスター・ホルバート」

「わかりました……で、質問はなんでしたっけ?」

「故人は帽子をかぶっていましたか? これがさっきの質問です」

「いいえ、かぶっていませんでした。帽子は被害者のそばに落ちていました」

「ありがとうございました、ミスター・ホルバート。以上です」

警官は証人席を降りた。昨夜のぼくらの考えはまちがっていたのだな、とぼくは思った。ぼくたちはあの街灯を考慮に入れていたのだから。事件当時、街灯はついていなかった。ということは、路地のフランクリン・ストリート側の端はかなり暗かったのだろう。

副検死官はまたメモを見ていた。それからいった。「ミスター・カウフマンはいますか?」

背は低いがどっしりとした体格の男が足を引きずりながらまえへ出た。分厚いレンズの眼鏡をかけていて、レンズの向こうの目にはまぶたが重く垂れかかっていた。

男は証人席でジョージ・カウフマンと名乗った。〈カウフマンの店〉という名で知られるシカゴ・アヴェニュー沿いの酒場を所有、経営していた。

確かに、故人ウォレス・ハンターは水曜日の夜にうちの店にいました、とミスター・カウフマンはいった。三十分ほど店にいて——とにかくその程度の時間でした——その後、家へ帰るといって出ていきました。カウフマンはここで重ねて質問されると、ビールは三杯か四杯だったかもしれない、しかしそれより多くはない、と認めた。飲んだのはウイスキーをワンショットと、ビールを二、三杯でした。ウイスキーがワンショットだけだったのは確かだ、ともいった。

「店には一人で来たのですか?」

「はい。一人で来て、一人で帰りました」

「立ち去るときに、家へ帰るといっていましたか?」

「はい。カウンターのところに立っていたんですが、家に帰るというようなことを何かいってましたね。正確な言葉までは覚えていませんが。それから、持ち帰り用のビールを四本買って、支払いを済ませ、出ていきました」

「被害者を知っていましたか? まえにも来店したことがありましたか?」

「何回か。顔は知っていました。名前は知りませんでしたよ、写真を見せられて話を聞くまでは」

「そのときあなたの店にはほかに何人の客がいましたか？」

「あの人が店に来たときには、男性客の二人連れがいました。だけどそのときにはもう帰る支度をしていて、すぐに出ていきましたよ。ほかには誰も来なかった」

「つまり、被害者が唯一の客だったということですか？」

「あの人が店にいた時間の大半はそうでしたよ。暇な夜でね。早くしめました。あの人が帰ったすこしあとくらいに」

「どれくらいあとでしたか？」

「出ていってから閉店のための掃除をはじめたんで、それから店をしめるまでは二十分くらいでしたね。もしかしたら三十分かも」

「被害者がどれくらいお金を持っていたか見えましたか？」

「あの人は五ドル札で払いました。財布から引っ張りだしてましたが、財布の中身は見えませんでしたよ。金を出すときも、釣りの一ドル札何枚かをしまうときもね。ほかにいくら持ってたかは知りません」

「被害者が入店したときに出ていった男性二人ですが。あなたの知っている人ですか？」

「まあ、ちょっとは。一人はウェルズ・ストリートで惣菜屋をやってるユダヤ人です。名前は知りませんがね。もう一人は惣菜屋とよく一緒に来るんです」

「故人は酔っていた、そうですね？」

「あの人は飲んでいた。それは見ればわかりましたが、わたしなら酔っぱらっていたとはいいませんね」

「まっすぐ歩けていましたか？」

「もちろん。声がちょっとこもってたし、しゃべり方もほんのすこしおかしかったが、ほんとうに酔っぱらってたわけじゃなかった」

「以上です、ミスター・カウフマン。ありがとうございました」

次は医師が証言に呼ばれ、宣誓した。医師はあの鼻筋のすっと通った長身の男だった。映画に出てくるプロのギャンブラーみたいだとさっき思った男だ。

名前はドクター・ウィリアム・ハーテルだった。オフィスはワバッシュ・アヴェニュー沿いにあり、住まいはディヴィジョン・ストリート沿いだった。この男が遺体を調べたのだ。

医師の話には専門用語が多かった。要するに、死因は尖って(とが)いない、固いものによる頭部への打撃だった。どうやら、背後に立った何者かによって殴られたようだった。

「あなたが遺体を調べたのは何時ごろでしたか？」

「二時四十五分です」

「その時点で、死後どのくらい経っていましたか？」

「一時間か二時間ですね。おそらく二時間近く」

ハイデン葬儀場を出ようとしていると、誰かの手がおずおずと肩に触れてきた。ぼくはふり返っていった。「こんにちは、バニー」

バニーはいつもよりさらに怯えた小兎のように見えた。ぼくらはドア口の片側へ寄り、ほかの人々を通した。バニーはいった。「まったくね、エド、おれは……いいたいことはわかるだろう。何かできることはあるかい？」

ぼくはいった。「ありがとう、バニー。でも大丈夫。とくに何もないと思うよ」

「マッジはどんな様子だね？　どんなふうに受けとめてる？」

「まあ、そんなに調子よさそうではないけど、でも……」

「なあ、エド、もし何かおれにできることがあったら電話してくれ。つまりね、貯金だってすこしはあるし……」

「ありがとう、バニー、だけどぼくたちなら大丈夫だから」

母さんじゃなくてぼくに訊いてくれてよかった。母さんだったらバニーから金を借りたかもしれないし、そうなればおそらくぼくが返さなければならなかっただろう。金なんかなければないなりに、なんとかなるのに。

それに、バニーには貸した金を回収せずにいられるような余裕はなかった。バニーがなんのために貯金しているかは知っていた。自分で小さな印刷屋をひらくことがバニー・ウィルソンの夢なのだ。しかし開業するにはかなりの費用がかかる。参入は厳しく、資金が必要だった。

バニーはいった。「今度、寄らせてもらってもいいかな、エド？　おまえやマッジとおしゃべりするために。マッジは喜んでくれるかな？」

「もちろんだよ。母さんはバニーのことが好きだから。父さんの友達のなかで母さんがほんとうに好きなのはバニーだけだと思うよ。いつでも寄って」

「そうするよ、エド。来週、夜勤が休みのときにでも。水曜日かな。おまえの父さんはすばらしい男だったよ、エド」

ぼくもバニーが好きだったけれど、いまはもうたくさんだった。バニーに別れを告げ、ぼくは帰路についた。

第五章

電話で、アンブローズおじさんがいった。「少年、拳銃野郎になってみるなんてどうだね?」

ぼくはいった。「はあ?」

「そんなにびっくりしないでくれ。きみにやってほしいんだよ」

「ぼくは拳銃を持ってないし、〝野郎〟でもない」

「まあ、半分はそうだな。しかし拳銃は必要ない。きみはある男を思いきり怖がらせてくればいいいんだよ」

「ぼくが怖がるはめにはならないんだね?」

「怖がってくれてもかまわないがね。体がこわばったほうが演技もうまくいくんじゃないかな。まあ、いくつかコツを教える」

ぼくは尋ねた。「本気なの?」

おじさんはきっぱりイエスといいきったので、真剣なのだとぼくにもわかった。

「いつやるの?」

「あさってまで待つつもりだ。葬儀が済むまで」

「わかった」

電話を切ったあと、いったい何に片足を突っこんでしまったんだろうとぼくは思った。居間へ行ってラジオをつけた。ギャングの話が流れてきたので、すぐに切った。

どんな拳銃野郎になることやら。

じっくり考える時間ができてみると、おじさんが何をいおうとしていたのかわかった。ほんとうにちょっと怖くなった。

検死審問のあとの金曜日の夕方だった。母さんは葬儀屋で最後の打ち合わせをしていた。ガーディがどこにいるかは知らなかった。おそらく映画だろう。

窓辺に行って外を見た。まだ雨が降っていた。


朝になると、雨はやんでいた。

湿度が高く、霧が立ちこめていて、蒸し暑かった。当然のことながら、葬儀のために一番いい服を着たけれど、糊(のり)がべったりくっついているかのように服が肌に貼りついた。ひととおり確認するだけのためにスーツのジャケットも着てみたけれど、すぐに脱いで、もっと時間が迫るまでハンガーにかけておくことにした。

拳銃野郎か。もしかしたら、おじさんはちょっとイカレてるのかもしれない。もちろん、ぼくもちょっとイカレてるのかもしれない。おじさんが望むのがなんであれ、やってみるつもりでいるのだから。

　母さんが起きだす音がした。ぼくは外へ出た。

　ハイデン葬儀場まで行き、佇(たたず)んで外側から眺めた。

　しばらくそうしていたあと、なかへ入った。ミスター・ハイデンはオフィスにいて、ワイシャツ姿で書類仕事をしていた。ぼくを見ると煙草をおろしていった。「おはよう。エド・ハンターだね？」

「はい」ぼくはいった。「何か……ぼくにできることはないかと思って」

　ミスター・ハイデンは首を横に振った。「何もないよ。すべて準備できている」

「母さんには訊けなくて。棺(ひつぎ)を担ぐ人なんかも足りてますか？」

「ああ、故人の勤務先の人たちがやってくれる。ここにリストがあるよ」

　ミスター・ハイデンから紙切れを手渡され、そこに書かれた名前を読んだ。主任のジェイク・ランシーの名前がリストのてっぺんにあり、その下にライノタイプの植字工三人と、雑用係二人の名前があった。会社のことはまったく考えていなかった。勤務先の人たちが来るとわかって、ちょっとおかしな気分になった。

　ミスター・ハイデンがいった。「葬儀は二時だ。用意はすべて整っている。オルガン奏者も手配してある」

ぼくはうなずいた。「父さんはオルガンの曲が好きでした」

「ときどき、遺族のご要望によっては……最後に一目会って、お別れをいったりしてもらうこともあるよ。いまみたいなときにね。葬儀で並んで安置台のそばを通り過ぎるんじゃなくて。もしかしたら、そのために来たのかな?」

そういわれて、そのとおりだと思った。ぼくはうなずいた。

ミスター・ハイデンの案内で、ホールのすぐそばの部屋へ行った。ホールといっても検死審問があった場所ではなく、そことおなじサイズの部屋で、中央廊下を隔てた反対側だ。小部屋に入ると、安置台の上に棺があった。灰色のビロードが張られ、クロムの縁取りのされたきれいな棺だった。

ミスター・ハイデンはふたの一部を動かして、遺体の上半身が見えるようにした。そして何もいわず、静かに出ていった。

ぼくは立ったまま父さんを見おろした。

しばらくそのままでいたあと、ふたをそっともとに戻し、外に出た。そして小部屋のドアをしめた。ミスター・ハイデンにも誰にも会わないまま、葬儀場から立ち去った。

東へ向かって歩きはじめ、次いで南へ向かった。ループ地区を通り抜け、サウス・ステイト・ストリートをずっと歩いた。

やがて速度を落として立ち止まると、いま来た道を戻りはじめた。

ループ地区には花屋がたくさんあって、自分が花を何も用意していなかったのを思いだした。まだ給料が残っていた。ぼくは一軒の花屋に入り、数時間後の葬儀に間に合うようにいますぐ赤いバラを送れるかと尋ねた。送れるといわれた。

その後、コーヒーを一杯飲んでから帰宅した。十一時ごろだった。

ドアをあけた瞬間に、何かがおかしいとわかった。暑い空気のこもった家のなかにウイスキーのにおいが充満していた。においでわかった。土曜の夜のウェスト・マディソン・ストリートみたいなにおいだった。

やれやれ。葬儀まであと三時間だっていうのに。

家に入ってドアをしめ、そのほうがいいような気がしたので鍵をかけた。母さんの寝室のドアへ向かい、ノックをせずにあけてなかを見た。

母さんはきのう買ったらしき新しい黒のワンピースを着てベッドの端に座り、手にウイスキーのボトルを握っていた。呆けたような目をしており、なんとかぼくに目の焦点を合わせようとした。

アップにしてまとめた髪の一方が大きくほつれていた。顔の筋肉がゆるみ、老けて見える。どうしようもなく酔っていた。

母さんの体はまえへ、うしろへと小さく揺れている。

ぼくは部屋を横切り、何が起こっているか気づかれないうちにウイスキーのボトルを取りあげた。けれどもぼくが取ったあと、母さんはボトルにつかみかかってきた。ボトルを追って立ちあがり、もうすこしで倒れそうになった。ぼくが押し返すと、ベッドに尻もちをついた。母さんはぼくに向かって悪態をつきはじめ、また立ちあがろうとした。

ぼくはドアへ急ぎ、鍵を抜いて外側の鍵穴に差しこんだ。そして母さんがドアノブをつかむより早く外から鍵をかけた。

ガーディが家にいればいいけれど。家にいて手伝ってくれるべきだった。ガーディはぼくより母さんの扱いがうまいのだ。ぼくには助けが必要だった。

まずキッチンに駆けこんで、ウイスキーのボトルをシンクの上で逆さにし、中身をゴボゴボと流した。最初にやるべきはウイスキーをなくすことだと思ったのだ。

母さんの声が、鍵をかけたドアの向こうから聞こえてきた。悪態をつき、泣き声をあげ、何度もノブをまわそうとしていた。だが、わめいたり、ドアをたたきのめしたりはしなかった。そこまでうるさくなくて助かった。

ぼくが空き壜(びん)をシンクに置いたときには、ドアノブのガチャガチャいう音はやんでいた。ぼくはガーディの部屋へ向かった。するとべつの音が聞こえてきて、身が凍りつくような思いがした。

窓があく音だった。母さんの寝室の中庭に面した窓だ。

飛びおりるつもりなのだ。

ぼくは駆け戻ると、鍵をつかんでまわした。鍵はちょっとつかえたが、窓のほうもつかえていた。あの窓はまえから建てつけが悪くて、いつもあけるのに苦労するのだ。母さんが悪戦苦闘しているのが聞こえてきた。いまはもう洟をすすっているだけで、悪態をついたり声をたてて泣いたりはしていなかった。

ようやくドアがあき、ちょうど母さんが窓をすり抜けようとしているところに間に合った。窓はほんの三十数センチあいたところでつかえていたが、母さんはその隙間から這いでようとしていた。

ぼくがぐいと引き戻すと、母さんはぼくの顔に手を伸ばしてきて引っかこうとした。できることは一つしかなかった。ぼくは母さんの顎を強く殴った。そして母さんが倒れて床にひどくぶつかるまえに、なんとか途中で体を受けとめた。母さんは気を失っていた。

ぼくはすこしのあいだそこに立ったまま息を整えようとした。この暑くて酒くさい部屋のなかで、汗が冷えてべとつき、体が震えた。

それからガーディのところへ向かった。

ガーディは眠っていた。どういうわけか、この騒ぎのあいだもずっと眠っていたのだ。もう十一時だというのにまだぐっすり眠っている。

ぼくが揺するとガーディは目をあけ、次いで身を起こした。突然恥じらうかのように胸のまえで腕を組んだ。まだ慎みを捨てるほど目が覚めていなかったからだ。それから目を大きく見ひらいた。

ぼくはいった。「母さんが酔っぱらってる。葬儀まで三時間しかない。急げ」

部屋着だかローブだかなんだか、とにかく椅子の背にかかっていたものを手渡すと、ぼくは急いで部屋を出た。ガーディの足音がすぐうしろから聞こえた。

「寝室にいる。ぼくは水を出してくる」そういってバスルームへ行き、バスタブに冷たい水を張りはじめた。蛇口を全開にしたらバスタブが空っぽのうちは水がはねたが、かまっていられなかった。

寝室に戻ると、ガーディがすでに仕事にかかっていた。母さんの靴とストッキングを脱がせているところだった。

ガーディが尋ねた。「どうしてこんなことに？　兄さんはどこにいたのよ？」

ぼくはいった。「八時くらいからついさっきまで出かけてたんだよ。母さんはたぶんぼくが家を出たくらいの時間に起きたんだ。それからまっすぐ階下(した)へ行って酒を買った。こうなるまでに丸々三時間あったわけだ」

ぼくが母さんの両肩を支え、ガーディが両膝(りょうひざ)を持って、ふたりで母さんをベッドに乗せ、ワンピースを頭から脱がせようとした。

ぼくはちょっと心配になって訊いた。「母さんは替えのスリップを持ってるよね？」

「当然。時間に間に合うようにちゃんとさせることができると思う？」

「やらなきゃ。替えがあるなら、スリップは着せたままにしておこう。かまうもんか。さあ、バスルームまで歩かせないと」

母さんはずっしりと重かった。歩かせることはできなかった。半分運ぶように、半分引きずるようにしてなんとかバスルームへ連れていった。

バスタブはすでにいっぱいになっていた。母さんをそこへ入れるのがいちばんむずかしかった。ガーディもぼくもびしょ濡れになってしまった。しかしなんとか母さんを押しこんだ。ぼくはガーディにいった。「顔が水に浸からないように見ててくれ。ぼくはコーヒーを淹れてくる。スープみたいに濃いやつを」

ガーディはいった。「母さんの部屋の窓をあけて、あのにおいを追いだしておいて」

「もうやったよ。換気しようと思って窓はあけてある」

やかんを火にかけ、あとは湯を注げばいいようにコーヒーの準備をした。コーヒーの粉はできるだけたくさん、てっぺんまで入れた。

それからバスルームへ駆け戻った。ガーディは母さんの髪にタオルを巻いて、顔に冷たい水を引っかけていた。母さんは意識を取り戻しつつあった。ちょっとうめいて、はねかかる水から顔を背けようとした。体が震え、冷水のせいで肩から腕にかけて鳥肌が立っていた。

ガーディはいった。「酔いが醒めてきたみたい。だけど間に合うかどうか……どうしよう、エディ、三時間なんて……」

「それよりすこし短い。母さんが目を覚ましたら、バスタブから出て体を拭くのを手伝ってあげて。ぼくは階下（した）のドラッグストアへ行ってくる。役に立つものがあるんだ。名前がわからないんだけど」

ぼくは自分の部屋へ行き、乾いたシャツとズボンに急いで着替えた。葬儀にはふだんのスーツを着ていかなきゃならないけれど、仕方なかった。

バスルームを通り過ぎるとドアはしまっていて、ガーディと母さんの声が聞こえた。どんよりした、不明瞭な声だったが、ヒステリーを起こしているわけでも悪態をついているわけでもなかった。たぶん間に合うだろうとぼくは思った。

コーヒーのための湯が沸いていた。それをドリッパーに注ぎ、保温のためにドリッパーの下のポットを弱火にかけておいた。

それからクラッセンのドラッグストアへ行った。クラッセンとは知り合いだし、いいふらしたりしないことはわかっていたので、ほんとうのことを話したほうがいいと思った。それでぼくは必要なことだけを正直に話した。

「ぴったりの薬がある」クラッセンはいった。「そんなに高くもないし。用意できるよ」

「あと、息も」ぼくはいった。「式では会葬者のそばにいなきゃならない。酒のにおいを消せるものが何かほしいんだけど」

ぼくらはなんとかやりとげた。母さんをきちんとさせることができた。

葬儀はすばらしかった。

いや、ほんとうのところ、ぼくはなんとも思わなかった。ぼくにとっては父さんのお葬式という感じがしなかった。あの小さな部屋で、一人で父さんと一緒にいたときが、ぼくにとっては葬儀だった。あのとき、ぼくは父さんに別れを告げたようなものだった。

これはほかの人たちのためのもの、父さんに敬意を払うためにやらなきゃならない別物だった。

ぼくは母さんの隣に座った。母さんをはさんだ向こうにはガーディが座った。アンブローズおじさんがぼくのもう一方の隣に座った。

葬儀のあと、主任のジェイクが近づいてきていった。「会社には戻ってくるんだろう、エド？」

「もちろんです」ぼくは答えた。「戻ります」

「休みたいだけ休んでいいよ。いまは仕事もあまりないから」

「ちょっとやりたいことがあるんです、ジェイク。一週間か二週間、休みをもらっても大丈夫ですか？」

「好きなだけ休むといい。いまいったとおり、会社はしばらく暇だからね。だが、必ず戻ってくるように。親父さんがいないとなると、会社での仕事もちがったものに思えるかもしれないが、きみはいい仕事でいいスタートを切っているんだからね。われわれとしても、きみに戻ってきてもらいたい」

「絶対に戻りますよ」

「ロッカーに親父さんの荷物があるんだがね。われわれが家に送ろうか。それとも、きみが取りにくるかね？」

「取りにいきます。三日分の給料も受けとっておきたいんです。父さんの分も。月曜日から水曜日の分です」

「両方とも出して、用意しておくように事務所にいっておくよ、エド」

墓地へ行って、会葬者たちが棺の上に土をかけたあと、アンブローズおじさんはぼくたちと一緒にうちへ来た。

みんなでテーブルを囲んで座った。あまりしゃべることもなかった。アンブローズおじさんがトランプでもしようといいだして、おじさんと母さんとぼくでしばらくのあいだラミーをやった。

おじさんが帰るとき、外の廊下まで見送りに出た。おじさんはいった。「今夜はのんびりするんだね。しっかり休んで、行動に備えるんだ。あしたの午後、ホテルまで来てくれ」

「わかった。でも、何か今夜のうちにできることはないの？」

「ない。わたしはバセットに会うつもりだが、きみが一緒に行く理由はない。裏のベランダが例の路地に面している建物があっただろう。あそこの住人を調べてみるのもいいんじゃないかって吹きこんでみるつもりだよ。そういう骨折り仕事はわたしたちよりも警察のほうがうまくできるからね。もし手がかりが出てきたら、それも調べてみよう」

「それも？　てことは、先に調べるのはカウフマン？」

「そうだ。あの男は検死審問で嘘をついた。きみも見ただろう？」

「よくわからなかったよ」

「わたしにはわかった。バセットがつかみそこなっているのはそこだ。だが、それはわれわれでなんとかしよう。午後なかばにわたしのところへ来てくれ。部屋で待っている」

七時ごろ、ぼくがガーディをループ地区あたりまで映画に連れだしてくれるといいんだけど、と母さんが思いつきを口にした。

べつにかまわなかった。

もしかしたら母さんは一人になりたいのかもしれない。ガーディが新聞で映画の広告を眺めているあいだ、ぼくは見ていることを悟られないようにして母さんを観察した。また飲もうとしているようなそぶりは見られなかった。

けさみたいなことのあとでは、きっと飲みたくはならないだろうと思った。

あれはひどかったが、母さんは見事に立ち直った。葬儀では大勢の人に話しかけていたけれど、何があったかは誰も気づかなかった。アンブローズおじさんさえ気がつかなかったんじゃないかと思う。ぼくとガーディと薬剤師のクラッセン以外は誰にもばれなかった。

母さんの目は赤く、顔は腫れぼったくなっていた。しかし泣いただけでもそんなふうになるものだ。

母さんはほんとうに父さんを愛していたんだな、と思った。

ガーディが行きたいという映画はぼくには感傷の固まりみたいに聞こえたけれど、いいジャズバンドが登場することになっていたので反対しなかった。

思ったとおりだった。映画はぱっとしなかったが、バンドにはとびきりの金管奏者がいた。驚くほど見事だった。演奏を心得たトロンボーン奏者が二人いた。そのうちの一人、ソロを吹いたほうは、かのジャック・ティーガーデンとおなじくらいすばらしかった。もしかしたら速い曲は駄目かもしれないが、心の奥底に染みこむような音色で吹いた。

あんなふうに吹けるようになるなら百万ドル払ったっていい。もしそんな金を持っていたらの話だけど。

フィナーレはジャンプナンバーで、ガーディの足がそわそわと動いた。ガーディはどこかに踊りに行きたがったが、ぼくは駄目だといった。葬儀の日の夜なんだから、映画に出かけるだけでも充分不謹慎だった。

ぼくたちが帰宅すると、母さんはいなかった。

ぼくはしばらく雑誌を読んでからベッドに入った。

真夜中に目が覚めた。声が聞こえた。かなり酔っているらしい母さんの声。もう一人の声にも聞き覚えがあったが、誰だか思いだせなかった。

よけいなお世話かもしれないけれど、誰の声か気になった。ぼくはとうとうベッドから出ると、もっと近くで聞けるようにドアへ寄った。だが男の声はやみ、玄関のドアがしまった。

その後も言葉はぜんぜんわからず、声だけが聞こえた。

母さんが部屋に入り、ドアをしめる音がした。歩き方から察するにかなり飲んでいるようだったが、けさよりはましだった。ヒステリックにしゃべったりはしていなかった。声も親しげだった。

窓のことは心配しなくていいとわかった。

ベッドに戻り、あの声が誰なのか思いだそうと、寝そべったまま長いあいだ考えた。しばらくしてようやくわかった。バセットだった。色褪(いろあ)せた赤毛と疲れた目をしたあの殺人課の刑事だ。

ぼくは疑問に思った。もしかしたら、バセットは母さんがやったと思っているのかもしれない。それで酔わせて話を聞きだそうとしたのかもしれない。ぼくは気に食わなかった。

いや、まったくそんな理由じゃないのかもしれない。しかしそのほうがいいかどうかはよくわからない。つまり、バセットが母さんを狙っていたとしたら。バセットには確か、病気の妻がいたはずだ。

どちらも気に食わなかった。もしバセットが仕事と楽しみを両立させようとしているなら、どちらか一方を狙っているよりよっぽど悪い、A級のろくでなしだった。そしてぼくはそんなやつが好きだったのだ。アンブローズおじさんから金を受けとったあとでさえ、悪く思ってはいなかった。

しばらくのあいだ眠れなかった。自分で考えたことがどれも気に入らなかった。

朝になって目が覚めると、口のなかにいやな味がした。

室内の空気には、まだむっとするような湿気があった。ぼくはあの忌ま忌ましい目覚ましをかけてもかけなくても、これからもずっと毎朝七時に目が覚めるのか？

起きて着替えてからやっと、結局のところバセットに問題はないかもしれないと思った。つまり、きのうの解釈は両方ともまちがっているかもしれない。母さんはクラーク・ストリートをまわっているうちに酔って意識があやしくなり、バセットは偶然出くわして母さんを家まで連れてきてくれただけかもしれない。ただの親切で。

着替えてしまうと、やることがなくなった。

コーヒーを飲んでいるとガーディがキッチンへやってきた。

「おはよう、エディ。眠れなくて。これならもう起きたほうがマシじゃない？」

「そうだね」

「コーヒーを温めておいてもらえる?」

「いいよ」

ガーディは自分の部屋へ戻って着替えを済ませ、また出てくるとテーブルをはさんで向かいに座った。ぼくはコーヒーを注ぎ、ガーディは自分でブレッドケースからスイートロールを取りだした。

「ねえ、エディ」

「なに?」

「きのうの夜、母さん何時ごろ帰ってきた?」

「わからない」

「家に入る音がぜんぜんしなかったってこと?」ガーディは立ちあがりかけた。部屋に行って母さんがいることを確認しようとするかのように。

「帰宅はしたよ。家に入るのは聞こえた。わからないっていったのは時間のことだよ。時計を見なかったから」

「だけど、すごく遅かったんでしょ?」

「だと思う。ぼくも眠ってたからね。母さんはきっと昼まで寝てるんじゃないかな」

ガーディはパンをちびちび齧(かじ)りながら考えこんだ。齧るたびにパンに口紅がついた。どうして朝食まえにわざわざ口紅を塗ったりするんだろう？

「エディ。考えたことがあるんだけど」

「なに？」

「母さんはお酒を飲み過ぎよね。もしこのままだったら……」

それについていうべきことはとくになかった。もしガーディにもっと何かいうことがあるなら聞くつもりで待った。何もなければ、その〝考えたこと〟とやらはとくに実用的なものではないのだ。つまり、母さんの飲酒に関してぼくらにできることは何もなかった。

ガーディは目を大きく見ひらいてぼくを見た。「エディ、二、三日まえにね、母さんのドレッサーの引出しにパイント壜があったの。それを取って隠したんだけど、母さんは気がつかなかったみたい。きっと忘れてるんだと思う」

「流してしまえばいい」

「また買うだけじゃない？　一ドル四十九セントで買えるんだから。もっとたくさん買うだけじゃないかな」

「まあ、そうだろうね。だから？」

「あたしが飲んじゃおうと思うの」

「ばかばかしい。まだ十四歳のくせに。それに……」

「もう十五歳よ、エディ。来月には十五になる。それに、デートのときに飲んだことくらいあるし。酔っぱらったりはしなかったけどね……わかるでしょ？」

「望遠鏡でも使って見ないかぎりわからないね。ばかげてる」

「エディ、父さんも飲み過ぎてたでしょう」

「父さんは関係ないだろう。もう済んだことだ。どっちにしても、それとおまえが酒を飲むことになんの関係があるんだよ？　家族の伝統だから受け継がなきゃならないとでも思ってるのか？」

「ばかなこといわないで、エディ。父さんにお酒をやめさせるなら、どうしたらよかったと思う？」

ガーディがあまりにしつこいので、だんだん腹が立ってきた。父さんはなんの関係もないのに。いまや地下二メートルくらいのところにいるのだから。

ガーディはいった。「父さんを止められたかもしれない方法を教えてあげる。兄さんがおんなじことをするのを見せればよかったのよ。兄さんはいつだっていい子だったから、自分とおなじように羽目を外したりしないって父さんにはわかってた。だから、兄さんが酔っぱらって帰宅したり、柄の悪い連中とつるんだりすれば……父さんはお酒をやめたかもしれない。そうすれば兄さんもやめると思って。父さんは兄さんを愛してたから。自分の行動のせいで兄さんが……」

「やめろ。くそっ、父さんはもう死んでるのに、なんでいまになってそんなばかげた話を持ちだすんだよ？」

「母さんは生きてるからよ。もしかしたら兄さんにとってはどうでもいいのかもしれないけど、あの人はあたしの母さんなのよ、エディ」

そうか、ぼくのほうがばかだったのだ。ガーディが話をどこへ持っていこうとしているのか、ようやくわかった。

ぼくはそこに座ったままガーディを見つめた。それがうまくいく可能性は——もしかしたらごくわずかかもしれないけれど——あった。ガーディがそんなふうに羽目を外して見せれば、それで母さんが目を覚ますかもしれなかった。父さんのことは失ったけれど、まだ大事な娘がいるわけだし、その娘が十五で酒のにおいをぷんぷんさせて酔っぱらっているところなんか絶対に見たくないはずだった。

それにしてもうんざりだった。こんなやり方をしなくてもいいんじゃないかと思った。

しかしここまで考えたことそのものは評価するべきだった。きっとずっと考えていたのだろう。それは見てわかった。

「頭おかしいんじゃないか」ぼくはいった。「そんなことできないよ」

「できるかできないかじゃないの。やるのよ」

「駄目だ」そうはいいながら、ガーディを止めることはできないとぼくは思った。よくよく考えてのことだろうし、きっとやるつもりだろう。仮にいまは止められたとしても、ずっとそばで見張っていることなどできないのだから。

「いまがそのときだと思うの、エディ。二日酔いで昼に起きたら、娘が酔っぱらってる。きっと気に入らないと思うでしょ？」

「ぶちのめされるぞ」

「どうしてよ、母さんだっておなじことをしてるのに。どっちにしろ、たたいたりはしないはず。たたかれたことなんて一度もないし」

いや、一回くらいはたたかれておくべきだったんじゃないかな、とぼくは思った。

「関わりたくない」ガーディが怒るかも、と思いながらぼくはいった。「そんなのただのいたずらだよ。ただ酔っぱらってみたいだけだろう」

ガーディは椅子をうしろへ押して立ちあがった。「お酒を取ってくる。いい子はいい子らしく、ボトルを取りあげて割ったっていいけど、そうなったらクラーク・ストリートへ出かけていって酔っぱらうだけ。あたしはほんとの年より上に見えるし、飲みたいものをなんでもおごってもらえる店ならたくさんあるから。もちろんノンアルコールなんかじゃなくて」

ガーディは足音も高く自分の部屋へ向かった。

出かけてしまえばいいじゃないか、とぼくは自分にいい聞かせた。いっさい関わりたくないんだから。ぼくが干渉すれば、ガーディはクラーク・ストリートで酔っぱらうこともできるし、きっとそうするだろう。そしてたぶん最後にはシセロあたりの売春宿にでもたどり着くだろう。で、そこが気に入るだろう。

ぼくは立ちあがったが、出ていきはしなかった。

そのままそこに残った。ガーディが酒を飲むのを止めることはできなかったが、そばにいて、トラブルになるのを防ぐべきだと思った。ある程度酔った段階で、きっと出かけたがるだろう。それを許すわけにはいかなかった。

身動きが取れなかった。

ガーディがボトルを持って戻ってきた。すでに栓はあいていた。ガーディは自分で酒を注いだ。

「兄さんも飲む?」

「これは仕事みたいなものだと思ってたけど」

「つきあってくれたっていいじゃない」

「無理」

ガーディは声をたてて笑い、ごくりと飲んだ。チェイサーとして、水の入ったグラスを手に取ったが、むせたりはしていなかった。

ガーディはもう一杯注いで、座った。

そしてにっこり笑ってみせた。「ほんとうに一緒に飲みたくないの?」

「ばか」

ガーディはけらけら笑って二杯めを飲んだ。居間へ行ってラジオをつけ、ダイヤルをいじって音楽を流した。朝のこの時間にしてはなかなかいい音楽だった。

「ねえ、エディ、あたしと踊って。踊ったほうが早くまわるんだから」

「踊るような気分じゃない」

「まったく、いい子ちゃんなんだから」

「ばか」

ガーディが酔いつつあるのがわかった。

音楽に合わせて一人でくるくるまわり、それから戻ってきて腰をおろした。そして三杯めを注いだ。

「そんなに早く飲むなよ。慣れてないのに急いでがぶ飲みするのは自殺行為だぞ」

「まえにも飲んだことくらいあるから。たくさんじゃないけど、まあ、いくらかは」そういうと、ガーディはべつのグラスを出してウイスキーをすこし注いだ。「ねえ、エディ、一杯だけ飲んで。お願い。一人で飲んでもつまんない」

「わかったよ。じゃあ一杯だけ。ほんとうに一杯だけだよ」

ガーディはグラスを持ちあげていった。「乾杯」それでぼくも、縁を合わせるためにグラスを持ちあげなければならなかった。ぼくは小さく一口だけ飲んだが、ガーディは自分の分をぐいっとあおった。

それからラジオのほうへ戻り、声をかけてきた。「こっちへ来て、エディ。グラスとボトルを持ってきて」

ぼくは居間へ行って座った。ガーディはぼくが座った椅子の肘掛け(ひじか)に腰をおろした。

「もう一杯注いで、エディ。すごく楽しい」

「そうだね」ぼくがまた小さく一口飲むあいだに、ガーディは四杯めをがぶがぶ飲んだ。今回はちょっとむせた。

「エディ、あたしと踊って」

音楽は悪くなかった。

「やめろよ、ガーディ。やめてくれ」

ガーディは立ちあがり、音楽に合わせて一人で踊りはじめた。スイングしたり、体をぐっと沈めたり、ふらついたりしながら部屋じゅうをまわった。

「いつかステージに立ちたい。どう思う？　あたし、どう？」

「ダンスはうまいと思うよ」

「ストリップもできる。ジプシー・ローズ・リーみたいに。見て」ガーディは踊りながらうしろへ、ワンピースのファスナーへと手を伸ばした。

「ばかな真似をするなよ。ぼくは兄貴なんだぞ？」

「ちがう、あたしの兄さんじゃない。だけどそれとあたしの踊りになんの関係があるのよ？

どうして……」

　ガーディはホックに手こずっていた。ぼくのすぐそばで踊っていたので、腕を伸ばしてガーディの手をつかんだ。「おい、ガーディ、やめろって」

　ガーディは笑い、ぼくにもたれてきた。手首を引っぱったせいで、ぼくの膝に乗るような格好になった。

「キスして、エディ」ガーディの唇は真っ赤で、くっついた体が熱かった。ぼくは何もしていないのに、ガーディの唇がぼくの唇に押しつけられた。

　ぼくはなんとか立ちあがった。「ガーディ、おい、やめろ。まだほんの子供のくせに。駄目だよ」

　ガーディは身を引いてちょっと笑った。「わかった、わかったってば。もう一杯飲もう、ね？」

　ぼくは一人一杯ずつ、二杯の酒を注いだ。そして一方をガーディに渡した。「母さんに乾杯だ、ガーディ」

「オーケイ、エディ。なんでも兄さんのいうとおりでいい」

　今度はむせたのはぼくのほうで、ガーディはぼくを笑った。

　ガーディはまたいくらかダンスのステップを踏んでいった。「もう一杯注いでおいて、エディ。すぐ戻るから」

それから小さく手を振って、ドアを出ていった。

ぼくは酒を二杯注ぎ、ラジオのそばへ行ってつまみをいじった。番組を替え、またすぐに戻した。もとの音楽の局以外にはドラマしか流していなかった。

エディ、と声をかけられるまでガーディが戻ってきたことに気づかなかった。呼ばれて初めてふり返った。

戻ってくる足音が聞こえなかったのは、ガーディが裸足(はだし)だったからだ。いや、それどころか全裸だった。

「これでもまだほんの子供だと思う、エディ?」ガーディはちょっと笑ってつづけた。「ほんとにただの子供だと思う、ねえ?」

ぼくはつまみをいじるのをやめ、ラジオを切った。

「子供じゃないよ、ガーディ。だからまずはこのボトルを片づけよう。いいかい? こっちがおまえのだ」

酒のグラスをガーディに手渡し、次いでチェイサーの水を取りにキッチンへ行った。そこで自分の分を飲んだふりをして、居間に戻ると次の二杯を注いだ。

ガーディはいった。「あたし……なんかふらふらする」

「ほら。これが効くよ。ぐっと空けるんだ、ガーディ」

そのときはぼくも一緒に一杯飲んだ。ボトルにはもうあとワンショットくらいしか残っていなかった。ずいぶんいいペースで注いでいたらしい。

ガーディは、ダンスのステップを踏みながらぼくのほうへ進む途中でつまずいた。受けとめるために腕を体にまわし、手でしっかり触らなければならなかった。

ガーディを助けてソファに座らせた。ぼくがボトルのほうへ戻りかけると、ガーディがいった。「座ってよ、エディ。座って、ねえ……」

「わかった、わかったよ。あと一人一杯ずつ残ってる。これを片づけよう、な?」

ガーディは最後の一杯の大半をこぼしたが、いくらかは飲んだ。ぼくがウイスキーをハンカチで拭いてやると、ガーディはくすくす笑った。

「くらくらする、エリィ。くらくら……」

「一分だけ目をつぶるんだ。そうすれば大丈夫」

一分で充分だった。ガーディは無事に眠りこんだ。

ガーディを抱きあげて部屋まで運んだ。パジャマのズボンを見つけて穿(は)かせ、部屋を出てドアをしめた。

グラスをゆすぎ、ボトルは見えないように、ペダル式のふたのついたごみ箱に捨てた。

その後、ぼくは出かけた。

第六章

二時ごろ、ぼくはワッカー・ホテルのエレベーターに乗って十二階まで行き、アンブローズおじさんの部屋を見つけてドアをノックした。

おじさんは部屋に入れてくれながらまじまじとぼくを見つめ、尋ねた。「どうした、エド。何をしていたんだい？」

「何も」ぼくはいった。「歩いてただけ。長い散歩だよ」

「何も問題なし？　どこへ行ったんだ？」

「べつに。ただ歩いてただけだってば」

「運動か？」

「やめてよ。放っといてよ」

「そうだな。余計な世話を焼くつもりはなかった。まあ座ってくつろいでくれ」

「何かするために出かけるのかと思ってた」

「もちろんそのつもりだ。しかし慌てることはない」おじさんはくしゃくしゃになった煙草のパックを取りだした。「一本どうだ？」

「もらうよ」

ぼくたちは煙草に火をつけた。

おじさんは煙の向こうからじっとぼくを見た。「なんだかいろいろなことにうんざりしているみたいだな、エド。何があったか正確なところは知らないが、当ててみることはできるかもしれない。女たちのうち一人が、いや、もしかしたら両方かな、酒盛りをしたんだろう。葬式のときにマッジの酔いを醒(さ)まさせたのはきみかな？」

「眼鏡をかける必要はなさそうだね、おじさん」

「エド、マッジとガーディはあれがあるがままの姿なんだよ。きみにできることは何もない」

「母さんのせいばかりともいえないいんだ。母さんは自分でもどうしようもないんだと思う」

「誰のせいでもないさ、エド。そのうちわかると思うがね。それはウォリーにもいえる。きみにもいえる。きみがいまのきみであるのは、きみのせいじゃない」

「ぼくがどうだっていうのさ？」

「苦々しい気分でいるだろう。真っ黒で、苦々しい。ウォリーだけが理由というわけでもない。そのまえからだ。エド、向こうへ行って、すこしのあいだ窓から外を眺めてごらん」

おじさんの部屋はホテルの南側だった。ぼくは窓辺へ行って外を見た。まだ霧が立ちこめていて灰色だった。けれども南のほうにずんぐりした、異様に大きなマーチャンダイズマート・ビルが見え、ワッカー・ホテルとそのビルのあいだにはニアノースサイド西部の醜い町が広がっていた。古い煉瓦づくりの醜悪な建物が、醜悪な人生をかくまっていた。

「ひどい眺めだな」ぼくはおじさんにいった。

「それを見せたかったんだよ、エド。人が窓から外を見るとき、いや、なんでもいいが何かを見るとき、何が見えるかわかるかい？　自分自身だよ。あるものが美しく、あるいはロマンチックに、あるいはこちらを活気づけるように見えるのは、見たその人のなかに美やロマンスや活力があるときだけなんだ。頭のなかにあるものが見えるんだよ」

「詩人みたいなことをいうんだね、カーニバルの芸人なのに」

おじさんは含み笑いをした。「以前、本を読んだんだ。なあ、エド、物事にラベルを貼ろうとするな。言葉はきみを騙すんだよ。ある人を印刷工とか、飲んだくれとか、ゲイとか、トラック運転手と呼ぶと、その人にラベルを貼ったような気分になる。だが人間は複雑なものだ。たった一語のラベルを貼って済むものじゃない」

ぼくはまだ窓辺に立っていたが、ふり返っておじさんを見た。おじさんは立ちあがってベッドを離れ、ぼくのそばへ来た。そしてぼくの体をまた窓のほうへ向け、ぼくの肩に手を置いてそばに立った。

「下のほうを見てごらん、エド。べつの見方を教えよう。いまのきみにとっていくらか役に立つ方法だよ」

ぼくたちはそこに立ち、ひらいた窓から蒸気の立つ通りを見おろした。

おじさんはいった。「そう、以前ある本を読んだんだ。きみも読んだことがあるはずだが、もしかしたらきみは物事をあるがままに見たことはないのかもしれないね。知識として知ってはいても。下に、かたちのあるものが見えるね？　固形の物体だ、それぞれの固まりが隣の固まりとは離れていて、あいだに空間がある。

しかし実際にはちがう。あれは旋回する原子が寄り集まっているだけだ。しかもその原子もまた、電荷を持った電子が旋回してできているだけのもので、あいだには空間がある。星と星とのあいだに空間があるのとおなじようにね。結局、すべてはほとんど無に等しいものの巨大な寄せ集めなんだよ。ここまでが空気で、ここからが建物だ、といったような明確な境界はないんだ、あると思われているだけで。原子同士のあいだの距離がちがうだけなんだ。

そして原子は旋回するほかに、前後に振動してもいる。人には騒音のように聞こえるが、それはかなり離れたところにある原子がすこし速くまわっているんだよ。

ほら、クラーク・ストリートを歩いていく男がいるね。まあ、あの男だってなんでもないんだ。やっぱり踊りまわる原子の一部で、足もとの歩道やまわりの大気に溶けこんでいる」

おじさんはベッドのほうへ戻って腰をおろした。「もっと見ててごらん、エド。全体を把握するんだ。見えているときみが思っているものは、ただの客寄せだ。うわべだけなんだ、からくりはすべて隠されてる。もし何かからくりがあったとしても。

延々とつづく無の寄せ集め。ほんとうにそこにあるのはそれなんだ。分子と分子のあいだの空間なんだよ。わずかなりと実体があるとしても、それをぎゅっと一まとめに固めたら、その大きさは……サッカーボールくらいのものだろう」

おじさんは小さく笑った。「エド、サッカーボールに蹴りまわされるっていうのはどうだ？」

ぼくはそこに立ったまま、もうしばらく外を眺めていた。ふり返るとおじさんがぼくのことを笑っていて、気がつけばぼくもニヤニヤしていた。

「じゃあさ、階下へ行って気分転換にクラーク・ストリートを蹴っとばさない？」

「シカゴ・アヴェニューにしよう。オーリンズ・ストリートのそばだ。カウフマンって名前の男を死ぬほど怖がらせるんだ」

「荒っぽい地区で長年酒場をやってる人だよ。そんな男に効く脅しなんかあるの？」

「ないな。脅したりなんかしない。それがかえってあの男をびくつかせるんだ。それが唯一の方法だ」

「わからないな。ぼくがばかなのかもしれないけど、わかんないよ」

「さあ、行こう」おじさんはいった。

「何をするつもり？」

「何も。なんにもしない。ただやつの店に行って席につく」

まだわからなかったが、まあ、いずれわかるだろう。ぼくたちはエレベーターで階下へ降りた。

ロビーを歩いているときにおじさんが尋ねた。「エド、新しいスーツを買わないか?」

「いいよ、だけどいまじゃないほうがいい。休職中だからさ」

「わたしが払うよ。ダークブルーで、ピンストライプのやつがいい、大人っぽく見えるように。合わせて帽子も必要だな。これも仕事のうちだから、ぶつくさいわないでくれ。拳銃野郎に見せかけなきゃならないんだから」

「わかった。だけど借りるだけにしておくよ。いつか払う」

スーツを買って四十ドル払った。ぼくの一番新しいスーツの倍近い値段だった。アンブローズおじさんは服にうるさかった。かなりたくさん見てまわり、ようやくおじさんのお眼鏡にかなうものが見つかった。

おじさんはいった。「そんなにいいスーツではないよ。あまり長持ちしそうにない。しかし新しいうちは――ドライクリーニングに出すまでは――高いスーツに見える。さあ、今度は帽子だ」

帽子は、つばのうしろが上がった粋(いき)なやつを買った。おじさんは靴も買ってくれようとしたが、ぼくは磨いてもらうだけでいいからと説得した。そのとき履いていたのはまだ新しい靴だったから、磨いてもらったら充分きれいになった。シルクに見えるレーヨンのシャツと、洒落(しゃれ)たネクタイも買った。

ホテルに戻って新しい服に着替え、バスルームのドアについた鏡で自分の姿をちらりと見た。

アンブローズおじさんがいった。「そのニヤニヤ笑いを引っこめろ、坊や。年ごろの娘みたいだぞ」

ぼくは顔を引きしめていった。「この帽子はどう？」

「なかなかいい。どこで手に入れた？」

「え？　ヘルツフェルトの店だけど」

「やり直し。もっとよく考えるんだ。前回おれがおまえを拾いにいったときに、レマン湖で手に入れたんだろう。あのとき、おれたちはちょっとヤバいことになっていた。あるいは思いこみだったかもしれないが。ほとぼりが冷めたってブレーンが電報を寄こすまで、一週間逃げまわってたな。あのナイトクラブにいたクロークの女を覚えてるか？」

「あの小柄なブルネットのことかな？」

おじさんはうなずいた。「ようやく記憶が戻ってきたようだな、え？　そうだ、あの女が買って寄こした帽子じゃないか。あの晩、車に乗っているときにおまえが自分の帽子を飛ばしちまったから。まあ、当然だよな。あの一週間で、おまえはあの女のために三百ドル使ったんだから。挙句(あげく)の果てにあの女をシカゴに連れて帰りたいなんていってたよな」

「いまでもそうすべきだったと思ってるよ。なんでしなかったんだっけ？」

「おれが駄目だっていったからだろ？　ボスはおれだからな。それを頭にたたきこんでおけ。坊や、おれが面倒を見てやらなかったら、おまえは二年まえに電気椅子に座ってたはずだぞ。あんまり思いあがるなよ。当然、おれが……おい、その薄ら笑いを引っこめろ」

「わかったよ、ボス。で、おれはなんで電気椅子に座らされそうになったんだっけ？」

「まず、あのバートン銀行襲撃だ。おまえはいつだって気が短すぎるんだよ。あの出納係がボタンに手を伸ばしたときだって、殺すより腕でも撃っておいたほうがよっぽど簡単だっただろうが。ほんの一メートルくらいのところにいたんだからな」

「あの野郎はボタンになんか手を伸ばすべきじゃなかったんだ」

「それから、スワンが勝手な真似をしたときだ。おまえに後始末を頼んだら、何をした？　さっさと弾丸を撃ちこんだだか？　いいや、何か派手なことをしなきゃ気が済まなかっただろう。覚えてるか？」

「妙な真似をしたからだ。あいつが自分で招いたことだ」

おじさんはぼくを見て、首を横に振った。それから声をもとに戻していった。「悪くないよ、エド。しかしきみはのんびりしすぎているな。もっと身を固くして、ピリピリしてもらいたいんだが。きみは肩のホルスターに拳銃を入れていて、しかもその拳銃には実弾が込めてある。その重みのせいで拳銃の存在を忘れることができないはずなんだ。拳銃のことをつねに頭に置いてもらいたい」

「わかった」

「それから、その目だ。マリファナを一本か二本吹かしたやつの目を見たことがあるか？これからまだ吸ってやろうと思ってるときの目だ」

ぼくはゆっくりとうなずいた。

おじさんはいった。「だったらいっている意味はわかるだろう。そいつは宇宙の王みたいな気分で、きわどい下着のひもみたいに張りつめてる。ぎゅっと縮めたバネを細い糸で押さえたような状態だ。不気味なほど静かに、じっと座っていても、まわりの人間は三メートルのポールで触れるのも怖いくらいなんだ」

「だいたい呑みこめたと思う」ぼくはおじさんにいった。

「そういう目をしていてくれ。誰かを見るとき、殺してやるといわんばかりに睨みつけるのは駄目だ。それは演技過剰ってもんだ。まるで相手がそこにいないみたいに、そいつを撃っても撃たなくてもどっちでもかまわないと思っているかのように、相手を通り越した向こうを見るんだ。電柱を見るように見るんだよ」

「声の調子はどうしたらいい？」

「声なんかどうだっていい。口はとじておくんだ。わたしにも話しかけないでくれ、こっちから何かを尋ねたとき以外は。必要があればわたしがしゃべるが、そうたくさんしゃべることはない」

おじさんは時計を見てベッドから立ちあがった。「五時だ。この界隈(かいわい)では一日がはじまる時間だ。行こう」

「ひと晩じゅうかかるかな?」

「もっと長くかかるかもしれない」

「だったら電話をかけたいんだけど。プライベートな話なんだ。先に階下(した)へ行ってロビーで待っててくれる?」

「いいとも」おじさんはそういって部屋を出た。

ぼくは家に電話をかけた。もし母さんが出たら切るつもりだった。ガーディがどう話したかわかるまでは母さんと話をしたくなかった。

だが、聞こえてきたのはガーディの声だった。

ぼくはいった。「エドだ、ガーディ。母さんはそばにいる? いま、話せるかな?」

「母さんなら買物に出かけた。ああ、エディ……あたし……ひどくばかな真似をしたような気がする」

これなら大丈夫そうだった。

ぼくはいった。「まあね、だけどそれは忘れよう。ちょっと酔っぱらった、それだけのことだ。だけどもう飲むなよ、わかったかい? またあんなふうに飲もうとしたら、ヘアブラシを投げつける」

ガーディはちょっと笑った。いや、そんなふうに聞こえただけかもしれないけれど。

「母さんには、あのウイスキーを飲んだことはばれてるのかな?」

「それはないと思う。あたしのほうが先に起きたから。ものすごく気持ち悪かった……いまもまだあんまり気分がよくない。だけどなんとか、そんな様子は見られずに済んだと思う……母さん自身もひどい気分で起きたから、気づかなかったはず。あたしは頭が痛いっていっておいた」

「母さんに教訓をたたきこむっていう、あのすごいアイデアはどうしたのさ?」

「忘れてた。すっかり忘れてた。とにかくうんざりするような気分で、なるべく母さんを避けることとしか考えられなかった。怒鳴られたり、泣かれたり、なんであれ母さんがやりそうなことをされるのに耐えられなかったから」

「オーケイ。じゃあ、もうそのことは忘れよう。二つとも忘れるんだ。いってる意味はわかるよね? 酔っぱらったとき、自分が何をしたか覚えてるだろ?」

「ええと、あんまりはっきり覚えてない。何をしたんだっけ?」

「嘘つけ。ちゃんと覚えてるくせに」

今度はまちがいなく笑い声が聞こえた。

ぼくは深追いせずにいった。「ところで、きょうはたぶん帰るのが遅くなるけど、心配しないように母さんにいっておいて。アンブローズおじさんと一緒だから。もしかしたらおじさんのところに泊まるかも。じゃあね」

ガーディに質問する隙を与えずに、ぼくは電話を切った。

エレベーターで階下(した)へ向かいながら、ぼくは調子を戻そうとした。服や帽子を新調するというアンブローズおじさんの考えは正しかった。エレベーターの鏡に映ったぼくは、二十二か二十三くらいの世慣れた男に見えた。

ぼくは体をこわばらせ、目つきを険しくした。

ロビーを横切って近づいていくと、おじさんは満足そうにうなずいた。

「うまくできそうだな、エド。わたしでさえ警戒しそうになったよ」

ぼくたちはシカゴ・アヴェニューに向かって北へ歩き、それから西へ曲がり、警察署を通り過ぎた。ぼくはまっすぐまえを見つめたまま歩いた。

シカゴ・アヴェニューとオーリンズ・ストリートの交差点を対角に渡り、トパーズ・ビールの看板を目指して歩いているときに、おじさんがいった。「エド、きみにやってほしいのはこれだけだ。しゃべらず、カウフマンを見ていてくれ。わたしの誘導に従ってくれ」

「わかった」

ぼくたちは酒場に入った。カウフマンはカウンターのところにいる二人の男のためにビールを注いでいた。脇のボックス席には男と女の二人連れがいた。夫婦のようだった。カウンターの男二人は酔ってちょっと眠そうな様子だった。午後じゅうずっとビールを飲んでいたみたいだった。二人連れではあったが、しゃべってはいなかった。

アンブローズおじさんは奥のテーブルへ向かい、カウンターのほうを向いて腰をおろした。ぼくはそのテーブルの椅子を動かして、やはりカウンターに向きあうように座った。

そしてカウフマンを見つめた。

カウフマンは、見ていてとくにうれしいような相手ではなかった。背が低くずんぐりしていて、力強く見える長い腕をしていた。四十歳から四十五歳くらいに見えた。清潔な白いシャツの袖を肘までまくっていたので、猿みたいに毛深い両腕があらわになっていた。髪はうしろに撫でつけてあってつやつやだったが、ひげを剃る必要がありそうだった。レンズの分厚いあの眼鏡をいまもかけていた。

さっき出したビール二杯分の代金二十セントをレジに入れてから、カウフマンはカウンターの端をまわってぼくらのテーブルに近づいてきた。

ぼくはカウフマンから目を離さず、品定めをするようにじっくり観察した。

タフな男のようだった。トラブルに巻きこまれても自分の面倒くらいは見られそうだ。しかしまあ、このあたりのバーテンダーはだいたいそんな見かけだった。でなければ、こんなところでバーテンダーなんてできないだろう。

カウフマンはいった。「何にします、お二方？」

たまたまカウフマンと目が合ったので、ぼくは視線をそこに固定した。いわれたことを思いだし、微動だにしなかった。顔の筋肉さえ動かさなかった。しかし内心ではこう思っていた。〝このクソ野郎、すぐにでも殺してやる〟

アンブローズおじさんはこう答えていた。「ホワイトソーダ。プレーンのホワイトソーダを二杯くれ」

カウフマンの目がぼくから離れ、おじさんに向かった。カウフマンは、冗談として笑い飛ばしていいか迷うような、いぶかしげな顔をした。

アンブローズおじさんは笑わなかった。「ホワイトソーダ二杯だ」

そういってテーブルの上に紙幣を一枚置いた。

あからさまなしぐさではなかったが、カウフマンは肩をすくめたようだった。そして紙幣を手にカウンターの向こうへ行くと、グラス二つと釣銭を持って戻ってきた。

「酒はいらないのかい？」カウフマンは尋ねた。

アンブローズおじさんは無表情なままこう返した。「ほかのものがほしくなったら知らせるよ」

カウフマンはまたカウンターの向こうへ戻った。

ぼくたちはそこに座ったまま何もせず、しゃべりもしなかった。アンブローズおじさんは長い間隔をあけて、ほんのときどきホワイトソーダを一口飲んだ。

カウンター席にいた男二人が出ていき、べつのグループ――今度は三人――が入ってきた。

ぼくたちはその三人には注意を払わず、カウフマンから目を離さなかった。いや、一瞬たりとも離さなかったわけじゃないけれど、だいたいはそこに座ってただカウフマンを見ていた。しばらくすると、カウフマンが当惑しはじめ、ひどく居心地の悪い思いでいるのが見て取れた。

その後さらに男が二人入ってきて、ボックス席に座っていた男女が立ち去った。

七時になると、べつのバーテンダーが勤務についた。ほっそりした長身の男で、にこにことよく笑い、笑うたびに金歯がたくさん見えた。その男がカウンターの向こうに入ると、カウフマンはぼくたちのテーブルにやってきた。

「ホワイトソーダをもう二杯くれ」おじさんがいった。

カウフマンは一瞬おじさんを見てから、おじさんがテーブルに置いた小銭を手に取り、カウンターの向こうへ行ってぼくたちのグラスをまた満たした。こっちに戻ってきたカウフマンは何もいわずにそれをテーブルに置いた。それからエプロンをはずしてフックに掛け、酒場の裏口から出ていった。

「警察を呼びにいったのかな?」

おじさんは首を横に振った。「まだそこまで心配してはいない。食事に出かけたんだろう。いい考えだと思わないか?」

「ああ、そうだねえ」ぼくはいった。またろくに食事もせずに一日を過ごしてしまったのを思いだした。気がついてみれば、牛一頭たいらげることができるほど腹が減っていた。

ぼくたちはもう数分粘ったあとで、表の出入口から立ち去った。クラーク・ストリートまで歩き、シカゴ・アヴェニューの南一ブロックのところにある小さなチリの店で食事をした。町じゅうで一番おいしいチリを出す店だった。

ゆっくりと時間をかけて食べた。コーヒーを飲んでいるあいだに、ぼくは尋ねた。「今夜のうちにまたあの店に戻るの？」

「当然。九時には戻って、十二時までいる。そのころにはカウフマンもずいぶん神経質になっているだろうさ」

「で、そのあとは？」

「もっとイライラさせてやる」

「ねえ。警察を呼ばれたらどうするの？ いや、ホワイトソーダを注文して数時間座ってるのはぜんぜん違法じゃないけど、もし呼ばれたら警官たちは質問をしたがると思うんだよね」

「警官たちは買収してある。シカゴ署で電話を受けるはずの刑事にはバセットが話をつけた。そいつから、通報に応えて派遣される警官に情報が伝わるはずだ。まあ、もし派遣されるならば」

「そうか」百ドルの行方が見えはじめた。路地に面して裏のベランダがある建物を徹底的に調べるとバセットがいっていたことを除けば、これがあの金の最初の分配だった。もしかしたら、建物はどのみち調べたのかもしれないけれど、こんなふうにほかの警官に金を握らせるのは特別な仕事の部類に入るだろう。

食事をしたあと、ぼくたちはクラーク・ストリートからオンタリオ・ストリートへ入ったところにある小さくて静かな店で一杯ずつビールを飲み、たくさん話をした。

だいたいが父さんの話だった。

「おかしな子供だったよ」アンブローズおじさんはぼくに話した。「わたしより二つ年下でね。仔馬みたいに奔放だった。まあ、わたしもじっとしていられない質(たち)だったがね。いまでもそうだ。だからカーニバルで働いているんだよ。エド、きみは旅行は好きか？」

「好きになっただろうとは思うよ。いままであんまり出かけるチャンスがなかったけど」

「いままで？　いやいや、きみはまだほんの子供じゃないか。しかしいまはウォリーの話だ。あいつは十六のときに家出したんだ。おなじ年のうちにわれわれの父親が脳卒中を起こして突然亡くなった。母親はその三年まえにすでに亡くなっていた。

ウォリーのことだから、遅かれ早かれ手紙くらい寄こすだろうと思ってね、わたしは自宅に留まった。やがてわたしと父親の二人に宛てた手紙が届いた。ウォリーはカリフォルニア州のペタルマにいた。小さな新聞社が手に入ったというんだ。ポーカーで勝ったからって」

「その話は聞いたことがないな」

おじさんは小さく笑った。「長くは所有していられなかったからね。手紙への返事として打った電報が届いたころには、ウォリーはいなくなっていた。わたしもそちらへ向かうといったんだが、着いたときにはウォリーは警察から指名手配されていた。いや、そんなに深刻な問題じゃなかった。つまらない名誉毀損訴訟さ。ウォリーは、新聞を出すには正直すぎたんだよ。ペタルマの有力者の一人について、飾らない、率直な事実を書いてしまった。おそらくは、ただの面白半分で。とにかく、あとでウォリーから聞いたのはそういう話で、わたしはウォリーのいうことを信じた」

おじさんはぼくに向かってにやりとした。「わたしにとっては、しばらくのあいだ旅をつづけるいい口実になったよ、ウォリーを探すというのがね。ウォリーはカリフォルニアを出るつもりだろうと思った。名誉毀損では他州から引き渡されたりはしないから。だがウォリーはアメリカを出たんだ。アリゾナ州フェニックスで痕跡を見つけて、すぐうしろまで迫っていながら何回か取り逃がしたあと、メキシコのファアレスで――エル・パソから国境を渡ってすぐのところにある賭博場で――出くわした。当時、ファアレスはひどく荒っぽい場所だったよ、エド。きみにも見せたかったな」

「新聞社で稼いだお金は全部なくしてたんだろうね」

「え？　ああ、それはずっとまえになくなっていた。ウォリーは賭博場で働いていたんだ。ブラックジャックのディーラーをやってた。わたしが着いたころには、ウォリーはもうファレスにうんざりしていて、それでディーラーをやめたんだ。まずはメキシコシティへ向かったんだが、ベラクルス州までわたしに同行してもらいたがっていた。

あれこそ旅だったよ、エド。ベラクルスはファアレスからたっぷり二千キロくらいあって、到着までに四カ月かかった。ファアレスを発ったときには確か、二人で八十五ドルくらいの元手があった。だが、メキシコではその金に四百ドル分くらいの価値があった。国境付近ではたいした額じゃなかったが、百五十キロも奥地に入れば余裕のある暮らしができた。言葉がわかって、ぼったくりの酒場なんかに引っかからなければね。

四カ月のうち半分は悠々と暮らしたよ、気分は大金持ちだった。その後、モンテレイでわれわれより悪賢い連中に出くわしてね。そのときに国境へ引き返すべきだったんだ、テキサスのラレードにでも。だが、わたしたちはやはりベラクルスへ行くことにして、先へ進んだ。そこらで手に入れたメキシコ人みたいな服を着て、歩きで到着した。三週間ものあいだ二人合わせても一ペソも持っていなかった。英語のしゃべり方を忘れそうになっていたよ。ちょっとでもうまくなろうとして、自分たちだけのときもスペイン語でしゃべっていたからな。

ベラクルスで仕事に就いて、ちゃんと暮らせるようになった。きみの父親がライノタイプの使い方を覚えたのはそこだったんだよ、エド。スペイン語の新聞を出してる会社だった、社長はビルマ生まれのドイツ人で、その妻はスウェーデン人だったんだが。社長は英語もスペイン語も流暢(りゅうちょう)にしゃべれる人間を必要としていて――社長自身はあまり英語がしゃべれなかったもんでね――それでウォリーにライノタイプと、新聞を印刷する平台印刷機の使い方を教えたんだ」

「驚いたな」

「何が？」

ぼくはちょっと笑っていった。「高校のとき、ラテン語の授業を取ったんだ。外国語の授業を取りはじめたとき、父さんはスペイン語にしたらどうだっていってたんだよ、それなら手伝ってやれるからって。父さんも学校で取ったのをちょっと覚えてるだけだと思ったんだけど。まさかしゃべれるなんて思わなかった」

アンブローズおじさんはものすごく真剣な目でぼくを見た。何か考えこんでいるかのように、しばらくのあいだ黙っていた。

すこししたあとで、ぼくは尋ねた。「ベラクルスからどこへ行ったの？」

「わたしはパナマだ。ウォリーはもうしばらくベラクルスに留まった。ベラクルスには、どこかウォリーの好みに合うところがあったんだな」

「父さんはずっとそこにいたの？」

「いや」おじさんは短くそう答え、ちらりと時計を見あげた。「行こう、エド。カウフマンの店に戻ったほうがいい」

ぼくも時計を見た。「まだ時間はあるよ。九時に戻ればいいって、さっきいってたじゃないか。ベラクルスが気に入っていて、仕事もあったなら、なぜ父さんはずっとそこにいなかったのさ?」

アンブローズおじさんはつかのまぼくを見た。目がきらりと光った。「まあ、いまとなってはきみに知られても、ウォリーも気にしないだろうな」

「そうだよ、早く」

「決闘をして、勝ったんだ。ウォリーがベラクルスで気に入ったのは、新聞社のドイツ人社長の妻だったんだよ。決闘には問題なく勝った。ドイツ人はウォリーにモーゼル銃での決闘を申しこみ、ウォリーは逃げられなかった。決闘には問題なく勝った。ドイツ人の肩を撃ち、病院送りにした。しかしウォリーはすぐにそこを立ち去らなければならなくなった。それでこっそり不定期貨物船の積み荷の隙間にもぐりこんだ。わたしはあとになってから、何があったか聞いたんだ。四日経ったころに見つかってしまい、その後は船に乗っているあいだずっとデッキにモップがけをしなきゃならなかった。立ってもいられないほどひどい船酔いだったのに。ウォリーは海がまったく駄目でね。しかし船が波止場に着くまでは飛び降りるわけにもいかなかった。で、最初に着いたのがリスボンだった」

「冗談でしょ」

「いいや。事実だよ、エド。その後、しばらくスペインにいた。妙な考えに取り憑かれて闘牛士になりたいと思ったんだが、伝手がなかった。あの手の仕事はすごく若いうちからはじめなきゃならないんだが、若くたってやっぱりコネが要るんだよ。それに、ピカドールの役にはうんざりしていた」

「ピカドールって何？」

「騎乗の槍手のことだ。馬たちも闘いのたびに流血の怪我をするんだ。連中は馬の傷におがくずを詰めこんで縫うんだよ、闘いに戻れるように。いずれにせよ、深い傷を受けてしまえば馬たちは生き延びられないんだ、だから……いや、この話はもういい。わたしも闘牛のこの部分は昔から嫌いだった。だが、最後に見たやつでは――数年まえにファアレスで見たんだが――馬たちがパッドをつけていて、それはよかった。牛は剣で一思いに殺す、そこもよかった。それについては、ここいらの飼育場でやってる方法よりずっといいよ。飼育場で使うのは……」

「父さんの話をしてよ」ぼくはそう促した。「スペインにいたんでしょ」

「そうだ。まあ、その後戻ってきた。最終的に連絡がついたのは、セント・ポールにいた共通の友人を介してだった。たまたま二人ともそいつに手紙を書いたんだ。当時、わたしは探偵社で働いていた。ロスアンジェルスのウィーラー社でね。で、ウォリーは演芸場で働いていた。ジャグリングがかなりうまかったよ。トリを飾れるほどのジャグラーではなかったが、棍棒（クラブ）の扱いがうまかった。まあ、そこそこ人気のある一座でやらせてもらえるくらいには。最近もジャグリングはやっていたかい？」

「ううん。やってなかった」

「ああいう芸は練習をつづけないと、勘が鈍るからな。しかしウォリーは昔から手を使う仕事ならなんだってうまかった。ライノタイプの操作もずいぶんと速かったもんだが。最近もそうだったか？」

「せいぜいふつうのスピードだよ」ぼくはそういって、あることに思い当たった。「もしかしたら、手と腕に関節炎が出たせいかもしれない。かなりまえのことだけど。何カ月かまったく仕事ができなくて、そのときからスピードが落ちてしまったのかも。ゲイリーにいたときのことだよ。ゲイリーからシカゴへ移ってくるちょっとまえだった」

「その話は聞いたことがなかったな」

「その後、二人で過ごしたことはなかったの？　お互い、訪ねて会うような機会はべつとして」

「ああ、あるよ。そのころ探偵社でちょっと問題があったもんだから、わたしは会社を辞めて、ウォリーと一緒に旅の一座で見世物をやった。ウォリーは黒人のメイクでジャグリングをしていたよ」

「おじさんもジャグリングができるの？」

「できない。手仕事がうまいのはウォリーだけだった。わたしは口がうまいんだよ。客寄せの口上とか、腹話術をやった」

ぼくはよっぽどポカンとした顔をしたらしい。

おじさんはにっこり笑ってぼくを見た。「人形なんかを使ってやるあれさ、何も買わない客から金をせびるためにね。さあ、行こう、エド。今度こそほんとうに行かないと。わたしとウォリーの人生の話を聞きたいなら、仕事まえの一休みのあいだくらいじゃとても終わらないよ。もう九時になる」

ぼくはぼーっとしながらカウフマンの店まで歩いた。

父さんが印刷工以外の仕事をしたことがあったなんてぜんぜん知らなかった。父さんが奔放な若者で、メキシコを放浪したり、決闘をしたり、スペインで闘牛士になりたがったり、見世物の一座でジャグリングをしたり、演芸場の一員だったりしたことがあったなんて想像もつかなかった。

挙句の果てに、酔って路地で殺されるなんて。

第七章

カウフマンの店はさっきより混んでいた。カウンターには数人の男と、二人の女がいた。ボックス席二つと、カードゲームのピノクルをやっている奥のテーブルには、それぞれにカップルがいた。ジュークボックスも鳴り響いている。

しかしぼくたちのテーブルには誰もいなかった。だからまえとおなじテーブルについて座った。カウフマンはカウンターで忙しくしていた。ぼくたちが店に入って席につくところは見ていなかった。

カウフマンがこっちを見て、自分を見ているぼくたちと目を合わせたのは、一分か二分経ったあとだった。カウンターにいる目のまえの男のショットグラスにウイスキーを注いでいるところだったのだが、ウイスキーはグラスの縁(ふち)を越えてあふれ、ニスを塗った木のカウンターに小さな水たまりをつくった。

カウフマンは売上をレジに打ちこむと、カウンターの端をまわってぼくたちのまえに立った。両手を腰に当てて、けんかを売ろうとしているようにも、態度を決めかねているようにも見えた。

カウフマンは声を低く抑えていった。「あんたたち、何が望みだ?」

アンブローズおじさんは無表情のまま答えた。顔にも声にもユーモラスなところは微塵もなかった。「ホワイトソーダ二杯」

カウフマンは腰から手を外し、その手をゆっくりとエプロンで拭いた。カウフマンの目はおじさんの顔とぼくの顔を行ったり来たりした。ぼくは相変わらず冷たい目で相手を凝視していた。

カウフマンは長く目を合わせはしなかった。すぐにアンブローズおじさんに視線を戻した。そして椅子を引いて座った。「この店でトラブルはごめんなんだよ」

アンブローズおじさんはいった。「おれたちだってごめんだ。トラブルを求めてるわけじゃない。揉め事を起こしたいわけでもない」

「だが何かを求めてる。正直に話してくれたほうが、ことはずっと簡単に運ぶんじゃないか?」

「何を話すって?」おじさんは尋ねた。

酒場のオーナーの唇が一瞬きつく結ばれた。いかにもこれから怒りだしそうな顔だった。

それからカウフマンは声をさらに抑えていった。「思いだしたぞ。あんた、路地で強盗にあったあの男の検死審問にいたな」

「どの男だ?」

カウフマンは深く息を吸いこみ、次いでそれをゆっくりと吐いた。「そうだ、確かだ。あんたはうしろのほうにいて、なるべく人に見られないようにしていたな。あのハンターとかいう男の友達か何かか？」

「どのハンターだ？」

カウフマンはまた怒りだしそうな顔をしたが、すぐにその怒りを引っこめた。

「手間を省いてやろう。あんたが何を求めているにせよ、それはここにはない。おれはそれを持っていない。おれは警察にも、検死審問でも正直に話した。連中に話してないことは何一つ知らない。それに、さっきもいったが、あんたもあの場にいただろう」

おじさんは何もいわなかった。煙草のパックを取りだして、それをぼくのほうへ差しだした。ぼくが一本取ると、今度はカウフマンのほうへも差しだした。カウフマンはそれを無視していった。

「全部正直に話した。で、あんたはなんのためにここへ来た？　いったい何が望みなんだ？」

アンブローズおじさんはまつげ一本動かさなかった。「ホワイトソーダだ。二杯」

カウフマンはすごい勢いで立ちあがり、それまで座っていた椅子がうしろに倒れた。首から赤みが広がっていた。カウフマンはふり返って椅子を立て直すと、慎重にテーブルに押しこんだ。きっちり正しい場所に戻すのが重要とでもいうかのように。

それ以上何もいわず、カウフマンはカウンターの向こうへ戻った。

数分後、例の背が高くてほっそりしたバーテンダーがホワイトソーダを持ってきた。バーテンダーは陽気ににっこり笑ってみせ、おじさんもにっこり笑い返した。自棄気味の笑みを浮かべるとできる小皺が目のまわりに戻っており、いまは辛辣なところがすこしもなかった。カウフマンはこっちを見ていなかった。カウンターの向こう端で忙しくしていた。

「おかしなものは入っていないだろうな?」アンブローズおじさんはバーテンダーに尋ねた。

「入ってませんよ」バーテンダーはいった。「プレーンのホワイトソーダに混ぜるのは無理なんですよ、味が変わっちゃうから」

「そうだろうと思ったよ」おじさんはそのほっそりした男に一ドル札を渡した。「釣りは取っておいてくれ、スリム。子供の貯金箱にでも入れてやってくれ」

「これはどうも。そういえば、うちの子はあなたのことが大好きなんですよ。今度はいつ来るのか知りたがってます」

「またそのうちに。話してるところを店主に見られないうちに行ったほうがいいぞ」

バーテンダーはピノクルのテーブルへ戻って注文を取った。

ぼくは尋ねた。「いつのまにこんなことになってるのさ?」

「昨夜だ。あの男は休みだったんだよ。それでバセットから名前と住所を聞いて訪ねていったんだ。あいつはもうこっちの味方だ」

「また百ドル使ったの?」

おじさんは首を横に振った。「買収できる人間もいれば、できない人間もいる。まあ、あの男の子供の貯金箱に小さい銀貨を一つ押しこんできたがね」

「じゃあ、子供の貯金箱っていったのは冗談じゃなかったんだね……さっきの一ドルのお釣りのことだけど」

「冗談なんかじゃないさ。あの釣銭は、ちゃんとそこに入ることになってる」

「びっくりだね」

カウフマンがカウンターのこちら側の端に戻ってきたので、ぼくは口をとじてまたじっと見た。カウフマンはもうこっちを見なかった。

ぼくたちは十二時をまわるまでそこにいた。それから立ちあがり、店を出た。

帰宅すると、母さんとガーディは寝ていた。母さんからメモが残されていて、何時でもいいから朝ぼくが起きたときに起こしてほしい、仕事を探しはじめるから、と書いてあった。疲れていたけど眠れなかった。父さんについて知ったことが何度も頭に浮かんだ。

ぼくの年齢だったころ、父さんは新聞社を所有し、経営していたのだ。決闘をして、男を撃ちもした。人妻との情事も経験した。メキシコの大部分を徒歩でまわり、ネイティブ並みにスペイン語を話した。大西洋を渡ってスペインで暮らしたこともあった。国境の町でブラックジャックのディーラーをやっていたこともあった。

ぼくの年齢だったころ、父さんは演芸場で働いたり、マジックショウの一座と旅をしたりしていたのだ。

顔を黒く塗った父さんなんて想像もつかなかった。ほかのことについても、ぜんぜんしっくりこなかった。当時の父さんはどんなふうだったのだろう。

しかしようやく眠りに落ちたとき、夢に見たのは父さんのことじゃなかった。ぼくは自分の夢を見た。マタドールとしてスペインの闘牛場にいた。顔に黒いグリースを塗り、手には細身の剣を握っていた。いかにも夢らしくいろいろなものがごちゃ混ぜになっていて、牛は本物の牛——巨大な黒牛——であるのと同時に、牛ではなかった。どういうわけか、そこにいるのはカウフマンという名前の酒場の店主だった。

カウフマンがぼくをめがけて走ってきた。一メートル近い角が生えていて、角の先端は針のように鋭かった。その角が日光にきらめき、ぼくは怖くて、死ぬほど怯えて……


ぼくたちは翌日の午後三時にまた酒場へ行った。カウフマンがだいたいそのくらいの時間に出勤すると聞いていたからだ。スリムはいったん帰り、もっと夕方の遅い時間、店が忙しくなって二人分の人手が必要になってから戻ってくる。

ぼくたちが店に入ったとき、カウフマンはちょうどエプロンをしようとしているところだった。スリムは出ていったばかりにちがいない。

カウフマンは何気なくちらりとこっちを見ただけだった。まるでぼくたちが現れることを予測していたかのように。

ほかに客はいなかった。カウフマンとぼくたちだけ。しかし店内の雰囲気には何かがあった。ビールとウイスキーのにおい以外の何かが。

トラブルになりそうだな、とぼくは思った。

怖かった。昨夜の夢のなかとおなじくらい怯えていた。そのときも夢のことを思いだしていた。

ぼくたちは席についた。きのうとおなじテーブルだった。

カウフマンがやってきた。「トラブルはごめんだよ。出ていってもらえないか？」

おじさんは答えた。「ここが好きなんだよ」

「そうか」カウフマンはカウンターの向こうへ戻り、ホワイトソーダを二杯持って戻ってきた。おじさんはカウフマンに二十セント渡した。

カウフマンはカウンターの向こうへ戻り、グラスを磨きはじめた。ぼくたちのほうは見なかった。一度、グラスを落として割った。

すこしするとドアがひらき、男が二人入ってきた。

大柄な男たちで、タフに見えた。一人は元ボクサーだった。耳を見ればわかる。銃弾のような頭と類人猿みたいな肩の男だった。豚みたいに小さな目をしていた。

もう一人は、大柄な相棒のそばに立っていると小さく見えた。しかし比較の問題だった。

見直すと百八十センチを超えていることがわかるし、体重も着衣なしで八十キロは超えているだろう。こちらの男は馬みたいな顔をしていた。

二人はドアを一歩入ったところで足を止め、店内を見まわした。ボックス席がすべて空いているのを確認していた。二人はぼくたちを除くすべてを見た。おじさんは椅子に座ったまま身動きして、足の位置を変えた。

二人はカウンターへ向かった。

カウフマンは男たちの前にショットグラスを二つ置き、二人が何もいわないうちからグラスを満たした。

これがすべてを明かす情報になった。まあ、そんな情報が必要だったとして。

みぞおちがだんだん冷えてくるのがわかった。いま立ちあがったら脚が震えるんじゃないかと思った。

目の端でちらりとアンブローズおじさんを見た。おじさんの顔は微動だにせず、唇も動いていなかった。なのにしゃべっていた。ちょうどぼくだけに聞こえる程度の声だ。口が動いていないのに、と一瞬驚いたが、すぐに腹話術のことを思いだした。

おじさんはいった。「エド、ここはわたし一人のほうがうまく対処できる。きみはトイレへ行くんだ。窓があるから、そこから出て急いで逃げろ。いますぐだ。一杯飲み終わったら、やつらは動きはじめる」

嘘をついているのがわかった。銃でも持っているのでないかぎり、対処できる方法などなさそうだった。そしておじさんは、ぼくとおなじく、銃なんか持っていなかった。

銃を持ってることになっているのはぼくのほうじゃなかったのか。ぼくが拳銃野郎なのだ。百ドルに見えるスーツと、つばのうしろが上がった帽子も買った。そして架空のものではあるが三八口径のオートマチックを、安全装置を外して身につけていた。それは左肩につけたショルダーホルスターに入っているはずだった。

ぼくは立ちあがった。脚はゴムみたいにはなっていなかった。

アンブローズおじさんの椅子のうしろをまわって、男性用トイレのドアへ向かいかけたが、トイレには行かなかった。カウンターの端で足を止め、カウンターの裏も表も見えるようにその場に立った。

心持ちあげてあった右手を浅く上着の内側に入れ、ありもしない三八口径の銃床に指で触れたつもりになった。

ぼくは何もいわなかった。ただ二人を見た。両手をカウンターの上に置いておけともいわなかったのに、二人は手をそこに置いたままでいた。

ぼくは三人全員を睨みつけた。だいたいはカウフマンの目を見ていた。カウンターのうしろのどこかに銃があるはずだった。それがどこかわかるまで、ぼくはカウフマンの目を見た。その銃はぼくが立っている場所からは見えなかったが、いまやカウフマンがどこにしまっているかはわかった。

ぼくは尋ねた。「あんたたち、何か用があるのか？」

答えたのは馬面のほうだった。「いいや、ないよ。まったくない」

それから馬面はカウフマンに顔を向けていった。「くたばれ、ジョージ。一人十ドルで命懸けなんて冗談じゃない」

ぼくはカウフマンを見ていった。「汚いやり方だな、ジョージ。もう二、三歩、カウンターに沿って向こうへ行ってもらおうか」

カウフマンはためらった。ぼくは手をもう数センチだけ上着の内側へずらした。

カウフマンはゆっくり三歩、うしろへさがった。

ぼくはカウンターの内側へ入り、カウフマンの銃を手に取った。三八口径用のフレームを改造した、銃身の短い三二口径のリボルバーだった。なかなかいい拳銃だ。

勢いよくシリンダーを出して、カウンターのうしろにつくりつけられたシンクのなかの汚れた水にカートリッジを落とした。そのあとに、拳銃もぽちゃりと落とした。

それから、ふり返ってカウンターの奥の棚からボトルを取った。鏡に映ったアンブローズおじさんと目が合った。おじさんはもとの場所に座ったまま、チェシャ猫みたいなニヤニヤ笑いを浮かべていて、ぼくに向かってウインクをした。

ぼくにわかる一番高そうな酒はティーチャーズ・ハイランド・クリームだった。

「店のおごりで」ぼくは二人にそれぞれワンショットずつ注いだ。

馬面がぼくに向かってにっこりした。「一人につき十ドルを、レジから取ってきてもらえないかな？ ジョージがおれたちに仕掛けた汚いトリックからもらえるはずだった金だ」

アンブローズおじさんが立ちあがり、ぶらぶらとカウンターのほうへやってきた。おじさんは馬面と大男のあいだに割りこんだ。その二人のあいだに立つとずいぶん小さく見えた。

「おれに払わせてくれ」そういって、おじさんは財布を取りだし、十ドル札を二枚引き抜いて、両脇の二人に一枚ずつ渡した。「あんたたちのいい分は正しいよ。おれはこの件であんたたちがペテンにかけられるのを見たくない」

馬面は紙幣をズボンのポケットに押しこんでいった。「あんたはフェアな男だ、ミスター。おれたちはこれで食ってるんだからな。なんなら、もらった分の仕事をしようか？」

馬面はカウンフマンを睨んだ。大男もカウフマンを睨んだ。カウフマンの顔から血の気が引きはじめ、カウフマンはもう一歩さがった。

「いや、いいんだ」おじさんがいった。「おれたちはジョージが好きなんだよ。ジョージの身に何か起こるのはいやなんだ。酒をもう一杯くれないか、エド」

ぼくは二人のグラスにハイランド・クリームを注いだ。それからショットグラスをもう二つ取りだすと、クソ真面目な顔でそれぞれに三十ミリリットルずつホワイトソーダを注いだ。

「ジョージの分を忘れるな」アンブローズおじさんがいった。「たぶん、ジョージも一緒に飲みたいだろう」

「そうだな」ぼくはいった。

ぼくは五つめのショットグラスを取りだして、慎重にホワイトソーダを注いだ。そしてカウフマンのほうまでカウンターの上をすべらせた。

カウフマンはそれを手に取らなかった。

それ以外の四人は飲んだ。

馬面がいった。「ほんとうにいいのか、あんたたちは……」

「いいんだ」おじさんがいった。「おれたちはジョージが好きなんだ。ちゃんと知りあってみればいいやつなんだよ。あんたたちはもう帰ったほうがいい。地区担当のお巡りがそろそろやってくるぞ。店のなかまで覗くかもしれん」

「ジョージは騒いだりしないさ」馬面がそういって、カウフマンを見た。

ぼくたちはみなでもう一杯ずつ飲んだ。その後すぐに、用心棒は二人仲よく出ていった。

おじさんはぼくに向かってにっこり笑いながらいった。「ジョージのためにレジを打ってくれ、エド。スコッチを六ショット注いだな……ワンショットにつき五十セントでいいだろう。それから、ホワイトソーダが五ショットだ、ジョージの分も入れて」おじさんは五ドル札をカウンターに置いた。「三ドル五十セントの売上だ」

「そうだな。ジョージに借りをつくらないほうがいい」

ぼくはレジを打ってアンブローズおじさんに一ドル五十セント渡した。そして五ドル札をレジにしまった。

ぼくたちはテーブル席に戻って座った。

たっぷり五分も座っていただろうか、すべてが終わり、ぼくたちがまるで何事もなかったかのようにそこに居座るつもりだと、ようやくカウフマンに通じたようだった。

その五分が過ぎたころ、男が一人入ってきてビールを注文した。カウフマンはその男のためにビールを注いだ。

それからカウフマンはぼくたちのテーブルへやってきた。まだすこし顔が青ざめていた。

カウフマンはいった。「正直にいって、あのハンターとかいう男が強盗にあったことについちゃ何も知らないんだよ。検死審問で話したとおりだ」

ぼくたちはどちらも何もいわなかった。

カウフマンはつかのまそこに佇(たたず)み、それからまたカウンターへ戻った。そして自分でロックグラスにウイスキーをツーフィンガー注いで飲んだ。カウフマンが飲むところを見たのは初めてだった。

ぼくたちは夜の八時半までずっとそこに座っていた。

大勢の客がやってきては帰っていった。カウフマンはもう飲まなかったが、グラスを二つ落として割った。

シカゴ・アヴェニューを歩いて戻るあいだ、ぼくたちはほとんど口をきかなかった。食事をしているときにおじさんがいった。「よくやったな、エド。わたしは……いや、正直にいおう。きみにあんな度胸があるとは思っていなかったよ」

ぼくはにやりと笑ってみせた。「ぼくも正直にいおう。自分でも思ってなかった。今夜のうちにまたあの店に戻るの？」

「いいや。カウフマンはこれまでのことでかなり弱気になっているが、あしたまで放っておこう。あしたになればべつのやり方もできる。もしかしたら、あしたの夜にはあいつを締めあげることができるかもしれない」

「カウフマンが正直に話していない、何かを隠してるっていうのは確かなの？」

「エド、あいつは怯えてる。検死審問のときも怯えてた。何か知っていると思う。いずれにせよ、いまのところ糸口はカウフマンだけだからね。さて、家に帰って早めに寝たらどうだ？　いくらか睡眠を取るのも気分転換になるよ」

「おじさんは何をするつもり？」

「十一時にバセットと会う。それまでは何もしない」

「ぼくもそこまで待ってバセットに会うよ。どうせ眠れないし」

「ああ、まあ、緊張の余波だな。あの店では自分から窮地に突っこんでいったわけだから。手は震えていないか？」

ぼくはうなずいていった。「だけど体の中身が葉っぱみたいに震えてるよ。あのときはずっと怖くて固くなってた。カウンターの端に寄りかかってたんだ、倒れてしまわないように」

「まあ、眠らずにおくっていうのは正しいかもしれん。しかしいまから十一時までにはまだ数時間あるぞ。どうやって時間をつぶしたい？」

「エルウッド・プレスにちょっと顔を出してもいいかもしれない。父さんとぼくの半週分の小切手を受けとっておきたいんだ……いや、半週より多いな。三日出たんだから、週の五分の三だ」

「夜間でも受けとれるのか？」

「もちろん。小切手は主任の机にしまってあって、夜間の主任も鍵を持ってるから。それに、父さんのロッカーから私物を引きあげて、家に持って帰らないと」

「そうだね。それから、聞いておきたいんだが……ウォリーが殺されたのは、会社絡みってことはないんだな？」

「会社絡みで殺される理由がないよ。ただの印刷会社だよ？　偽札やなんかを印刷してるわけでもないし」

「まあ、どっちにしても、目と脳みその回路はひらいておくんだ。会社に敵はいないのか？ウォリーはみんなに好かれていた？」

「うん、みんな父さんが好きだったよ。ああ、まあ、ほんとうに仲のいい友達がいたわけじゃないけど、あそこではうまくやってた。バニー・ウィルソンとはよく一緒に出かけていたな。バニーが夜勤に入るようになってからはまえほどじゃなくなったけど。父さんは昼の勤務のままだったからね。それからジェイクだ、昼間の主任。ジェイクと父さんはかなり仲がよかった」

「そうか。さて、わたしがバセットと会うのは、このあいだの晩も行ったグランド・アヴェニュー沿いの店だ。同席したければ十一時ごろそこに来てくれ」

「わかった、行くよ」

ぼくはステイト・ストリートをオーク・ストリートのそばまで北へ歩いて、エルウッド・プレスに向かった。暗くなってから会社に向かうのは、しかも仕事をしないのに会社へ行くのは、妙な気分だった。

薄暗い階段を昇って三階へ行き、植字室のドアのまえに立ってなかを覗いた。西側の壁に沿ってライノタイプが六台並んでいる。バニーが一番手前で活字を組んでいた。ほかにも三台に植字工がついていた。

父さんの席は空っぽだった。父さんがいないからというわけではなく、夜勤のほうが人数がすくないため機械が余るのだ。ドア口に数分立っていたが、誰もぼくに気づかなかった。

その後、夜勤の主任、レイ・メッツナーが自分の机に向かって歩いていくのが見えた。ぼくはうしろをついていき、ちょうど主任が腰をおろしたところで追いついた。

レイ・メッツナーは顔をあげていった。「やあ、エド」ぼくは挨拶を返した。「こんばんは」

その後すぐに二人とも言葉に詰まってしまった。

バニー・ウィルソンがぼくに気がついてそばにやってきた。「仕事に戻るのかい、エド？」

「もうすぐね」ぼくはバニーにいった。

レイ・メッツナーは鍵のついた引出しをあけていた。小切手が見つかったので、ぼくはそれを受けとってポケットに突っこんだ。メッツナーはいった。「百万ドルの男みたいに見えるよ、エド」

ぼくは自分の服装を忘れていた。ここでこの格好は気恥ずかしかった。

バニーがいった。「なあ、エド、復帰する気になったら、昼の勤務じゃなくて夜勤に入れるように頼んでみたらどうだ？　植字室で使ってやれるよ。そうじゃないかね、レイ？」

メッツナーはうなずいていった。「それも一つのアイデアだ、エド。いいシフトだよ、すこしばかり給料が高い。それに……きみは組版を覚えているところじゃなかったかな？」

ぼくはうなずいた。

メッツナーはつづけた。「夜間だったらもっと練習できる。いつも二台空いているからね。仕事が暇で、きみに三十分くらいあげられるときだったら、いつでも練習のために文字を組んでみてかまわない」

「考えておきます。やらせてもらうかもしれません」

二人が何を考えているかはわかった。昼間の勤務のままでいると、父さんがいないことがよけいにこたえると思っているのだ。いつも一緒に働いていたから。もしかしたら、二人の考えは正しいのかもしれない。とにかく、二人はいい人たちだった。

「じゃあ、ぼくはロッカーに行きます。あとはそのまま帰ろうと思います。父さんのロッカーをあけられるマスターキーを持っていますよね、主任？」

「もちろんだよ」メッツナーはそういってキーリングから鍵を一つ外し、ぼくに手渡した。

バニーがいった。「あと十五分で食事休憩なんだよ、エド。そこの角でサンドイッチを食べてコーヒーを飲むつもりだ。待っててくれ、一緒に何か食べよう」

「食べたばっかりなんだ。でも、いいよ、コーヒーにつきあうよ」

メッツナーがいった。「もう行っていいよ、バニー。タイムカードはわたしが打っておく。一緒に行きたいところだが、軽食を持ってきているんでね」

ぼくたちはロッカーへ向かった。自分のところから回収したいものはなかった。父さんのロッカーをあけた。中身は古いセーターと、活字用の定規と、小さな黒いスーツケースだけだった。

セーターはわざわざ持って帰るほどのものではなかったが、捨ててしまうのはいやだった。だからセーターと定規は自分のロッカーにしまい、小さなスーツケースだけを手に取った。鍵がかかっていたので、その場であけようとは思わなかった。

帰宅してから中身を改めるつもりだった。これにはまえまえからちょっと興味があった。安物雑貨屋で買えるたぐいの段ボールでできたケースで、厚みは十センチくらい、大きさは縦三十センチ、横四十五センチくらい。ぼくが父さんとエルウッドで働きはじめた当初から、父さんのロッカーの奥に立てかけてあった。

一度、何が入っているか尋ねたことがあったのだが、父さんはこう答えた。「ただの古いがらくただよ、エド。家には置いておきたくないんだ。たいしたものじゃない」それ以上のことを進んで説明してくれる気はなさそうだったので、ぼくももう訊かなかった。

バニーと下へ行き、ステイト・ストリートとオーク・ストリートの角の安食堂へ向かった。バニーがサンドイッチとパイ一切れを食べているあいだはあまりしゃべらなかった。

食後、二人で煙草に火をつけるとバニーが尋ねた。「まだ……その……犯人は捕まらないのかい？　親父さんを殺した犯人は？」

ぼくは首を横に振った。

「だったら……あー……容疑者もいないんだね、エド？」

ぼくはバニーを見た。

妙なないい方だった。文章を分解して考え、バニーが何をいいたいのかわかるまで一分くらいかかった。

「母さんは容疑者じゃないよ、バニー。もしそういう意味でいったなら」

「いや、そんなつもりじゃ……」

「ばかなこといわないでよ、バニー。そういう意味でいったはずだよ、あんなふうに訊いてきたんだから。まあ、母さんはぜんぜん関係ないよ」

「それはわかってたさ、エド。おれはただ……いや、まったく、いつも墓穴を掘っちまうんだ。しっかり口をとじておくべきだったよ。デリカシーが持てるほど頭がよくないんだ。こっちからは何も明かさずにおまえから情報を引きだそうとしたのに、その反対になっちまうんだから」

「いいよ、それなら全部いっちゃえば」

「いいか、エド、男が殺された場合にはな、いつだって女房が疑われるものなんだよ、すっかり疑いが晴れないかぎり。なぜかなんて訊かないでくれ。そういうものなんだ。女が殺されたときもおなじなんだよ。警察があたりまえのように最初に疑うのは亭主だ」

「そうかもね。だけどこの事件はちがう。どう見てもただの強盗だから」

「そうだな、しかし警察はべつの角度からも捜査するんだ。万が一、見た目どおりの事件じゃなかったときのために、な。まあ、おれはマッジが――おまえのおふくろさんが――十二時から一時半のあいだどこにいたか知ってるから、疑っちゃいないけどな。マッジにアリバイが必要なら、おれが証明できる。そういう意味だったんだよ、マッジじゃないのはわかってるといったのは」

「どこで母さんを見たの？」

「水曜日は、おれも一杯か二杯飲んでたんだ。休みの晩だったからな。で、十時ごろ、おまえの家に電話したんだよ、ウォリーがいるかと思って。それで……」

「思いだしたよ。電話に出たのはぼくだった。それで、父さんは出かけちゃったっていったんだよね」

「そうだ。それでおれは何軒かの店に顔を出したんだ、ウォリーにばったり会えるかもしれないと思ってさ。だが会わなかった。おれは十二時くらいにグランド・アヴェニューのそばの店にいたんだよ、店の名前は忘れちまったがね。そこにマッジがやってきたんだ。ベッドに入るまえに寝酒を引っかけようと思って来たんだっていってた。ウォリーもまだ帰らないし、ってね」

「母さんは父さんのことを怒ってた？」

「わからんね。怒っているようには見えなかったが、女ってやつはわからんからな。女ってのは妙なもんだ。とにかく、おれたちは話をしながら何杯か飲んで、一時半くらいだったかな、おれがマッジを家まで送ったのは。それからおれも家に帰った。自分の家に着いたのが二時ちょっとまえだったから、そのくらいの時間だろう」

「いいアリバイだね、もし母さんにアリバイが必要なら。でも必要ないんだ、バニー。じゃあ、検死審問に来た理由はそれ？　あのときは、どうしてバニーがいるんだろうって思ったんだ」

「そうさ。おれは何時に事件が起こったのか知りたかった。それに、ほかのことも全部知りたかったんだ。検死審問では、マッジはあの晩出かけたかどうかすら訊かれなかった。それでおれにも大丈夫だってわかったんだよ、そのときは。あれから何か訊かれたりしてたか？」

「ぼくの知るかぎりでは訊かれてない。ぜんぜんそんな話にはならなかった。母さんが外出したのはぼくも知ってたけどね。あの朝父さんを起こしにいったとき、まだワンピースを着てたからさ。でも……」

「まだ服を着てた？　おいおい、エド、マッジはなんだって……」

今度はぼくのほうが口をとじておけばよかったと思う番だった。こうなったら、話さなきゃならないだろう。「家にもボトルがあったんだ。たぶん、父さんが帰るのを待ちながら飲みつづけたんじゃないかな。それで着替えもせずに眠りこんじゃったんだよ」

「警察はそれを知らないのか？」

「さあ、どうだろう」ぼくはあの朝あったことをバニーに話した。「母さんが起きだしたのは、ぼくが家を出たときだった。音が聞こえたんだ。だから警察が来たとき、もし母さんが服を着替えるか、あのワンピースを脱いでバスローブを着てたなら、刑事には知りようがない。もし母さんが、ぼくが家を出たときの格好のまま玄関に出たなら、わからなかったらばかだよね」

「だったら大丈夫だな。マッジが出かけてたことを警察がまったく知らないなら、それはそれで問題ない。もし警察が……まあ、いいたいことはわかるだろ」

「そうだね」

気がつけば、ぼく自身もあの晩母さんがどこにいたかわかって、心配することなんかほんとうに何もなかったんだとわかって、すこしほっとした。別れ際、バニーはまたお金を貸してくれるといっていた。

酒場へ行くと、アンブローズおじさんが一人でボックス席に座っていた。何日かまえの夜にぼくたちが座った席だった。十一時までにはまだあと数分あった。

おじさんはぼくを一瞥し、次いでスーツケースをちらりと見て、もの問いたげな目をした。

ぼくはこれが何かをおじさんに話した。

おじさんはそれを目のまえのテーブルに置き、自分のポケットをあさりはじめた。クリップが出てくると、一部をまっすぐに伸ばし、先端に小さなフックをつくった。

「あけてもいいかな、エド？」

「もちろんだよ。どうぞ、やって」

鍵は簡単にあいた。おじさんはふたを持ちあげた。

「驚いたな」ぼくはいった。

最初は不可解なごちゃ混ぜに見えた。それから一つ、また一つと意味のあるものに変わった。しかし父さんが若いころの話をおじさんから聞いていなかったら、見えているものの意味がわからなかったはずだ。

縮れた黒い毛のかつらがあった。黒人のメイクをしたときにかぶったものだろう。直径七、八センチの鮮やかな赤のボールが半ダースあった。ジャグリングのボールだ。さやに収まった短剣があった。スペイン風の細工がしてあった。すばらしく安定のよさそうな射的用の単発ピストルがあった。黒いスカーフがあった。アステカ族の神の小さな粘土像があった。

ほかにもいろいろなものがあった。一目で全部見て取るのは無理だった。

何かが手書きされた紙の束があった。何かティッシュペーパーで包まれたものがあった。使い古したハーモニカがあった。

父さんの人生が小さなスーツケースに詰め込まれているんだ、とぼくは思った。人生のあるひとつの段階が。これは父さんが取っておきたかったもので、だけど家には置いておきたくないものだった。家にあったら粗末に扱われるか、捨てられるか、あるいは質問攻めにされるかもしれなかったから。

音が聞こえたので顔をあげると、すぐそこにバセットが立って、荷物を見おろしていた。

「こいつはどこから出てきたんだ?」バセットが尋ねた。

「座ってくれ」おじさんがバセットにいった。おじさんは鮮やかな赤のジャグリングのボールを手にしたところで、まるで水晶を覗きこむかのようにそのボールを見つめていた。泣いているわけではなかったけれど、じゃあ泣いていないかといわれるとそうともいいきれない、そんな目だった。

おじさんはぼくにもバセットにも目を向けずにいった。「バセットに話してくれ、エド」

それでぼくはバセットに、このスーツケースがどこにあったかを話した。

バセットは手を伸ばして紙束を取り、それをひっくり返していった。「まいったな。スペイン語だ」

「詩みたいだね」ぼくはいった。「改行の様子からすると。アンブローズおじさん、父さんはスペイン語で詩を書いたの?」

おじさんは赤いボールから目を離さずにうなずいた。

バセットが紙束をぱらぱらめくっていると、すこし小さめの紙が落ちた。小さな長方形のぱりっとした真新しい紙で、八センチ×十センチくらいの大きさだった。印刷物だったが、タイプライターで空欄が埋めてあり、インクでサインがしてあった。

バセットはぼくの隣に座っていたので、彼が読んでいるあいだにぼくもそれを読んだ。

それはセントラル相互保険という会社から発行された、保険料の領収書だった。日付は二カ月足らずまえで、ウォレス・ハンター名義の保険契約に関して、四半期分の保険料を払いこんだことを示す領収書だった。

ぼくは金額を見て口笛を吹いた。五千ドルの保険契約だった。〝終身生命保険〟と書いてある下の小さな注記は〝倍額保障〟となっていた。一万ドルだ——殺人の被害者になるのも、事故死に当たるんだろうか？

　受取人の名前も書いてあった。ミセス・ウォレス・ハンター。

　バセットが咳ばらいをすると、アンブローズおじさんは顔をあげた。バセットは保険料の領収書をテーブル越しに渡した。

「残念ながら、これだけあれば充分だ。これが動機だな。ミセス・ハンターは、夫は保険に入っていないといっていた」

　アンブローズおじさんはゆっくりそれを読んでからいった。「ばかをいうな。マッジはやっていない」

「ミセス・ハンターはあの晩出かけていた。動機もある。二つのことについて嘘をいっている。残念だが、ハンター……」

　バーテンダーがテーブルのそばに立っていた。「ご注文は？」

第八章

「聞いて」バーテンダーが注文を取って立ち去ると、ぼくはいった。「母さんにやれたはずはないんだ。アリバイがあるんだよ」

二人がそろってぼくを見た。アンブローズおじさんの左の眉が二ミリくらいあがった。

ぼくは二人にバニーの話をした。

バセットの顔を見ながら話したけれど、どう考えているかはまったくわからなかった。ぼくが話し終えるとバセットはいった。「そうかもしれない。自分でその男を調べてみるよ。どこに住んでいるか知ってるかい？」

「もちろん」ぼくはいい、バニー・ウィルソンの住所を教えた。「午前一時半ごろ仕事が終わるはず。まっすぐ家に帰るかどうかは知らないけど」

「わかった」バセットはいった。「このバニーという男と話をするまで、判断は保留にしよう。あまり意味はないかもしれないがね。この男は家族の友人だ……つまり夫人の友人でもあるということだ。彼女のために、すこしばかり時間を引き延ばして話すこともできたはずだ」

「なんでそんなことするのさ?」

バセットは肩をすくめた。わからない、といいたいようなすくめ方ではなく、きみが話題にしたくないような内容だよ、といわんばかりのしぐさだった。

それが多くを語っていた。ぼくはいった。「聞いてよ、ねえ……」

アンブローズおじさんが手をぼくの腕に置いた。そしてぎゅっと握った。

「黙るんだ、エド。ブロックを一周散歩して、頭を冷やしてこい」

おじさんの手の握りが強くなり、腕が痛んだ。

おじさんはいった。「行ってこい。本気でいっているんだよ」

ぼくを通そうとしてバセットが立ちあがり、ぼくも立ちあがってすばやくボックス席を出た。勝手にしろ、とぼくは思った。

外へ出て、グランド・アヴェニューを西へ歩いた。

煙草を出そうとして初めて気づいたのだが、ぼくは手に何かを握っていた。赤くて丸いゴムのボールだった。ぴかぴかの鮮やかな赤だ。スーツケースに入っていた半ダースのボールのうちの一つだった。

高架列車の駅へつづく昇り階段のそばに立ち止まり、手のなかのボールを見つめた。頭にぼんやりと映像が浮かんだ。このボールをいくつか使ってジャグリングをしている男の姿だった。そのときのぼくは赤ん坊だった。男は笑っており、鮮やかな色のボールがゲイリーの家の子供部屋を照らすランプの明かりのなかでちらちら動いていた。ぼくは泣きやんで、ぐるぐる動く球体を見つめていた。

そういうことが一度だけでなく、何度かあった。ぼくは何歳だったのだろう? 歩いていたのは思いだせた。すくなくとも一度は歩いて、鮮やかなボールに手を伸ばし、遊んでいいよと一つもらい、それを口に入れて噛んだら笑われたのだ。

三歳より上ということはないだろう——このボールを最後に見たとき、三歳よりずっと大きかったということはないはずだ。いままで完全に忘れていた。

このボールを手にして、大きさや感触、色の鮮やかさなんかを実感して初めて、失われた記憶が戻ってきたのだ。

だがその男、そのときのジャグラーは——まったく浮かんでこなかった。

ただ笑い声と、ちらちら動く鮮やかな色の球体だけが記憶にあった。

ボールを投げあげて、受けとめてみる。いい気分だった。ボール六つを使ったジャグリングを習うことはできるだろうか。ぼくはまたボールを投げあげた。

誰かが笑っていった。「小銭がほしいのか?」

ぼくはボールを受けとめてポケットにしまい、ふり返った。

ボビー・ラインハルトだった。ハイデン葬儀場の見習いで、木曜日の朝に出勤してそこで遺体を見たときに、それが父さんだとわかった男だ。白のパームビーチスーツを着ており、それが浅黒い肌やグリースで撫でつけた黒髪と似合っていた。

ボビーはにやにや笑っていた。感じのいい笑みではなかった。ぼくはそれが気に食わなかった。

「何かいったか?」

にやにや笑いが消え、険悪な表情になった。

上等だ。なんとかいえよ、とぼくは思った。ボビーの顔を見て、ガーディと一緒にいるところを思い浮かべた。遺体安置室にいた父さんを見たときの姿や、おそらくは父さんの遺体を処理したのであろうこと、あるいはハイデンが処理するのを見ていたのであろうことを想像した。それから――ああ、誰かべつの人間がしたのだったら話はちがったのに。しかしそもそものはじめから嫌いな相手だと、何をやってもますます嫌いになるのだ。

「なんなんだよ……」そういいながらボビーは右手を上着のポケットへ伸ばした。もしかしたら煙草を取ろうとしたのかもしれない。それはわからない。こんな公共の場所で拳銃を取りだすとは思えなかった。たとえ半ブロック以内のところに人けがなかったとしても。だが、ぼくはそれがわかるまで待たなかった。まあ、ただけんかの口実を探していただけかもしれない。

ボビーの肩をつかむと、相手の体をぐるりとまわして、右の手首を背後でひねった。ボビーは半分悪態のような、半分悲鳴のような声を出し、何かがコンクリートの地面に落ちて金属質の音をたてた。

ボビーの手首を離し、上着の襟のうしろをつかんで、相手を屈ませないように襟をぐいと引いた。二人の影がずれると、歩道に落ちたのはブラスナックルだとわかった。

ボビーが逃れようとしてものすごい力でまえへ出たので、ぼくの手のなかで上着の布地がちぎれた。布地は背中のずっと下まで裂け、残骸となった右側がボビーの肩からすべり落ちて、内ポケットから手帳と財布が落ちた。ボビーはビルの壁を背にして、決心のつかないような顔をしていた。ぼくをさんざん殴りつけたいと思っているのは見て取れたが、ブラスナックルがないとそれができないのはわかっているようだった。それに、破けた上着がボビーの邪魔になっていた。

ボビーは喘ぎながらその場に立ち、ぼくが向かっていった場合に備えていた。上着から落ちたものを慌てて拾おうとはしなかったが、それを置いたまま逃げるつもりもないようだった。

ぼくは通りのまんなかまでブラスナックルを蹴り飛ばし、それから一歩さがっていった。

「ほら、宝物を拾って逃げたらいいだろ。口をひらいたら歯を折ってやるからな」

目が多くを語っていたが、ボビーはあえて口をひらきはしなかった。落ちたものを拾いにまえへ出てきたので、ぼくもそれを見た。「ちょっと待て」とぼくはいい、手を伸ばして相手より先に財布を拾った。

父さんの財布だった。

装飾模様が型押しされたけっこういい革の財布で、ほぼ新品だった。けれどもつや出しの革の表面に斜めに走るひっかき傷があった。ライノタイプの金属板の尖った角でついた傷だった。財布がたまたま父さんのライノタイプのスタンドに置いてあったときに、組み終えた活字の箱から誤っていくつか金属板を落としてしまったのだ。ぼくはそのとき、その場にいた。

車が縁石に寄せられる音がした。ボビーはぼくを越えた先をちらりと見て走りだした。ぼくは財布をポケットに押しこんでから、ボビーを追って駆けだした。「おい――」と怒鳴る声がして、車がまた走りだした。

空き地を突っきろうとしたところでボビーを捕まえて思いきり殴っていると、巡回中の車に乗った警官がやってきて、そのうちの一人がぼくたちを捕まえた。一人がぼくの上着をうしろからつかんでボビー・ラインハルトから引き離し、平手でぼくの横っ面をひっぱたいた。

「離れろ、若造ども。二人とも署へ連行する」

うしろの警官を蹴ってやりたかったが、そんなことをしても事態が好転するとは思えなかった。

パトロールカーへ連れていかれるあいだに大きく息を吸い、ようやく話ができる程度のおちつきを取り戻すと、ぼくは早口でしゃべりはじめた。

「これはただのけんかじゃないんだ、殺人事件が絡んでいるんだよ。殺人課のバセット刑事がここから二ブロック東の酒場にいる。ぼくたちをそこへ連れていってほしい。バセット刑事がこの男に会いたがるはずだから」

ぼくを捕まえた警官は、ぼくのポケットを外側から触りながらいった。「話は全部、署で聞こう」

もう一人の警官がいった。「殺人課に、確かにバセットという名前の刑事がいるよ。どの事件だ、坊や?」

「ぼくの父親、ウォレス・ハンターが、先週フランクリン・ストリートの脇の路地で殺されたんだ」

「ああ、あそこで殺された男がいたな」彼はぼくを捕まえている警官を見て、肩をすくめた。「そこを覗いてみよう。ほんの二ブロックだ。もしこれがほんとうに殺人絡みなら……」

ぼくたちは車に乗った。警官二人はぼくたちを相手に油断したりはしなかった。酒場へ連行するときもまた襟首をつかんだ。見世物みたいだった。

バセットとアンブローズおじさんはまだボックス席にいた。二人は顔をあげた。どちらにも驚いた様子はまったくなかった。

バセットを知っている警官がぼくより先に口をひらいた。「この若造二人がけんかしているところを捕まえたんですが。こっちの小僧が、あなたが興味を持つだろうっていうんです。

どうですか?」

バセットはいった。「もしかしたらね。とにかく、その子は放していいよ。何があった、エド?」

ぼくはポケットから財布を出して、ボックス席のテーブルの上に放った。「父さんの財布だよ。このクズ野郎が持ってたんだ」

バセットは財布を手に取ってひらいた。紙幣が数枚入っていた。五ドル札が一枚と、一ドル札が数枚。セルロイドの下の身分証を一瞥（いちべつ）すると、バセットは顔をあげてボビーを見た。「これをどこで手に入れた、ラインハルト?」バセットの声は非常に静かで穏やかだった。

「ガーディ・ハンターからもらったんです」

アンブローズおじさんが止めていた息を長く吐きだすのが聞こえた。顔をあげてぼくを見たりはしなかった。おじさんの目はバセットの手のなかの財布に向けられたままだった。

バセットが尋ねた。「それはいつのことだ?」

「きのうの夜です。もちろん、ガーディの親父さんのものでした。ガーディがそういってました」

バセットは財布を元どおりにとじて、慎重にポケットに入れた。それから煙草を取りだして火をつけた。

バセットはパトロールカーの警官たちに向かってうなずいてみせた。「ご協力に感謝するよ。いまの話を確認できるまで、こいつの居所がわかるようにしておきたい。署に連れていって、治安紊乱(ぶんらん)で捕まえておいてもらえるか？」

「わかりました」

「今夜の当直は誰だ？」

「ノーウォルドです」

バセットはうなずいた。「ノーウォルドなら知っている。たぶんすぐに電話する、ラインハルトはまもなく釈放することになると伝えてくれ」バセットはまた財布を取りだすと、紙幣と身分証を抜いてその二つをボビーに渡した。「これは必要ないと思う。財布は証拠品になる。しばらくのあいだは」

ボビーは警官たちに連れられてドアまで向かうあいだに、あたりを見まわしてぼくに目を留めた。

ぼくはいった。「いつでも、どこででも相手になってやる」

警官たちはボビーを連れて出ていった。

バセットが立ちあがり、アンブローズおじさんにいった。「まあ、悪くない試みだったよ」

アンブローズおじさんはいった。「なんの意味もないってわかっているんだろう。財布のことだが」

バセットは肩をすくめた。

それからぼくのほうを向いていった。「エド、残念だがきみは今夜、自宅で眠れない。おじさんのところに泊まれるかね？」

「どうして？」

「警察がすでにやっておくべきだったことを、いますぐやらなきゃならない。家宅捜索だ。保険証書とか、探せば何か出てくるかもしれない」

アンブローズおじさんがうなずいていった。「エドはわたしのところにいればいい」

バセットは出ていった。アンブローズおじさんはそこに座ったまま、何もいわなかった。

ぼくはいった。「早とちりしてしまったみたいだね。捜査の妨害をしちゃったかな」

おじさんはこっちを向いてぼくを見た。「ひどい顔してるぞ。顔を洗って、しゃんとしてきたらどうだ。目の下があざになりそうだな」

「けんかの相手がどうなったか見るべきだね」

おじさんは、しょうがないやつだなとでもいうように鼻を鳴らしたので、このことはもうこれでいいんだとわかった。ぼくは手洗いへ行って顔を洗った。

おじさんが尋ねた。「どんな調子だ？」

「それなりにハイだよ」

「体調を訊いたんだが。徹夜をしても大丈夫かね？」

「一度起きられたなら、いつまでだって起きていられる」

「だらだらと時間を無駄にしてしまったな。捜査をしているつもりになっていたが、甘かった。森で迷子になった赤ん坊のようなものだったよ。もういい加減、木を伐りはじめなければ」

「そうだね。バセットはどうするつもりだろう……母さんを逮捕するのかな？」

「取調べのために連行はするだろうね。ガーディもだ、財布のことが持ちあがってきたからには。深追いしないようにいってはみたがね。われわれには、カウフマンを落とすためにもう数日猶予をくれるらしい」

「母さんたちは取調べのあと釈放されるかな？」

「わからんね、エド。わからんよ。保険証書が見つかれば、釈放されないかもしれない。今夜は痛恨の打撃が二発あった……あの保険料の領収書と、財布だ。二つともまちがった方向を指し示しているんだが、それをバセットに話さないとな」

ぼくはまた赤いゴムボールをいじっていた。おじさんが手を伸ばしてぼくからそれを取り、ぎゅっと押しつぶした。おじさんがつぶすたびに、ボールはほとんど平らになった。握力がものすごく強かった。

おじさんはいった。「こんなものが出てこなければよかったのに、と思うよ。こんな……ああ、くそ、うまく説明できないな。ウォリーがこんなものを取っておかなければよかったのに」

「おじさんのいいたいことはわかるような気がする」

「ウォリーはひどく混乱していたんだろうな。わたしは十年会わずにいたんだが、十年あればどんなことだって起こりうる……」

「ねえ、アンブローズおじさん。父さんが自分でやった可能性はないかな？　自分で自分を……ビール壜で殴ったとか？　あるいは……昔、棍棒を使ったジャグリングをやってたって話を知らなければ、ばかげて聞こえるかもしれないけど……ボトルを高く投げあげて、それが落ちてくる真下に立っていたとか？　おかしな話だけど……」

「そんなことはないよ、エド、だがきみが知らないことが一つある。ウォリーには自殺することはできなかったはずなんだ。ウォリーは……正確には恐怖症というわけじゃないんだが、心理的な障害とでも呼んだらいいのかな。自殺はできなかった。死を恐れていたわけじゃない……むしろ死にたいと思ったことがあったかもしれない。一度そういうことがあったのを覚えてる」

「どうしてそんなふうに確信が持てるのさ。もしかしたら、そのときはそこまで真剣に死にたかったわけじゃないのかも」

「あれはメキシコを旅行していたときだった。チワワの南で、ウォリーはクグラという毒蛇に嚙まれた。そこは荒野を横切るさびれた道、ほとんど獣道みたいなもので、われわれしかいなかった。救急箱なんかなかったし、あったところで役に立たなかっただろう。クグラの毒に解毒剤はないのだから。二時間以内に死ぬといわれている。しかも考えうるかぎり最も苦しい最悪の死だ。混じりけなしの地獄だ。

ウォリーの脚はすぐに腫れ、死ぬほど痛みだした。ウォリーは二人の所持品のなかにあった唯一の拳銃を手に取り……じゃあな、と別れの挨拶をして、自分で自分を撃とうとした。だがそれができなかった……ただもう、どうしても手が動かなかったんだ。ウォリーはわたしにやってくれと頼んだ。わたしは……わからないな、もっと悪化するようなら撃っていたかもしれない。だが、誰かが近づいてくる音がした。老いた小型のロバに乗った、先住民とスペイン人の血の混じったような男だった。

その蛇はクグラではない、と男はいった……わたしたちは蛇を撃ち殺していたんだよ。蛇の死骸は道に伸びていた。それはクグラそっくりの在来種だ、確かに毒はあるがクグラほどのものじゃない、というんだ。わたしたちはウォリーをロバにくくりつけ、近隣の村の医者のところまで五キロほどの道のりを乗せていった。そうやってウォリーの命を救った。いや、救ったのは医者か」

「だけど……」

「わたしたちはひと月そこに留まった。その医者はすばらしい男でね。わたしは滞在費用を稼ごうと医者のために働き、そのあいだにウォリーは回復していった。そして夜には医者の本を読んだ……たいていは心理学と精神医学の本だった。そういう文献がたくさんあったよ、英語のも、スペイン語のも。

わたしがその手のことを知りはじめたのはこのときだった。それ以来、たくさんの本を読んできたよ……占い師として働くのに必要な、実際的な事柄以外にもね。しかし、エド、ウォリーには精神分析みたいなものを勧めて、実際ウォリーはそれを受けた。自殺できない人というのは確かに存在するんだよ……生理的にも精神的にも不可能なんだ、たとえ何が起ころうと。よくあるケースというわけじゃないが、そこまで珍しいことでもない。反自殺障害とでもいおうか。で、それは年を取ったからといって消えたり変わったりするものじゃない」

「それはほんとうのこと？　冗談でいっているわけじゃないよね？」

「冗談なんか一つも交じってないよ、エド」

おじさんはまた何回かゴムボールをつぶした。

「エド、入ったら、ドアの内側にもたれていてくれ。ひとことも口をきかずに」

「どこへ入ったら？」

「カウフマンの部屋だ。あいつは結婚していない。ラサール・ストリート沿いの下宿に住んでる。オーク・ストリートのすこし北だ。カウフマンは歩いて帰宅する。部屋に行ったことがあるから、間取りはわかってる。われわれはあいつをかまうのに時間を使いすぎた。今夜決着をつけよう、事態が冷えきってしまうまえに」

「わかった。いつ取りかかるの？」

「月曜の夜はかなり早く店をしめるんだ。一時を過ぎたら、いつ帰宅してもおかしくない。もうすぐここを出ないと。十二時を過ぎているからね」

ぼくたちはもう一杯飲んで、その店を出た。ワッカー・ホテルに立ち寄って、父さんのスーツケースを置いた。その後クラーク・ストリートを北へ向かってオーク・ストリートへ、次いでラサール・ストリートへ出た。

おじさんはラサール・ストリート西側、角のすぐ北の奥まったドア口を選び、ぼくたちはそこに立って待った。一時間ほど待っていても、通行人は数人しかいなかった。

カウフマンがぼくたちのそばを通り過ぎた。こちらのドア口は見なかった。

ぼくたちはカウフマンがすっかり行ってしまうまで待ってからドア口を離れ、カウフマンをはさむようにして並んで歩いた。

カウフマンは壁にぶつかったかのように突然立ち止まったが、ぼくたちは両側から腕をつかんで、また歩かせた。ぼくはカウフマンの顔を一瞥し、すぐに目を逸らした。見ていて楽しい顔じゃなかった。自分は死んだも同然と思っている男の顔、そしてそれが気に食わない男の顔だった。ちょうどぼくたちの足もとの歩道みたいな顔色だった。

カウフマンはいった。「聞いてくれ、あんたたち、おれは……」

「あんたの部屋で話をしようじゃないか」おじさんがいった。

ぼくたちは玄関に到着した。

アンブローズおじさんはカウフマンの腕を放し、先に建物に入った。そして自分がどこへ向かっているかちゃんと承知しているかのように、自信満々に廊下を歩いた。まえに一度来たことがあると、おじさんがいっていたのを思いだした。

ぼくは三番めに、カウフマンのうしろから入った。廊下をなかほどまで進んだところでカウフマンの歩みがちょっと遅くなった。背中のくぼみに人差し指で軽く触れてやると、カウフマンは飛びあがり、アンブローズおじさんにぶつかりそうになりながら階段を昇った。

三階に着くと、おじさんはカウフマンのポケットから鍵を取りだし、部屋のドアをあけた。部屋へ入ると明かりをつけた。

二人でおじさんのあとについていき、ぼくはドアをしめてそこにもたれた。

ぼくの役目はこれで終わりだった。あとはドアに寄りかかっていればいいだけ。

カウフマンはいった。「聞いてくれ、くそ、おれは……」

「黙れ」おじさんはカウフマンにいった。「座ってくれ」おじさんは酒場の主をごく軽く押してベッドの端に座らせた。

そしてカウフマンにはそれ以上の注意を払わなかった。窓のそばのドレッサーのほうへ歩き、窓の端へ手をまわして、シェードを窓敷居まで引きおろした。

それからドレッサーの上の目覚まし時計を手に取った。カチカチと大きな音がする。針は二時九分まえを指していた。おじさんは自分の腕時計を見て、目覚まし時計の時間を二時十五分まえに直した。そして二つあったネジをそれぞれ数回ずつ巻くと、アラームを合わせるボタンをひねって二時にセットし、小さなレバーを引きあげてアラームをオンにした。

「いい時計を持っているな」おじさんはいった。「二時に鳴りだして、隣人たちを煩わせないといいんだが。われわれは列車に乗らなきゃならないんでね」

おじさんはドレッサーの一番上、左側の引出しをあけて、なかへ手を伸ばした。出てきた手にはニッケルめっきの三二口径のリボルバーが握られていた。

「ちょっとのあいだこれを借りてもかまわないよな、ジョージ？」おじさんはそういって、部屋の向こうからぼくに目を向けた。「危険物だ、銃だよ。おれは持ったことがないし、これから持つつもりもない。何よりも早くトラブルに巻きこんでくれる代物だ」

「ああ」ぼくはいった。

おじさんはシリンダーをまわし、銃身を折ってから、それをぴしゃりと元に戻した。「その枕をこっちに投げてくれ」

ぼくはベッドから枕を取って放った。おじさんは銃を右手に持ち、左手で枕を曲げて銃のまわりに巻きつけた。

そしてドレッサーにもたれた。時計がカチカチ鳴っている。

カウフマンは汗をかいていた。額に大きな汗の粒が浮かんでいる。「こんなことをして逃げられると思うなよ」

「どんなことをするって？」おじさんはそう尋ね、ぼくを見てにやりと笑った。「おい、この男がなんのことをいってるかわかるか？」

ぼくはいった。「たぶん、おれたちが自分を脅してると思っているんじゃないかな」

おじさんは驚いた顔をした。「まさか、そんなことはしないよ。おれたちはジョージが好きなんだから」

時計の音がまた大きく聞こえた。

カウフマンはポケットからハンカチを出して額をぬぐった。

「わかったよ、そのクソみたいな目覚ましを止めてくれ。何が知りたい？」

アンブローズおじさんがすこし緊張をゆるめたのがわかった。力を抜くまで、おじさんがそんなふうに緊張していたことに、ぼくは気づきもしなかった。「おれたちが何を知りたいかはわかっているだろう。それをあんたのやり方でしゃべってくれればいい」

「ハリー・レイノルズって名前にピンとくるか？」

アンブローズおじさんは答えた。「つづけてくれ。そのうちわかると思う」

「ハリー・レイノルズはギャングだ。危ないやつだ。三週間まえ、そいつがおれの店にいて、男二人と奥に座っていたときに、ウォリー・ハンターが飲みにやってきた。ハンターのほうも二人の男と一緒だった」

「どんな男たちだった？」

「ふつうの男だよ。印刷工だ。太ったやつと、小さいやつ。一人はおれの知らないやつだったが、ハンターはジェイと呼んでいた。もう一人はまえにもハンターと一緒に来たことがあった。名前はバニーだ」

おじさんはぼくを一瞥し、ぼくはうなずいた。ぼくにはジェイが誰かわかった。

カウフマンはいった。「三人は一杯ずつ飲んで帰っていった。あとをつけるみたいに。それからレイノルズがカウンターへやってきて、三人の直後に出ていった。で、レイノルズと一緒にいた男の一人が立ちあがって、あの三人のうち、まんなかにいたやつの名前はなんだ、と訊いてきた。ウォリー・ハンターだよ、とおれは教えた」

おじさんは尋ねた。「そいつはその名前に覚えがあるようだったか？」

「ああ。名前を教えるまでは半信半疑だったが、教えたとたんに確信したって感じだったよ。ハンターがどこに住んでいるかも訊かれたが、おれは知らないと答えた……ほんとうに知らなかったからな。ハンターはときどき、たぶん週に一回くらいは飲みにきたが、おれは住所は知らなかった。

それでその話はおしまいになった。レイノルズはもう二、三杯飲んで、仲間と立ち去った。で、翌日にまたやってきたんだよ。用事があるから例のハンターってやつと連絡が取りたい、次に店に来たら住所を聞いておいてくれっていうんだ。レイノルズはおれに電話番号を教えもした。ハンターが店に来たらすぐに電話して知らせろ……ただしこのことはハンターにはいうな、っていわれたよ」

「その電話番号は？」

カウフマンはいった。「ウェントワースの三八四二だ。やつがいなかったらメッセージを残すことになっていた。ハンターの住所がわかったときもおなじだ。その番号にかけて伝言することになっていた」

「それは翌日だったんだな？」

カウフマンはうなずいた。「レイノルズは連れの一人にハンターを家までつけさせたが、そいつが見失ったんだと思う。それでまたやってきて、おれを通して探ろうとした。おれが知らせなかったら……もしハンターがまた来ているのに、おれがやつに知らせなかったらどうなるか、しっかりと教えてくれたよ」

「そのハンターって男は、その晩と殺された晩のあいだにまた店に来たのか？」

「いいや、その後二週間来なかったんだ、殺された晩まで。あの晩に起こったことは検死審問でしゃべったとおりだ、その番号に電話をかけたこと以外はな。クソ、そうするしかなかったんだよ。もし電話をかけてなきゃ、こっちがレイノルズに殺されてた」

「レイノルズと直接しゃべったのか？」

「いや、あの番号にかけたら誰も電話に出なかった。二回かけたんだ、一回めはハンターが店に来た数分後、二回めはその十分後だった。誰も出なかった。うれしかったよ。レイノルズに火をつけられないように見張ってなきゃならないのもいやだが、妙なことに巻きこまれるのもおなじくらいいやだったからな。で、あんたたちはどう関わってるんだ？」

「おれたちのことは心配しなくていい。レイノルズとの厄介ごとにあんたを巻きこむつもりはないんだ。それで、レイノルズに会ったとき、あんたは何をしゃべった？」

「その後会ってないんだ。店に来もしない。まあ、来るつもりなんかないんだろうさ。何かべつの方法でハンターと連絡を取ったんだろう。やつは……あるいはやつの仲間が……あの晩ハンターのあとをつけたんだろう。ハンターが店にいるあいだ、外で待っていたんじゃないか。おそらく……」

目覚まし時計が鳴りだし、ぼくたちは三人とも飛びあがった。アンブローズおじさんがうしろへ手を伸ばして目覚ましを止めた。次いで枕をベッドへ放り、三二口径の小さな銃をドレッサーの一番上にしまった。

「ハリー・レイノルズはどこに住んでいる？」

「知らないな。電話番号だけしか知らない。ウェントワースの三八四二番だ」

「仕事は？」

「でかいやつしかやらない。銀行だな、給料なんかを狙うんだ。兄弟が刑務所に入ってる。終身刑だ、銀行強盗で」

おじさんは悲しげにかぶりを振った。「ジョージ、そんな連中と関わり合いになったら駄目だ。ほかのチンピラどもは誰だ？　レイノルズが店に来たとき……ウォリー・ハンターが店に来た夜に一緒にいた連中は？」

「一人はダッチと呼ばれていた。大男だ。もう一人はチビの殺し屋で、名前は知らん。ハンターをつけていって見失ったのがダッチだ……まあ、見失ったんだと思うよ、でなければ翌日レイノルズが戻ってくることもなかっただろうからな」

「話はそれだけかな、ジョージ？　ここまで来たんだから、しゃべればしゃべるほど気分がよくなるんじゃないか……いってる意味はわかると思うが」

「わかるよ。もしもっと何か知っていたらしゃべってる。やつを見つけられるといいな。電話番号もわかったわけだし。ただ、それをどこで聞いたかはしゃべらないでくれ」

「しゃべらないよ、ジョージ。誰にもいわないさ。おれたちはもう行くよ、あんたを眠らせてやらないとな」おじさんはドアへ向かい、ぼくはノブをひねってドアをあけた。おじさんは一瞬カウフマンをふり返った。

「聞いてくれ、ジョージ。おれはこの件では警察に協力するふりをしているんだ。だから警察にも何かしら教えてやらなきゃならないかもしれん。もしこの電話番号が使えない代物だったら、警察はおれたちより簡単にレイノルズを見つけられるだろうからな。だが、この番号のことは秘密にしておいてくれ。もしバセット刑事が会いにきたら、おれに話したことを全部話すんだ、ただし電話番号は除いて。あんたはハンターの住所を探るはずだった、レイノルズはそれを聞きにくるはずだった、だが現れなかった、それだけしゃべってくれ」

ぼくたちは階段を降り、さわやかな夜気のなかへ出た。

ようやく名前を手に入れた。誰を探せばいいかわかった。名前と電話番号がわかっている。今度は大物に向かっていかなきゃならない。ギャングだ。カウフマンみたいな小物じゃない。それに自分たちだけでやらなきゃならなかった。アンブローズおじさんはあの電話番号をバセットには教えないつもりだった。

オーク・ストリートの街灯の下で、アンブローズおじさんはぼくを見た。「怖いか、エド？」

喉がちょっと渇いていた。ぼくはうなずいた。

おじさんはいった。「わたしもだ。怖くて口がカラカラだ。バセットに正直に話そうか？　それともすこしばかり楽しんでみるか？」

「そうだね……楽しいほうでいこう」

第九章

夜気がすばらしく気持ちよかった。さっきまで汗をかいていたのだ。襟がきつく感じられたのでゆるめ、帽子をぐっとうしろに傾けた。

またもや気が緩んで反動が出た。しかしちがう種類の反動だ。実際よりも背が高くなったような気がした。酒場での緊張状態のあとみたいに神経質になることもなかった。

ぼくたちはウェルズ・ストリートを南へ歩き、そのあいだ何もいわなかった。いう必要がなかった。いままでの出来事のあとでは、アンブローズおじさんはぼくの一部で、ぼくはおじさんの一部になっていた。

そしてぼくはまたあの言葉を思いだしていた――ぼくたちはハンター一家なのだ。狩りをするんだ。警察にはできなくても、ぼくたちにはできる。以前はそれをほんとうには信じていなかったのだと気づいた。いまは信じていた。わかっていた。

もちろん、ぼくは怯えていた。しかしこれはいい部類の怯えだった――おもしろい幽霊話を読んだときのような。背筋に寒けが走るが、それが決していやじゃないと思えるときのような。

ぼくたちはシカゴ・アヴェニューを東へ進み、警察署を通り過ぎた。署のドアのそばには青い明かりが二つあった。通りかかったときに正面の階段を見あげると、もうあまりいい気分ではなくなった。母さんとガーディがこのなかでつらい時を過ごしているかもしれないのだ。それとも、二人は街なかにある殺人課のオフィスに連れていかれたのだろうか。

しかし母さんはやっていない。その点については、バセットは大きく外していた。

ぼくたちは角を曲がってクラーク・ストリートへ入った。アンブローズおじさんが尋ねた。

「コーヒーでもどうだ、エド？」

「いいね。だけど今夜のうちにあの番号に電話をかけるの？　どんどん時間が遅くなるけど」

「いまからだったら、どんどん早くなる、だな。何分かのちがいくらい問題じゃないよ」

スーペリア・ストリートのすぐ北の安食堂で、チリを一皿と、コーヒーを一杯ずつ注文した。カウンターの端を二人で占領した。カウンターの反対端近くには声の大きな女の二人連れがいて、ケアリーとかいう名前の誰かのことでいい争っていた。

チリは悪くなかったが、ぼくには味がよくわからなかった。ずっと母さんのことを考えていたからだ。とりあえず、女がゴムホースで拷問されるようなことはないだろう。

アンブローズおじさんがいった。「何かほかのことを考えたほうがいいぞ、エド」

「そうだね。何がいいかな？」

「なんでも。なんだっていい」おじさんはあたりを見まわして、女たちの一人がカウンターの上に置いたハンドバッグに目を留めた。「ハンドバッグのことを考えてごらん。いままでにハンドバッグについて考えたことがあるかい？」

「ないな。考えるべき理由がない」

「自分が革製品のデザイナーだと想像するんだ。そうすればおおいに興味も湧いてくる。ハンドバッグはなんのためにある？　ポケットの代用品、それだけのものだ。男にはポケットがたくさんある、女にはない。なぜか？　なぜならポケットは、ものを詰めこむと体の線を崩すからだ。おかしな場所が膨らんだり、正しい場所でも膨らみすぎたり。そうじゃないかな？」

「そうだね」

「そう、ハンカチを例に取ってみよう。女たちもときにはハンカチをポケットに入れて持ち歩くが、ちっちゃいやつだ。一方、男は大きいハンカチを持ち歩く。それは何も、女のほうが男より鼻水が出ないからってわけじゃなくて、大きいハンカチはポケットに入れると膨らむからなんだよ。もし女たちが大きなハンカチを胸ポケットに入れるなら、二つ身に着けるべきだね。いや、しかしハンドバッグの話に戻ろう」

「そうだね。ハンドバッグの話に戻ってよ」

「ハンドバッグは、荷物が入れば入るほどいい。そのうえで、小さく見えればそのほうがいいんだ。さて、じつは大きいんだが小さく見えるハンドバッグを、きみならどうやってデザインする？〝あらまあ、このバッグは思ったより荷物が入るのね〟と女がいうようなやつだ」

「わからないな。どうやるの？」

「それには経験がものをいうんだ。見栄えのいいハンドバッグをとにかくたくさんデザインする。そして女が思ったより荷物が入るわねというのを待つんだ。それからなぜそのバッグがそういわれたのかを観察して、ほかのバッグもおなじようにするんだよ。そのやり方を方程式にまとめることだってできるかもしれない。代数を知っているね、エド？」

「詳しくは知らない。それにハンドバッグっていえばさ、どうしても財布のことを考えてしまうよ。ボビー・ラインハルトはガーディからもらったといっていたけど、ほんとうだと思う？」

「もちろんだよ、エド。もし嘘をいうつもりなら、そんなに簡単に確認できることはいわないだろう。どこかで見つけたとか、そんなことをいうんじゃないか。だがそんなことは心配しなくていい」

「でも気にかかるんだよ」

「おいおい、なぜだ？　まさか、ガーディがウォリーを殺して財布を奪い、それをボビーにあげたと思っているわけじゃないだろう？　あるいは、マッジがウォリーを殺して、財布をそのへんに放置するかガーディにあげるかしたとでも？」

「二人がやってないのはわかってるよ。だけどものすごく怪しく見えるじゃないか。実際、ガーディはどうやって財布を手に入れたんだ？」

「ウォリーが置いていった、それだけのことだろう。飲みに出かけるとき、財布を家に置きっぱなしにする男は大勢いる。ポケットに何ドルか突っこんで、財布は家に残しておくと安全だからな。ガーディはそれを見つけてなかの現金をくすね、黙っていた。まあそれでも、その財布を人にやるなんてのはばかな考えだったが……しかし仮にもっと悪いことをしたのなら、それすらしなかっただろう。財布は焼却炉にでも放りこんだはずだ」

「どっちにしても焼却炉に放りこめばよかったんだよ。ほんとにばかなんだから」

「そうともいえないかもしれないぞ、エド。あの娘はほしいものを手に入れただけだ。まあ、たいていの人がそうだが。全員じゃない、しかしたいていはね」

「父さんはちがった」

「そうだな。ウォリーは手に入れなかった」おじさんは一度に一つずつ言葉を選ぶかのように慎重にしゃべった。「しかしそこにはちがいがある。ガーディは自分本位だ。ガーディだったら、ウォリーが人生を台無しにしたのとおなじ理由で自分の人生を台無しにしたりはしない。ガーディなら、もしまちがった相手と結婚しても、そいつのもとを去るだけだろう。

ウォリーはもっと義理堅いタイプなんだよ。見返りのない相手に対してさえね。それに、結婚に向かない男でもあった。だが、きみの実の母親はたいした女だったよ、エド、ウォリーは彼女と一緒にいて幸せだった。それにウォリーがじっとしていられなくなるまえに亡くなった。いっている意味がわかるかな。その後マッジが、立ち直ろうとしているさいちゅうだったウォリーを捕まえた」

「母さんは……いや、なんでもない」自分がただ義理立てするような気持ちから母さんをかばおうとしたことに気がついた。母さんと父さんについてふり返ってみれば、いろいろなことが思いだされて、アンブローズおじさんのいっていることは正しいとわかった。ぼくは気弱になっていたのだ。母さんがいま困ったことになっているから。それに、父さんが死んでから母さんは変わったから——おおいに変わったから。だが、それがつづくと思いこんで自分を騙すべきではないのだろう。

　母さんは父さんにとって毒だったし、たぶん父さんとおなじようにまっとうな男なら誰にとっても毒なのだろう。すくなくとも過去にはそうだったのだ、母さんのせいで父さんが酒を飲まずにいられないようになるまえは。たとえ父さんが酒を飲んでも静かで、けんかをふっかけたりしなかったとしても。

　ぼくはチリを食べ終えて、器を脇へ押しやった。

アンブローズおじさんはいった。「まだだ、エド。もう一杯、コーヒーを飲もう」おじさんはコーヒーを注文した。「あの番号に電話をかけて、なんといおうか考えているんだがね。何かべつのことをしゃべっていると名案が浮かぶんだよ。だから何かべつのことをしゃべろう」

「女性もののハンドバッグとか？」

おじさんは笑った。「その話は退屈だったらしいな？　エド、それはきみがハンドバッグについて何も知らないからだ。なんだって、知れば知るほどおもしろくなるんだから。昔、革製品の職人の知り合いがいてね。ハンドバッグの話となると一晩じゅうでもしゃべっていたよ。見世物師が移動遊園地（カーニバル）の話ばかりするようなものだ」

「だったら話してよ。ハンドバッグより興行師の話が聞きたいよ。ブロウって何？」

「ブロウ・オフを省略したいい方だ。なかでももう一度金を取るショウのことだよ。ふつうはフリークショウのなかでやる。たとえば、フリークショウの入口で二十五セント払って入るだろ、そうすると客寄せの係がいくつかの舞台を案内してくれるんだが、その後、口上をはじめるんだ。あと二十五セントとかもうすこし払えば、テントの端で特別なショウが見られますよって。なぜそんなことを訊く？」

「あのカーニバルで、おじさんがホーギーにボールゲームの店を引き継いでくれって頼んだときのことを覚えてたからさ。ホーギーは泥沼にはまっていて、もしスプリングフィールドの先でジェイクにブロウをやるチャンスがあれば、女を出せばいいっていってた。なんのこと？」

アンブローズおじさんは声をたてて笑った。「すごい記憶力だな、エド」

「でしょ」ぼくはいった。「今夜の話のこともいくらかは覚えてるよ。ウェントワースの三八四二番とかね。まだいい切り口を思いつかないの?」

「もうすぐだ。ホーギーの話に戻ろう。ホーギーはセックスの口上人なんだよ。フリークショウの内部で一番稼げるしゃべりは生のモデルを使ったセックスの口上なんだ、男だけを客としてね。一回二十五セントで、客が満足しなければ金は返すってシステムだ」

「生のモデルってどういうこと?」

「その言葉もカモを引きこむ手段のひとつだ。客もそれを知りたがるんだよ。ああ、ホーギーは確かに口上がうまい……だが内容は、若い男が知るべきこととして本で読めるようなものばかりだ。それから、ホーギーはほんとうに生のモデルを使う。水着を着た女二人だ。この二人がどんなタイプか品定めするって理由で舞台にあげるんだ」

「金を返せっていうカモはいないの?」

「まあ何人かはいる。だがほんのすこしだ。そいつらに返したところで、なんということもない。景気のいい晩だったら、ナットを超えて百ドル以上の実入りになる」

「ナットって?」

「経費のことだよ。場所代としてかかる費用が一日三十ドルとするだろ。と、その金額を稼ぐまでは赤字だ。それを超えた残りが利益になる。ナットを超えた分だ」

ぼくはコーヒーを飲みほした。「どうして銀行強盗が父さんを探していたんだろう?」

「わからんよ、エド。それをこれから探るんだ」おじさんはため息をついて、立ちあがった。「行くぞ。取りかかろう」

ぼくたちはクラーク・ストリートを歩いてワッカー・ホテルへ向かい、おじさんの部屋へあがった。

おじさんは壁のそばから椅子を引っぱってきて座った。「わたしのうしろに立って耳を受話器に寄せるんだ、エド。わたしは自分の耳からすこし離して持つから、きみにもわたしとおなじくらいよく聞こえるだろう。その記憶力で、いわれたことをよく覚えておいてくれ」

「わかった。で、どういう切り口でいくの？」

「わからん。アドリブでいく。こっちがいうことは、向こうがなんといってくるかによって考える」

「向こうが〝もしもし〟っていってきたらどうするの？」

おじさんは小さく笑った。「それは考えなかったな。まあ、様子を見るよ」

そういって受話器を手に取り、交換手に番号を伝えたときのおじさんの声は、ふだんとちがっていた。低くゆったりとしたしゃがれ声で、イントネーションも完全にちがった。しかし、以前どこかで聞いたことのあるようなしゃべり方だった。一瞬考えてすぐにわかった。おじさんはホーギーの声を真似していた。さっきまでホーギーの話をしていたから、誰かの真似をしようと思ったときに最初に思いついたのがホーギーの声だったのだろう。完璧だった。

呼び出し音が鳴るのが聞こえた。ぼくは身を寄せ、椅子の背に体重をかけてできるかぎり受話器に耳を近づけた。

三回くらい鳴ったところで、女の声がいった。「もしもし」

声からわかることが——まあ、すくなくとも推測できることが——こんなにたくさんあるとはおもしろいものだ。たったひとことだったが、その女が若くて、美人で、おまけにスマートだとわかった——〝スマート〟という語の持つすべての意味で。そしてひとことを発したそのいい方だけで、たいていの人は彼女を好きになるのだ。

おじさんはいった。「あんたは誰だい？」

「クレア。ウェントワースの三八四二番」

「やあ、調子はどうだ？　おれのこと覚えてるか？　サミーだ」おじさんはすごく酔っぱらっているようなしゃべり方をした。

「残念だけど、覚えてない」そう答えた声は、かなり冷たくなっていた。「サミーって、どこのサミー？」

「いやいや、覚えてるだろ。サミーだよ。こないだの晩にバーで会っただろう。なあ、クレア、電話するにはひどく遅い時間だってわかってるよ、だけどな、ダイスのゲームで大儲けしたとこなんだよ。みんなから二千ドル巻きあげてやったんだが、こいつを使っちまおうと思ってな。街が見たいんだよ、〈シェ・パレ〉とか〈メドック・クラブ〉みたいな店やなんか全部だ。シカゴで一番の美人と一緒にな。最高だ。その美人が兎の毛皮が好きなら、毛皮のコートを買ってやってもいい。おれがタクシーを拾って迎えに行くから、二人で……」

「お断り」という声がして、受話器がカチャリと鳴った。

「くそっ」おじさんはいった。

「うまくやってたよ」ぼくはおじさんにいった。

おじさんは受話器を電話に戻していった。「うまくやるだけじゃなんにもならない。どうやらわたしにはロミオみたいな魅力はないようだ。きみにやってもらうべきだったな」

「ぼく？　いや、女のことなんか何も知らないよ」

「それがいいんだよ。まったくね、エド、きみはどんな女だって引っかけられるよ。ちょっと鏡を見てごらん」

ぼくは笑った。だけどふり返ってドレッサーの鏡を見てみた。

「目のまわりがあざになりそうだ。くそ、ボビー・ラインハルトのやつ」

アンブローズおじさんは鏡のなかのぼくに笑いかけていった。「きみの顔についてる分にはロマンチックに見えるよ。そのままでいい。無理に治そうとしなくても。さて、うまくいかないかもしれないがやってみるか」

おじさんはダイヤルをまわしてウェントワースの交換手を呼びだし、三八四二番の登録について尋ねた。そしてしばらく待ってから「わかった、ありがとう」といって受話器を置いた。がっかりしたような声だった。

「登録されていない番号だ。そうだろうと思っていたが」

「だったら、次は何をするの？」

おじさんはため息をついた。「反対から調べるんだ。このハリー・レイノルズってやつについて探るんだよ。バセットが何か知っているかもしれないし、何か情報を掘りだせるかもしれない。ただ、この電話番号のおかげでバセットより先を行くことができると思っていたんだが。まあ、あしたになったらまたいくつかの策を試してみよう。電話でクイズを出すラジオ番組みたいなふりをして、無作為に選んだ番号にかけています、イリノイ州の州都を答えてあなたの住所を教えてくれれば百ドルの賞金をプレゼントします、といってみるとか、あるいは……」

「あのさ」ぼくは口をはさんだ。「その番号の登録情報を手に入れられると思う」

「ふーん？　どうやって？　こういう未登録の番号のことはなかなかわからないぞ」

「バニー・ウィルソンに義理の姉妹がいてね。兄弟の妻なんだけどさ、その人が電話会社で働いているんだ。そういう番号を扱うオフィスで。バニーはまえに、職場の主任のジェイクに頼まれて調べたことがあるんだよ。そのせいで義理の姉妹が困ったことになったりしないかぎり、バニーがぼくたちのために調べてくれると思う」

「エド、それはすごいよ。すぐにわかるのかな?」

「今夜のうちにバニーを見つけられたら、あしたの昼にはわかると思う。バニーが出勤まえの義理の姉妹を捕まえられれば、彼女のほうは昼食に出たときバニーに電話できる。この話は職場からかけたんじゃできないからね」

「バニーのところに電話があるのか?」

「大家のところにある……バニーは昼間しか使えないんだけどね。ぼくが行けばいい。バニーはハルステッド・ストリート沿いに住んでる」

「もう仕事から帰ったころか?」

「そのはずだよ。もしいなければ帰るまで待つよ」

「オーケイ、エド。それならしばらく別行動だ。十ドル預けておくから、バニーを通じて義理の姉妹に、新しい帽子でも買うようにいって渡してもらうといい。わたしはバセットを見つけて取調べがどうなったか探ってみるよ。われわれがカウフマンに口を割らせた話をすれば取調べの手もゆるむだろう。場合によっては、すでに自分がまちがった道にいたことがわかっているかもしれないしな」

「どこで落ちあう?」

「ホテルに戻ってきてくれ。もしわたしがいなかったらきみに鍵を渡してもらえるよう、フロントに話をつけておくよ。さあ、もう行っておいで。わたしはバセットを追いかけるまえに、まず電話で居場所を探してみる」

グランド・アヴェニューへ出ると、運よく流しのタクシーがやってきたので、ほんの数分でハルステッド・ストリートに着くことができ、通りを南へ歩いてバニーの下宿へ向かった。バニーの部屋の明かりは消えていた。つまりまだ帰宅していないか、すでに眠っているかのどちらかということだったが、ぼくはとにかく階上へ行った。寝ているなら起こしてもいいくらい重要な用件だった。

バニーは帰っていなかった。確信できるまでドアをノックした。

それから階段に腰かけて待った。そのときふと、バニーがふだんきちんとドアに鍵をかけないことを思い出した。案の定、鍵はかかっていなかった。ぼくは部屋に入り、雑誌を見つけて読んだ。

四時になると、小さなキチネットでコーヒーを淹れた。かなり濃いコーヒーにした。ちょうどコーヒーが入ったころに、バニーがつまずきながら階段を昇って帰ってきた。ひどく酔っぱらっているわけではなく、ほろ酔い程度だった。しかし用件に入るまえに、バニーにコーヒーを二杯飲ませた。そして全部は話さずに、ぼくたちがなぜその電話番号の登録情報を必要としているかがわかる分だけの話をした。

バニーはいった。「もちろんだ、もちろんかまわないさ、エド。その十ドルだって要らないよ。あいつにはいくつか貸しがあるからさ」

まあとにかく渡してよ、といって、ぼくはお金をバニーのポケットに突っこんだ。

「彼女が朝、仕事に出かけるまえに話をしてもらえる？」ぼくはバニーに尋ねた。

「いいとも、お安いご用だ。家が遠いからな……あいつはいつも五時半には起きるんだ。それまで起きていて、五時半になったら電話するよ。それから目覚まし時計を十一時に仕掛けて、電話がかかってきたときには起きているようにする。だから十二時よりあとだったらいつ電話をくれてもいいよ……それまでは家にいるから」

「完璧だよ、バニー。ありがとう」

「気にするな。これから家に帰るのかい？」

「ワッカー・ホテルに戻るんだ」

「途中まで一緒に行くよ」バニーは時計を見た。「そうすれば、ここに戻るころには角の終夜営業のドラッグストアから電話をかけられる時間になってるはずだから」

ぼくたちはグランド・アヴェニューまで歩き、橋を渡った。

バニーがいった。「最近変わったな、エド。なぜだろう。おまえさん、ほんとに変わったよ」

「そうかな。もしかしたら、新しいスーツのせいじゃない？」

「いいや。たぶん成長したんだろう。まあ何にせよ、いいと思う。おれは……おまえは出世すると思うよ、エド、もし望めば。おれみたいに、型にはまってガチガチになっちまうんじゃなくてさ」

「バニーはガチガチじゃないよ。きっと自分の店を持てると思う」

「どうかな、エド。設備にひどく金がかかるしな。まあ、すこしばかり貯金はあるが、どれだけ金がかかるか考えると……やれやれ、ずっと素面でいるだけの分別があれば、もっと貯金ができただろうに、それだけの分別がないんだ。おれは四十になるが、この年までに貯金しておきたかった額の半分くらいしか貯まってない。この割合でいくと、自分で商売をはじめられないうちに爺さんになっちまう」

バニーは小さく苦い笑いを漏らした。「ときどき、噂に聞く大賭博をやってみたいと思うよ。上限なしの大博打だ。なけなしの貯金を一回のブラックジャックに賭けて、勝っても負けてもそれでやめる。そうすれば充分な元手ができるか、なんにもなくなるかの二つに一つだ。なんにもなくなったところで、半分しかない状態よりずっと悪いとは思えない。いや、そっちのがいいくらいだ」

「そっちのがいいって、なんで?」

「そうなれば、もうくよくよ心配しなくて済むからさ。ウイスキーをワンショット飲もうと二十五セント使ったり、ビールを一杯飲もうと十セント使ったりするたびに気に病まなくて済む。おれは地獄へ行くのだって平気なんだよ、エド、ただ切符を買う金が惜しいだけで」

しばらく黙って歩いたあと、バニーがいった。「自分のせいだってことはわかってる。実際、そこまで必死になれない。人はなんでも望むものを手に入れられるはずなんだ、まあ全部じゃなくともほとんどは。それをどうしても手に入れたい、それを手に入れるためならほかのものは喜んで諦めるっていうならな。おれの収入で独り暮らしなら、週に三十ドルくらい簡単に貯められるはずなんだ。もう何年もまえに充分な貯金ができていたはずなんだよ。だが、おれは人生に楽しみもほしかった。まあ、それなりに楽しんできたわけだから、文句をいうわけにもいかないが」

このときにはすでに高架のそばまで来ていた。バニーはいった。「さて、ここで戻るとするよ」

ぼくたちは足を止めた。「今度、午後か休みの夜にでもうちに来てよ、バニー。母さんは……母さんにはあんまり友達がいないんだ。来てくれたら喜ぶよ」

「そうするよ、エド。ありがとう。あー……なあ、一杯だけ一緒に飲まないか？　通りの向こうのあの店でさ」

ぼくはちょっと考えてからいった。「いいよ、バニー」

ほんとうはあんまり飲みたくなかったけど、なんとなく、バニーが心からぼくと飲みたがっていると感じたのだ。誘ってきたときのいい方に、それが表れているような気がした。

ぼくたちは飲んだ。ほんとに一杯だけ。それから酒場のまえで別れた。ぼくは高架下の道を渡って、クラーク・ストリートへ向かった。

母さんとガーディのことがいやでも頭に浮かんだ。家にいるのか、まだ戻っていないのか。そこで引き返してフランクリン・ストリートを北へ進み、ぼくたちの家の裏の路地を抜けた。路地に入ったときにうちのアパートメントのキッチンの窓が見え、明かりがついているのがわかった。

警察がまだ何か探しているのか、母さんが帰宅したのかわからなかったので、しばらくそこに立って眺めていると、やがて母さんが窓のまえを横切るのが見えた。まだ出かけられる格好をしていたから、帰宅してまもないのだとわかった。ガーディも見えた。母さんはコンロのまえを行ったり来たりしていた。二人は帰ってきたばかりで、寝るまえに何か食べようとしているらしかった。

ぼくは階上(うえ)に行きたくなかった。ぼくがアンブローズおじさんと一緒にいることはバセットから伝わっているだろうから、母さんはとくにぼくのことは考えていないだろう。ぼくがまだふらふらしているとわかったら、余計に心配するかもしれない。

路地を抜けてクラーク・ストリートに出た。空が明るくなりはじめていた。

ワッカー・ホテルに着くと、ぼく宛に鍵が預けられていないかフロントで尋ねた。なかったので、アンブローズおじさんが戻っているのだとわかった。

バセットが一緒だった。書き物用のテーブルが引っぱりだしてあり、二人はそれをはさんでカードゲームをしていた。テーブルの上には酒壜(さかびん)があった。バセットの目はどんよりしていた。

アンブローズおじさんが尋ねた。「腹がいっぱいになってましな気分になったかね、エド？」

ぼくの居場所をバセットにどう話したかを暗に伝えているんだなと思い、電話番号のことはまだ秘密なのだとわかった。

「朝飯を三人分食べたよ。これで一日活動できる」

「ジン・ラミーをやってるんだ。一点につき一ペニーでね。だから静かにしててくれ」

ぼくはベッドの端に腰をおろし、ゲームを眺めた。アンブローズおじさんが勝っていた。三十点とボックス・ボーナス二つ分のリードだった。二人が点数をつけている紙を見ると、いまが三ゲームめだとわかった。アンブローズおじさんは最初の二ゲームを制していた。

しかし今回のプレイではバセットが勝った。アンブローズおじさんが次の手を考えているあいだ、バセットはボトルから酒を長々と飲み、ふり返ってぼくのほうを向いた。フクロウみたいに大きく目を見ひらいて、バセットはいった。「エド、きみのあの妹だがな……誰かがちゃんと……」

「次のカードを取ってくれ、フランク」おじさんがいった。「このゲームを終わらせてしまおう。エドに最新情報を知らせるのはそのあとだ」

バセットはカードを取った。そのとき一枚落としたので、ぼくが拾った。ようやく手札を整えると、バセットはボトルからもう一口飲んだ。クオート壜だった。もうほとんど空いていた。

今回のプレイでもバセットが勝ったが、次のプレイではアンブローズおじさんにジン・ボーナスがついて得点が百点を超え、ゲームが終わった。

バセットがいった。「もうたくさんだ。計算してくれ。やれやれ、疲れたな」バセットは財布に手を伸ばした。

アンブローズおじさんはいった。「いいさ。三ゲームで十ドルくらいのものだ。それも経費に入れておいてくれ。さてと、フランク、何か食べるものを買ってこようと思うんだが。しばらく休んでいたらどうだい？　エドも家へ帰さなきゃならん。わたしが戻ったとき、あんたが眠りこんでいるようなら起こすよ」

いままではバセットの目はかなりとろんとしており、半分とじていた。突然のようにウイスキーが効きはじめ、酔いがまわったようだった。ベッドの端に座ったバセットの体は大きく揺れていた。

おじさんはテーブルをもとの場所に戻した。それからバセットを見てにっこり笑うと、左肩を軽く押した。バセットは横向きに倒れ、頭がちょうど枕に乗った。

アンブローズおじさんはバセットの足もベッドに乗せ、ひもをほどいて靴を脱がせた。バセットの帽子と鼈甲縁（べっこうぶち）の眼鏡も外し、ドレッサーの上に置いた。それからネクタイをゆるめ、シャツの襟もとのボタンを外した。

そのとき、バセットが目をひらいていった。「クソ野郎」

「ああ」おじさんはなだめるようにいった。「そうだな、フランク」

ぼくたちは明かりを消して部屋を出た。

エレベーターで階下へ向かうあいだ、ぼくはバニーと電話番号の件をおじさんに伝え、十二時過ぎに登録内容が手に入るといった。

おじさんはうなずいた。「われわれが何か隠していることは、バセットにもわかっている。やつはばかじゃないからな。自分でカウフマンのところへ行って、すこしばかり問い詰めてみる気になったとしてもおかしくない」

「おじさんはカウフマンを相当ビビらせたでしょ。また口を割らせるなら、かなり追い詰めなきゃならないだろうね。いまじゃハリー・レイノルズよりもぼくたちを怖がってるんじゃないかな」ぼくは一瞬考えてから尋ねた。「ねえ、あいつがしゃべるまえに目覚まし時計が鳴ってたらどうするつもりだった?」

アンブローズおじさんは肩をすくめた。「かなりばかげて見えただろうね。さて、朝飯でも食わないか……今度こそほんとうに」

「ものすごく腹が減ったよ」

ぼくたちはクラーク・ストリートとシカゴ・アヴェニューの角にあるトンプソンの店に行

き、ハムと卵を食べながら、おじさんがバセットから聞きだしたことを話題にした。ガーディはラインハルトのやつに財布をやったことを認めていた。ガーディの説明は、アンブローズおじさんがいっていたのとほとんどおなじだった。父さんはべつの財布を持って出かけたのだ……古いほうの財布を。それはぼくも知っていた。知らなかったのは――そしてガーディが最近になって知ったのは――父さんが飲みに出かけるときにいつも、金を一部入れたまま、いいほうの財布を家に残していくことだった。父さんは財布を本棚の奥に入れ、中身の一部だけを古い財布に移して持って出かけていた。

「まえに強盗にあったときからの習慣かもね。あのときは社会保障カードとか組合員証とかそういうもの全部と、上等の財布をなくしたから。もしまた強盗にあったら、あるいは掏摸(すり)にでもあったら、最低限の金をなくすだけで済むようにしたんだと思う。クラーク・ストリートで財布を巻きあげられるなんてよくあることだからさ」

「そうだな。とにかく、ガーディはまえに一度、ウォリーが財布を隠すところを見てそれを知った。で、探してみたら財布が本棚にあって二十ドル入っていた。ガーディは、自分がそれをもらってもたいした害はないと思った」

「拾ったものは自分のもの、ってわけだね。それはいいよ、ガーディならやりかねないと思う。だけどなんで財布を人にやらなきゃならなかったんだ……おかげでぼくはばかみたいじゃないか。ああ、まあいいや。ラインハルトがあの財布を持っているところをたまたまぼくが見つける可能性なんてほとんどなかったんだからね。バセットはガーディのいうことを信じたの？」

「本棚を調べたあとでね。本の奥には埃がたまっていて、財布があったとガーディがいっていた場所の埃に跡が残っていたから」

「あとは……母さんのことはどうなった？」

「マッジはやってないと、すっかり納得していると思うよ、エド。わたしがバセットを捕まえて、レイノルズのことを話すまえからね。警察は徹底的に家宅捜索をしたんだ。保険証書やら、そのほか興味を引くようなものは何も出てこなかった」

「バセットはレイノルズについて何か知ってた？」

「やつを知っていたよ。そういうやつがいる、ってことを知っていた。カウフマンから聞いたことは全部、バセットが知っていることと一致していた。バセットがいうには、あの三人には逮捕状が出てる……ハリー・レイノルズと、ダッチと、殺し屋の三人だ。逮捕状を確認して、名前と前科も調べておくそうだ。なんでも、ウィスコンシンであった銀行強盗に関して指名手配されているらしい。最近のやつだ。とにかく、いまじゃマッジを質問攻めにするよりも、そっちの糸口に興味を持っているよ」

「今夜は、わざとバセットを酔わせたの？」

「人間ってのは馬みたいなものだよ、エド。ウイスキーのそばに連れていくことはできるが、無理やり飲ませることはできない。きみはわたしが飲ませてるところなんか見なかった、そうだろう?」

「そうだね」ぼくは認めた。「ボトルを取りあげてるところも見なかったけどね」

「いやに疑り深いんだな。しかしいずれにせよ、これで午前中は自由だ。バセットは昼まで寝てるだろうから、われわれは先に保険会社と話ができる」

「なんで保険を気にするのさ……レイノルズの線があるっていうのに?」

「エド、このレイノルズってやつがなぜきみの父親に関心を持ったか、まだわからないんだよ。これは勘だが、なぜウォリーがあんなに保険をかけていたのか――そしてなぜそれを秘密にしていたのか――ほんとうのことがわかれば、何か考えが浮かぶんじゃないかと思う。いったいどういうことだったのか、考えをまとめておきたいんだよ、レイノルズに会うまえに。まあ、どのみち、あの番号の登録情報が手に入るまでは動けない。だからちょっと眠っておくのも悪くない」

「寝なくたって平気だよ」

「そうか。きみは若いからな。眠らなくてもなんとかなるだろう。わたしはもうすこし分別を持たなきゃならないはずなんだが、あいにくそういうものは持ちあわせていなくてね。もうすこしコーヒーを飲むか」

トンプソンの店の時計を見て、ぼくはいった。「街なかの会社がひらくまで、まだ一時間以上あるね。コーヒーを取ってくるから、おじさんと父さんが一緒にいたときにやったことをもっと話してよ」

一時間はすぐに過ぎた。

第十章

セントラル相互保険はセント・ルイスに本部を置く会社の支社で、中規模程度のオフィスをかまえていた。ぼくたちにとってはチャンスだった。会社が小さければ小さいほど、社員が父さんを覚えている確率が高くなる。

ぼくたちはマネージャーに面会を求め、彼のオフィスに通された。おもにアンブローズおじさんが話をして、ぼくたちが誰かを説明した。

マネージャーはいった。「いえ、すぐには思いだせませんね。しかし記録を確認してみましょう。保険証書が出てこないのだとおっしゃいましたね。それは問題になりません、こちらの記録に残っていて、支払いが済んでいるかぎりは」マネージャーは謝るかのようなかすかな笑みを浮かべた。「保険は詐欺とはちがいますのでね。証書は単に契約を記録するために保管されるだけです。それは顧客側のコピーが紛失されたり損なわれたりしても変わりません」

アンブローズおじさんはいった。「それは理解できます。われわれが知りたいのは、この保険契約をしたときの状況をあなたがたが覚えているかどうかなのです……たとえば、保険の存在が本人の家族に秘密にされていた理由とか。本人から保険の販売員に理由が何かしら伝えられているはずです」

「少々お待ちを」マネージャーはそういって事務室へ出ていき、二、三分で戻ってきた。「主任がファイルを調べているところです。もうじき自分で持ってくると思いますが、もしかしたら彼が契約者を覚えているかもしれません」

おじさんは尋ねた。「こんなふうに保険のことを秘密にするというのは珍しいことなんですか?」

「まったくないとはいえませんが、かなり珍しいですね。私自身がすぐに思いだせるほかの唯一の例は、被害妄想の傾向があったかたです。保険をかけたことを知られたら、親族に殺されるかもしれないと思ったのですよ。それでいて、そのかたは親族のみなさんを愛していて、万が一自分が死んだ場合には保障が提供されることを望んだのです。ああ……この件がそうだという意味では……」

「もちろんちがいます」アンブローズおじさんはいった。

背の高い、白髪交じりの男がファイルを持ってオフィスに入ってきた。「これがミスター・ウォレス・ハンターのファイルです、ミスター・ブラッドベリー。ええ、このかたのことは覚えていますよ。いつも支払いをしにオフィスへ来ていましたから。ファイルには注意書きが留めてあって、支払通知を郵送しないこと、と書いてあります」

マネージャーはファイルを手に取って尋ねた。「このかたと話をしたことがあるかね、ヘンリー？　たとえば、なぜ支払通知を郵送してはいけないのか訊いたことは？」

長身の男は首を横に振った。「ありません、ミスター・ブラッドベリー」

「そうか」

長身の男は出ていった。

マネージャーはファイルをぱらぱらめくっていった。「支払いは済んでいますね。二回ほど、少額の貸付があります……保険料の支払いにあてられています。これは保険の額面から控除されますが、たいした金額にはなりません」マネージャーはまた何ページかめくっていった。「ああ、保険はここで契約したものではありませんね。インディアナ州ゲイリーからこちらへ移されたものです」

「あちらにも何か記録が残っているんでしょうか？」

「いえ、セント・ルイス本社にこのファイルの写しがあるのを除けば、ほかに記録はありません。このファイルはミスター・ハンターがシカゴへ移ったときにゲイリーからここへ移されたものです。日付を見ると、保険をかけてからほんの数週間で移管されたようですね」

アンブローズおじさんは尋ねた。「保険証書自体に、そのファイルにない詳細が書いてある、なんてことはないんですか？」

「ないですね。保険証書は標準的な終身保険の書式で、名前と金額と日付を記入するだけのものです。なかにフォトスタットによる申込書の複写が貼りつけてあるはずですが、その複写の原本はこのファイルにありますから。お望みでしたら、どうぞご覧になってください」マネージャーはペンとインクで記入された申込書のところをひらいて、アンブローズおじさんにファイルを手渡した。そして申込みの日付と、この保険を売った社員の署名をしっかり覚えた。ぼくはおじさんの椅子のうしろへまわって、おじさんの肩越しにそれを読んだ。署名欄にはポール・B・アンダーズと書いてあった。アンダーズのスペルは最後がsではなくzで、ちょっと珍しい姓だった。

おじさんが尋ねた。「このアンダーズという社員がまだゲイリーの支店で働いているかどうかわかりますか？」

「わかりませんね。手紙を書いて、問いあわせることならできますが」

「いや、けっこうです、ありがとう。当然、死亡証明書の写しが必要ですね？」

「ええ、受取人宛に小切手を振りだすまえに。こちらの若いかたのお母さんでしょうね」

「義理の母親です」アンブローズおじさんはファイルを返して立ちあがった。「では、どうもありがとうございました。ああ、ところで……保険料の支払いは三カ月ごとだったんですか？」

マネージャーはまたぱらぱらとファイルをめくっていった。「ええ、最初のお支払いのあとはそうでした。ただ、お申込みのときだけ一年分の保険料をまえもって払われています」

アンブローズおじさんがもう一度感謝の言葉を口にして、それからぼくたちは外へ出た。

「ゲイリーへ行くの?」ぼくは尋ねた。

「そうだ。高架鉄道で行けるんだろう?」

「そうだね、一時間はかからないと思う」つかのま考えてから、ぼくはつづけた。「驚いたよ、ループ地区から一時間かからずに行けるのに、引っ越してから一度も行ってない」

「ウォリーかマッジは戻ったことがあるのかな? 誰かを訪ねるとか、何かの用事で」

考えてみてから、ぼくは首を横に振った。「ぼくが覚えてるかぎりはない。誰もあっちに戻ったことはないと思う。もちろん、あそこからシカゴへ移ったとき、ぼくはまだ十三歳だったけど、だいたいのところは思いだせる」

「じゃあ、教えてくれ……待った、列車に乗ってからにしよう」

ゲイリー行きの急行に乗って座るまで、おじさんはそれ以上何もいわなかった。そしておちついてからいった。「よし、エド、いいぞ。気を楽にして、ゲイリーについて覚えていることを全部話してくれ」

「ぼくは十二番ストリート沿いの学校に行っていた。ガーディも。ぼくは八年生で、ガーディは四年生だった。引っ越したときの学年ってことだけど。ぼくたちはホルマン・ストリート沿いの小さな木造の家に住んでいて、学校からは三ブロックだった。学校にはバンドがあって、ぼくはそれに入りたかった。楽器の貸出しがあったからトロンボーンを借りたんだ。

簡単な曲なら楽譜を見て吹けるようになっていたんだけど、母さんがいやがってね。〝あの忌ま忌ましいラッパ〟っていってた。仕方ないからどこか静かな場所へ出かけていって練習したんだよ。その後、シカゴに移ったあとはアパートメント暮らしだったから、仮に母さんがいやがらなくても練習できなくなって、だからぼくは……」

「トロンボーンのことはいいから、ゲイリーの話に戻ってくれ」

「家族の車があるときもあったし、ないときもあった。父さんは二つか三つの印刷会社に勤めたんだったと思う。腕の関節炎でしばらく仕事をしなかった時期もあって、そのときにかなり借金ができた。完済してないいんじゃないかな。これはぼくの勘だけど、あんなに突然引っ越したのは、まだ払い終わっていない借金から逃げるためだよ」

「突然引っ越したって？」

「ぼくにはそんなふうに思えた。そういう話が出た覚えはないけどね。いきなりバンがやってきて家具を積みこんで、父さんはシカゴで仕事を見つけたから、すぐに……ちょっと待って……」

「ゆっくりでいいよ、エド。何か思い当たることがあったんだろう。なんてこった、エド、わたしはなんて間抜けだったんだろう」

「おじさんが？　なんで？」

おじさんは笑った。「最高の目撃者を見過ごしていたよ、あまりにも間近に見ていたせいでね。まあいい。ゲイリーに戻ろう」

ぼくはいった。「いま思いだしたよ。あのときおかしなことがあったんだけど、引っ越しのことをしゃべりはじめるまですっかり忘れてた。到着してみるまで、ぼくはシカゴに移るって知らなかったんだ。父さんはジョリエットに引っ越すっていっていたんだよ。ゲイリーから四十キロくらいのところで、距離的にはシカゴとおなじなんだけど、北西じゃなくて西なんだ。同級生みんなに、ジョリエットに引っ越すんだっていったのを覚えてる――で、結局はシカゴだった。父さんは、シカゴにいい仕事があったからジョリエットの仕事に就くのはやめたんだっていってた。いま思えば、あのときでさえなんか変だなと感じてた」

アンブローズおじさんは目をとじていた。「つづけてくれ、エド。できるかぎり深く掘るんだ。これまでのところはうまくやってる」

「シカゴに着いたあとは、いま住んでいるところへまっすぐ移った。だけど父さんはシカゴの仕事についてほんとうのことをいっていたわけじゃなかったんだ。だって、シカゴに来て最初の二、三週間はぶらぶらしてたから。いつもってわけじゃなかったけど。でも、働いていないことがぼくにもわかる程度にはね。その後、エルウッド・プレスで仕事を見つけた」

「ゲイリーに戻ってくれ、エド。さっきから毎回シカゴの話で終わってるぞ」

「だってそこが着いた場所なんだから。何が聞きたいのさ？　ガーディがおたふく風邪になったときのことでも話そうか？」

「それはべつにいい。だが、つづけるんだ。下まで掘り進んでくれ」

「ぼんやりだけど、裁判がどうとかいってたのを覚えてる。なんの裁判かは思いだせない」

「債権者にでも訴えられたのか?」

「かもね。覚えてない。父さんは、ゲイリーにいた最後の何週間かは働いていなかったと思う。だけど仕事をなくしたのか、一時解雇だったのか、なんだったのかは思いだせない。そうだ、父さんが家族全員をサーカスに連れていってくれたのはその週だったな」

アンブローズおじさんはうなずいた。「で、きみたちは指定席に座った」

「そうなんだよ、それで……どうしてそう思ったの?」

「エド、自分で何を話したか見えていないのかね? けさ、保険会社で知ったことをジグソーパズルの一つのピースとして使い、きみが教えてくれた小さな物事をべつのピースとして使う。それで何がわかる?」

「ぼくたちはゲイリーから急いで逃げだしたんだね。誰にも行き先を告げずにいきなり引っ越した。偽の足跡を残すことさえした。だけどそれはかなりの額の借金があったからだよ、ちがう?」

「エド、一ドル賭けようか。きみはこっちに住んでいたあいだに付き合いのあった店を思いだしてくれ。まあ、食料品店は覚えているだろうね。きょう、そういう店をまわって訊いてみるんだ……引っ越しのまえに、借りていた金をウォリーが全部現金で払ったほうに一ドル賭けるよ」

「仕事をしていなかったのに、どうしてそんなことができるのさ？　ぼくたちはだいたいいつも破産状態だったんだよ。それに……あ。そうか」

「わかりかけてきたかね、エド？」

「あの保険だ。父さんがあれをかけたのはそのころだったね。で、一年分の保険料を現金で前払いしたんだった。五千ドルの保険だから、保険料は百ドルを超えたはず。それに、シカゴへ引っ越すにも、新しい部屋を借りるにも現金が必要だった」

「そのうえ、ゲイリーでの最後の数週間は仕事をしておらず、シカゴへ移ってから新しい仕事をはじめるまでにも数週間かかっている。それから家族全員をサーカスへ連れていった。軌道に乗ってきたようだな、あとは何がある？」

「ガーディとぼくはシカゴの学校に通いはじめるまえに新しい服を買ってもらった。さっきの賭けはおじさんの勝ちだよ。父さんには何か大きな収入があったんだ、すくなくともぼくたちがゲイリーを出る三週間まえに。もしおじさんのいうとおり、そこから借金を全部返したなら、そのお金は……うーん……最低でも五百ドルはあったはず。もしかしたら千ドルあったかもしれない」

「まあ、千ドルあったんじゃないかと思うよ。ウォリーは借金を全部返したはずだ。変に律儀なところがあったからね。さあ、エド、ゲイリーに着いたぞ。何がわかるか試してみよう」

駅に着くとまっすぐ電話帳に向かい、まずはセントラル相互保険の支店を探した。アンブローズおじさんが電話ボックスからそこに電話をかけた。

おじさんはがっかりしたような顔で出てきた。「アンダーズはもう会社にいないそうだ。三年ほどまえに辞めたらしい。最後に聞いた居場所は、イリノイ州スプリングフィールドだそうだ」

「それはかなり遠いね……二百五十キロくらいある。でもさ、自分の名前で電話番号を登録しているかもしれないよ。けっこう珍しい名前だよね、探してみようよ」

「いや、わざわざ探すこともないんじゃないかな。考えれば考えるほど、そんな気がしてきたよ。つまり、ウォリーはそいつに何も話していないと思う。大金がどこから入ってきたかなんて、しゃべらなかったはずだ。支払通知を郵送してもらいたくない理由は何かしら話しただろうが、五ドル、いや十ドル賭けてもいい、それはほんとうの理由じゃなかっただろうね。それよりもっといい糸口になってくれそうな人間がいる」

「誰？」

「きみだよ、エド。あともうすこし思いだしてもらいたいんだ。まえに住んでいた場所からどうやって出ていったか覚えているかい？」

ぼくはうなずいた。「イースト・エンド行きの路面電車だよ。ここから一ブロックのところで乗れる」

ぼくたちは電車に乗り、見覚えのある角のあたりで降りた。以前とほとんど変わっていなかった。角にあるのはおなじドラッグストアだったし、電車を降りてから歩いた一ブロック半のあいだに並ぶ建物にもだいたい変わりはなかった。

家は通りの向こうにあった。記憶にあるより小さかったし、ペンキの状態もひどかった。ぼくたちが住んでいたころから一度も塗り直していないようだった。

「フェンスがちがう。ぼくたちがいたころはもっと高かった」

アンブローズおじさんは小さく笑っていった。「もう一度見てごらん、エド」

いわれたとおりもう一度見ると、確かに古いフェンスだった。記憶ではこのフェンスは胸までの高さだったのに、と妙に思ったところで気がついた。変わったのはフェンスではなく、ぼくだった。

ぼくたちは通りを渡った。

フェンスの上に手を置くと、大きなジャーマンシェパードが家のほうから駆け寄ってきた。吠えてはいなかった。嚙みつくつもりなのだ。ぼくが手を引っこめると、犬はフェンスに飛びつくのをやめて唸った。

ぼくはいった。「もうここでは歓迎されないみたいだね」

ぼくたちがゆっくり通り過ぎようとすると、犬もフェンスの内側でついてきた。ぼくは家に目を向けたまま歩いた。家はかなり荒れていた。玄関ポーチは傾(かし)いでいたし、木の階段はたわみ、壊れている段もあった。庭にはがらくたが散らばっていた。

ぼくたちは歩きつづけた。すこし先の角の食料品店では、窓に以前とおなじ店名が見えた。

「入ろう」

ぼくたちを出迎えた男には見覚えがあったが、またあの変な感じがした。男はずいぶん小柄だった。もっと大男だったはずなのに。それ以外は確かに覚えがあった。

ぼくは煙草を頼んでいった。「ぼくを覚えてるかな、ハーゲンドルフさん？　昔、この先のブロックに住んでいたんだけど」

店主はぼくをじっくり見ると、すぐにこういった。「ハンターさんのところの坊やじゃないかね？」

「そうだよ。エド・ハンターだよ」

「これは驚いた」店主は手を差しだした。「またこの近所に戻ってきたのかい？」

「ちがうんだ。ぼくのおじさんがこの近所に引っ越してくるんだよ。ハーゲンドルフさん、こちらがおじのアンブローズ・ハンター。この近くに住むつもりなんだ。だから連れてきて、紹介しておきたいと思って」

アンブローズおじさんは店主と握手をしていった。「そうなんですよ、エドがここで買物をするべきだっていうもんでね。つけ売りにしてくれたらうれしいんですがね」

ハーゲンドルフはいった。「近ごろじゃもうあんまりつけでは売らないんだけど、まあ、いいですよ」ハーゲンドルフはぼくを見てにっこりした。「おやじさんのおかげでときどき赤字にもなったが、引っ越すまえにはすっかり払ってくれたからね」

「かなりの金額になったんじゃない？」

「それまでで一番たまってたんじゃないかな。正確なところは覚えてないが、百ドルちょっとじゃなかったっけ。だがちゃんときれいに払ってくれたよ。ジョリエットではどんな調子だい、エド？」

「すごくうまくいってるよ。じゃあ、また来るね、ハーゲンドルフさん」

外に出ると、ぼくはいった。「いってたとおりだったね、おじさん。予言者か何かみたいだ。それと、さっきはすぐに話を合わせてくれてありがとう。こっちの事情を話さずに調べられると思って、それであんなふうに……」

「そうだな。で、次は……？」

「おじさんは先に線路のほうへ行って、ドラッグストアのそばで待ってて」

一人になって、ぼくはそのブロックのまわりを二周した。昔住んでいた家を通り過ぎるときには――フェンス沿いに犬がついてきて気を散らされるのがいやだったので――道の向かい側を歩いた。家が見える場所で足を止めて木にもたれ、ぼくの寝室だった正面二階の窓を見あげて、ダイニングルームの窓を眺めた。

ちょっとだけ泣きたくなったが、喉にできた固まりをぐっと呑みこんで、戻りながらいろいろ思いだそうとした。とりわけここに住んでいた最後の月のことを思いだそうとした。

そういえば、最後の何週かのあいだ、父さんは働いていなかった。それでも出かけることがあった。何日か、昼も夜も出かけて何かをしていた。町からは出なかった。それとも出たのだろうか？　いや、出ていない。

そうだ、思いだした。なぜいままで忘れていたんだろう。たぶん何かしら理由があって、あとから話題になることがなかったからだ。いまこうして思いだしてみれば、これを一度も口にしなかったなんて父さんらしくないような気がした。

アンブローズおじさんがドラッグストアの日除けの下で待っているところへ向かった。路面電車がちょうど来ていた。ぼくはうなずいて合図をし、二人で電車に乗った。

電車で町なかへ戻りながら、ぼくはおじさんに話した。「陪審員に選ばれたんだ。父さんは町を出るすこしまえに陪審員をやった」

「どういう事件だったんだい、エド？」

「わからない。父さんはその話を一度もしなかった。新聞のバックナンバーを探せば当時何があったかわかると思うけど。きっと、だから忘れていたんだな。一度も話したことがなかったから」

おじさんは時計を見た。「町なかに戻ったところでだいたい十二時だな。先にバニー・ウィルソンに電話して、登録情報のことを聞こう」

必要ならいくらでも電話に注ぎこめるようにたくさん小銭をつくって、バニーに電話をした。静かなホテルのロビーからかけ、おじさんも話を聞けるように電話ボックスのドアをあけっぱなしにした。

バニーがいった。「わかったよ、エド。レイモンドという名前で登録してあって、住所はミラン・タワーズの四十三号室だ。これはオンタリオ・ストリート沿いのアパートメント式ホテルで、ミシガン・ブルヴァードとミシガン湖のあいだにある」

「場所はわかるよ。ほんとにどうもありがとう、バニー」

「いいんだよ、エド。もっと何か手伝ってやりたいくらいだよ。何かおれにできることがあれば、なんだっていいから知らせてくれ。夜勤を休んだっていいよ、いつだっていい。そっちはどうしてるんだ？　いまつないでくれたミセス・ホースって人が長距離だっていってたぞ。どこからかけてる？」

「ゲイリーだよ。アンダーズって名前の男に会いにここまで来たんだ。父さんに保険を売った人なんだけど」

「なんの保険だい、エド？」

バニーには話していなかったのを忘れていた。説明すると、バニーはいった。「驚いたね、エド。まあ、マッジにとっちゃいいニュースじゃないか。これからどうやって生活していくか心配だったからな。マッジが自力で暮らしはじめるのに、かなりの助けになるだろうね。

いまいってた男には会えたのか?」

「いや、アンダーズはスプリングフィールドへ移ったって。追いかけるのはやめたんだ。どっちみち、何かがわかるわけでもなさそうだし。もうそっちへ戻るよ。とにかくありがとう、じゃあ、また」

ゲイリー・タイムズ社のオフィスで、探している日付の含まれるバックナンバーを見せてくれるように頼んだ。

探すまでもなかった。事件は一面に載っていた。スティーヴ・レイノルズの銀行強盗の裁判があった週だった。裁判は三日つづき、有罪の評決で終わった。終身刑だった。スティーヴの兄弟のハリー・レイノルズという男が被告人側の証人として出廷し、アリバイを証明しようとしていた。どうやらそのアリバイは信憑性がないものとされたらしいが、新聞には書かれていないなんらかの理由で、ハリー・レイノルズが偽証罪で起訴されることはなかった。弁護人はシュワインバーグという、悪党のあいだでは有名な弁護士で、確か一年くらいまえに弁護士資格を剝奪されたはずだった。

どの日の裁判の記事にも写真がついていた。スティーヴ・レイノルズの写真。ハリーの写真。それをじっと見ていると、やがてこの二人を、とくにハリーを知っていることに確信が持てた。

見終わって、製本されたバックナンバーを返すと、礼をいって外へ出た。

アンブローズおじさんがいった。「もうシカゴに戻ってもいいと思うよ、エド。細かいことまではわかっていないが、これで充分だ。残りはだいたい推測できる」

「何を推測するっていうのさ？」

「裁判のあと、逃げだすまえに三週間あった理由だよ。いいかい、わたしはこう読んでいる。ウォリーはレイノルズの裁判の陪審員になった。このシュワインバーグという弁護士は陪審員を買収して資格を剝奪されたんだよ。これが例の大金だ。シュワインバーグはなんとかウォリーに近づき、千ドルかそこら渡して無罪に投票するようにいったんだ。証拠があったから、陪審員を分裂させて評決不能に持ちこむくらいしか望めなかったんだろう。

ウォリーはその金を受けとった……で、裏切った。そういう度胸のあるやつなんだよ、ウォリーは。まあ、やったんじゃないかな。いや、やったにちがいないんだ。どこかで千ドルくらい手に入れたんだから。裁判の直後に、その金の一部を使って保険をかけた……子供たちが学校を出るまでマッジがやっていくのに充分な額の保険だ。その後ゲイリーから逃げだして、見つからないように足跡を隠した。どうして三週間待ったのかはわからない。そのあいだは身を守れる何かがあったんだろう。たぶん、警察はハリー・レイノルズをしばらく捕まえていたんじゃないのかな。偽証か従犯で刑務所送りにするつもりで。だがその後釈放した。で、ハリーが自由の身となれば、きっと追ってくるだろうとウォリーにはわかっていた」

「母さんは知ってたと思う？」

おじさんは肩をすくめた。「薄々わかってはいたんじゃないか。まあ、たいして知らなかったとは思うがね。ウォリーが保険のことを話さなかったのは、もうわかっているわけだし。もしかしたら、マッジはぜんぜん知らなかったかもしれないな。予定外の金を手に入れたことについては宝くじに当たったとでもいっておけばいいんだから。マッジにはつけを踏み倒すためにゲイリーから逃げるんだと思わせておいたのかもしれない……マッジに知られずに支払いを済ませることだってできたんだから」

「意味がわからないな。どのみち逃げるなら借金なんか踏み倒したってよかったんじゃない？　それを返すくらいには正直なのに、ギャングから金を受けとって……」

「ああ、それはおおちがいだよ、エド。ウォリーの考えでは、悪党を騙しても不正直ってことにはならないんだ。まあそれが正しいか否かはわたしにもよくわからんがね。どっちだっていい。ああいうことのために大金をもらっておきながら裏切るっていうのは、かなりの度胸がなきゃできないことだ」

シカゴへ戻る列車に乗っているあいだ、ぼくたちはあまりしゃべらなかった。

ループ地区に着くと、ハワード行きの急行に乗り換え、グランド・アヴェニューで降りた。

ぼくはいった。「家に帰って、風呂に入って、きれいな服に着替えるよ。ベタベタする」

アンブローズおじさんはうなずいた。「そうだな、エド、睡眠を取らないまま永久に動くこともできないぞ。いまいっていたことに加えて、昼寝もするといい。そろそろ二時だ。ちょっと眠って、七時か八時になったらホテルへ来てくれ。今夜はミラン・タワーズを見てみようと思うが、寝ぼけ眼（まなこ）で行きたくはないからね」

アパートメントに着くとぼくは階上（うえ）へ行き、アンブローズおじさんはそのままワッカー・ホテルへ向かった。

ドアは施錠されていたので、自分の鍵を使って家に入った。誰もいなくてよかった。風呂を済ませてベッドに入るまでに二十分もかからなかった。目覚まし時計は七時にセットした。

時計が鳴って目が覚めると、居間から話し声が聞こえた。服を全部着ると、ぼくも居間へ出ていった。母さんとガーディが帰っていて、バニーが一緒にいた。みんなはちょうど食事を終えたところだった。「あら、よその子が来たわ」と母さんはいって、ぼくも食事をしたいかどうか訊いてきた。カップを取ってきてコーヒーだけもらおうかな、とぼくはいった。カップを持って戻り、椅子を引いた。どうしても母さんのほうへ目が行ってしまう。美容院へ行ったらしく、いつもとかなりちがって見えた。黒いワンピースを着ていたのだが――新しいやつだ――いままでにないほど引き立って見えた。そしてほんのすこし、濃くなりすぎない程度にメイクをしていた。

驚いたな、とぼくは思った。母さんはきちんとした格好をするとほんとうにきれいだった。ガーディもこぎれいにしていたが、ぼくのほうを見たときの顔はすこしばかり不機嫌そうだった。財布のことを根に持っているんだとピンときた。それから、ぼくがボビー・ラインハルトとちょっと揉めたことも。

バニーがいった。「エド、二人はフロリダへ行くっていってるよ、保険金がおりたらすぐに。おれはここにいるべきだっていってるんだがね、こっちには友達だっているんだし」

「友達が何よ、ねえ」母さんがいった。「あなた以外に誰がいるっていうのよ、バニー？エド、午前中にゲイリーに行ったんだって？　まえの家を見た？」

ぼくはうなずいた。「外からだけどね」

母さんはいった。「ぼろ家だったわね。このアパートメントだって充分汚いけど、ゲイリーのあそこはほんとにぼろ家だった」

ぼくは何もいわなかった。

母さんが注いでくれたコーヒーに砂糖とクリームを入れた。そんなに熱くなかったので、すぐに飲んでしまった。「アンブローズおじさんのところへ行かなきゃ。もう出かけなくちゃならない」

バニーがいった。「なんだい、エド、みんなでカードゲームでもしようと思ってたのに。おまえが帰ってるってわかったとき、マッジが時計を見て七時に起きるつもりだっていってたからさ。家にいるものと思ってたよ」

「もしかしたら、アンブローズおじさんを連れて戻ってくるかも。確かめてみるよ」

ぼくは立ちあがった。ガーディがいった。「これから何をするつもり、エディ？　いますぐって意味じゃなくて、もっと先のことだけど。仕事に戻るの？」

「もちろん。仕事に戻る。なんでだ？」

「もしかしたら、あたしたちと一緒にフロリダに来たいかなと思っただけ。来たくない？」

「いや、行かないと思う」

「お金は母さんのものだからね。知ってるかどうかわからないけど、証書に書いてあるのは母さんの名前だから。母さんのものよ」

母さんがいった。「ガーディ！」

「知ってるよ。ぼくはそのお金は要らないし」

「ガーディはこんないい方をするべきじゃなかった。だけどこういうことよ、あなたには仕事もあってなんでも揃ってるけど、わたしはガーディを学校に行かせなきゃならないし……」

「いいんだよ、母さん。ほんとに、あの金を一部でもほしいなんて思いもしなかったんだからさ。ぼくならやっていけるから。じゃあ、行ってくる。またね、バニー」

「ちょっと待ってくれ、エド」バニーがぼくを呼び止めて、玄関のそばの廊下で一緒になった。バニーは五ドル札を引っぱりだした。「おじさんを連れてきてくれ、エド。会いたいんだ。それと、これでビールを買ってきてくれ」

ぼくは金を受けとらずにいった。「受けとれないよ、バニー、ほんとに。おじさんには会ってほしいけど、またべつのときがいい。今夜はやることがあるんだ。ぼくたちは……まあ、わかってるでしょ、ぼくたちが何をやろうとしているか」

バニーはゆっくり首を横に振りながらいった。「そんなことをしても、何もいいことはないよ、エド。放っておくべきだ」

「たぶんね。たぶんそのとおりだよ、バニー。だけどもうはじめちゃったから。最後までやってみるよ。ばかげてるって自分でも思うけど、仕方ないんだ」

「だったら、おれにも手伝わせてくれないか？」

「もう手伝ってもらったよ。すごく助かったよ、あの登録情報を手に入れてくれて。もしまた何かあったら知らせる。ほんとにありがとう、バニー」

ホテルに着くと、アンブローズおじさんは化粧ダンスの鏡の横の電源につないだ電気カミソリでひげを剃っていた。

「睡眠を取ったか？」

「うん、たくさんね」鏡のなかのおじさんの顔をちらりと見た。ちょっとむくんでいて、目のまわりがかすかに赤かった。「おじさんは寝なかったんだね？」

「寝ようとしたところにバセットが来て、起こされてね。飲みに出かけて腹の探り合いだ」

「すっかり聞けたの？」

「どれだけ聞きだせたかはわからないな……バセットは何か隠していると思う。だが、それが何かはわからない。実際、バセットがどれほど巧妙な策略を仕掛けてきたとしても驚かんよ、エド。しかしどこで仕掛けるつもりなのか」

「で、バセットのほうはおじさんをどのくらいしゃべらせたの？」

「まあ、悪くない程度には。ゲイリーのことは話したし、裁判のことも、ウォリーが手に入れた予定外の大金のことも話した……ミラン・タワーズの住所と電話番号以外はみんなしゃべったよ。わたしの勘では、バセットはそれよりもっと重要なことを隠している」

「たとえば？」

「それがわかればいいんだがね、エド。マッジとは会ったか？」

「フロリダへ行くつもりだって。母さんとガーディで。保険金が手に入ったらすぐに」

「二人の幸運を祈るよ。マッジはそれでおちつくだろう。あの金は一年以上はもたないだろうが、そのころには次の夫を手に入れているだろうさ。見てくれはいいし……ウォリーより六つか七つくらい年下だったからな。わたしの記憶が正しければ」

「母さんは三十六だったと思う」

「バセットとは一杯か二杯飲んで別れたんだが、きみがここへ来るまでにもう眠れるような時間は残っていなかったから、足を延ばしてミラン・タワーズを調べてきた。先に仕事をはじめておいたよ」

おじさんはこちらへやってきてベッドに腰をおろし、枕にもたれた。「四十三号室には一人暮らしの女がいた。名前はクレア・レイモンド。かなりいい女だ、とバーテンダーはいってる。夫は一緒にいない。バーテンダーによれば別居中だろうってことだ。いや、それどころか捨てられたらしいというんだが、月末まで部屋代が支払ってあるから、いずれにせよそれまでは一人でそこにいるってことだ」

「じゃあ、名前は……」

「そう、レイモンドはレイノルズだ。とにかく外見はぴったり一致している。友達二人とバーに来たことがあるそうだが、その二人はダッチとベニーだろう」

「ベニー？」

「殺し屋だ。名前はバセットから聞いた。バセットは三人に関する警察の記録を調べて、内部の情報をいくらか教えてくれたよ。ベニー・ロッソ。ダッチの姓はどうやらリーガンというらしい。ここ一週間くらいは、三人のうち誰もミランに姿を見せていない……つまり、ウォリーが死ぬ一日か二日まえからってことだな」

「何か意味があるような気がするね」

おじさんはあくびをした。「さあ、どうかな。いずれ訊いてみないと。さて、そろそろ出かけたほうがいい」

ぼくはいった。「ちょっと休んでて。廊下の先で用を足してくる」

「わかった。落っこちるなよ」

廊下の端まで行き、戻ってみるとおじさんはぐっすり眠りこんでいた。

しばらくそこに佇(たたず)み、考えた。おじさんは一人で今回のことを十分の九までこなしてきた。ぼくはくっついてまわっているだけだった。一度くらい自分一人で何かをする頭と度胸がぼくにはないのか？　とりわけいま、おじさんには睡眠が必要で、ぼくには必要ないっていうときに。

深く息を吸って、それを吐きだしたあと、ぼくは自分にいい聞かせた。「駄目でもともとだ」それから明かりを消した。

おじさんを起こさずに部屋を出て、ぼくはミラン・タワーズへ向かった。

第十一章

ぼくは途中で歩く速度を落とした。これからどうしたらいいかわかっていないことに思い当たったからだ。夜のまだ早い時間でもあり、空腹だったので、店に立ち寄って食事をした。食べ終わっても、まだなんの考えもなかった。

それでもミラン・タワーズへ向かった。

ロビーからつながる、建物の角に当たる場所にカクテルバーがあった。入っていってカウンター席についた。ものすごく洒落(しゃれ)た場所だった。ビールを注文するつもりだったのに、こういう場所でビールを注文するのはなんだか野暮な気がした。

帽子をちょっとうしろへ傾け、努めて毅然(きぜん)とした態度を取ろうとした。

「ライ・ウイスキーを」ぼくはバーテンダーにいった。映画〈ガラスの鍵〉で、ジョージ・ラフト扮する賭博師ネッド・ボーモンが、いつもライ・ウイスキーを頼んでいたのを思いだしたからだった。ジョージ・ラフトが演じたような雰囲気を、ぼくも出そうとした。

バーテンダーは慣れた手つきでショットグラスをカウンターにすべらせ、オールド・オーバーホルトのボトルからウイスキーを注いだ。「チェイサーは?」

「水で」

一ドル札をカウンターに置いて、三十五セントの釣りが来た。

急いで飲むことはないな、とぼくは思った。ふり返ってまわりを見たりはせずに、カウンターの奥の鏡を使って店内を観察した。どこのバーにも鏡があるのはなぜだろう？　酔っぱらおうとしているときに、一番見たくないものは鏡に映る自分の姿じゃないんだろうか。すくなくとも、自分自身から逃げようと思って飲む者にとっては。

ホテルのロビーに通じるドアの向こうが鏡に映って見えた。時計も見えた。時計の針が鏡のなかでは反対に見えるので、いまが九時十五分だとわかるまですこしかかった。

九時半になったら何かしなければと思った。何をすべきかはわからなかったが、とにかくはじめなければ。

最初の一歩はロビーに出ていって階上に電話をかけることだろう。だが、なんといったらいい？

いまになって、アンブローズおじさんを起こすか、起きるまで待てばよかったと思った。もしかしたら、ぼくがすべて台無しにしてしまうかもしれない。ラインハルトを殴ったときみたいに。

もう一度、鏡に映る店内を見まわした。カウンターの反対端の席に男が一人で座っていた。羽振りのいいビジネスマンのような見かけだった。しかしどうだろう。わかっているかぎりではギャングの可能性だってあった。それから、小柄で浅黒いイタリア人の男がボックス席に一人で座っていた。殺し屋みたいに見えたけど、委託のセールスマンかもしれなかった。ベニー・ロッソであってもおかしくなかった。訊いてみることもできたけど、仮にそうだったとしたら向こうは銃を持っていて、ぼくは持っていない。それに、正直に明かすともかぎらなかった。

ライ・ウイスキーを一口飲むとひどい味だったので、噴きだしてつるつるでぴかぴかのカウンターを汚したりするまえに、さっさと飲みくだしてチェイサーのグラスをつかんだ。水に飛びついたときのみっともない姿を誰にも見られていないように祈るばかりだった。

鏡に映って反対になった時計を見ると、二時三十一分のように見えたので、いまは九時二十九分なのだとわかった。

バーテンダーがぼくのほうへ戻ってこようとしていたが、ぼくは首を横に振ってみせた。酒にむせそうになったところを見られただろうか。ばかみたいにも思えたけれど、ぼくはもう一分ほどそこに座ったままでいて、その後、立ちあがるとロビーのドアへ向かいはじめた。シャツの裾(すそ)が出ているような、そのせいでみんなに見られているような気がした。

こんなことでは、電話をかけたところで言葉に詰まってすべてを台無しにしてしまいそうだった。

ぼくを助けたのは、カウンターとドアのあいだにあったジュークボックスだった。部屋のまんなかの四角い柱にもたせかけるようにして置いてあった。明るく光っていて、この洒落た部屋のなかにあってさえ華美に見えた。ぼくは足を止めて曲名に目を通し、ポケットから五セント硬貨を引っ張りだした。

レコードの山からベニー・グッドマンを選び、白銅貨を入れた。そこに佇み、機械がレコードの山から一枚を押しだして針を落とすところを眺めた。

演奏がはじまると目をとじて、立ったままイントロに聴きいった。ぴくりとも動かず全身全霊で音楽に没入し、自分のなかに音楽が流れこんでくるのに身を任せた。

それからまた目をひらき、かん高いクラリネットのむせびに乗って、酔った王侯のようにロビーへと足を運んだ。酔っているのはライ・ウイスキーのせいじゃなかった。

最高の気分だった。自分が子供っぽいとも、ばかみたいだとも感じなかった。シャツの裾はまたちゃんとズボンに入っていた。何が起こっても、ありえないことが起こってもだいたいは対処できそうな気がした。

電話ボックスに入り、WEN3842にかけた。呼び出し音が鳴っているのが聞こえた。受話器がカチリと音をたて、女の声がした。「もしもし?」きのうの夜、好きになったあの声だ。

ぼくはいった。「クレア、ぼくはエドだ」

「どこのエド?」

「きみはぼくを知らないと思う。会ったことはない。だけど階下のロビーからかけている。いま、一人？」

「え、ええ。あなた誰？」

ぼくは尋ねた。「ハンターって名前に何か心当たりがある？」

「ハンター？　ないわ」

「じゃあ、レイノルズは？」

「あなたは誰なの？」

「それを説明したいんだけど。階上へ行ってもいいかな？　それとも、階下に来てもらってバーで一杯飲むとか」

「あなたはハリーの友達なの？」

「ちがう」

「わたしはあなたを知らない。なぜあなたに会うべきなのかわからない」

「ぼくを知るには会うしかないからさ」

「ハリーを知っているの？」

「ぼくはハリーの敵なんだ」

「あら」これがつかのま彼女を引き留めた。

「ぼくがいまから階上に行く。ドアをあけて、でもチェーンをかけたままにしておけばいい。

もしぼくが狼男とか……何かほかのたぐいの狼みたいに見えなければ、そのチェーンを外してくれてもいい」

来ないで、といわれるまえに電話を切った。ぼくを部屋に入れてもいいと思う程度に興味を引くことができたんじゃないかと思った。

考え直したり、どこかに電話をかけたりする時間を与えたくなかったので、エレベーターを待たずに大急ぎで三階分の階段を駆けあがった。

クレアは誰にも電話をかけていなかった。ドアのところで待っていたからだ。チェーンはきっちりかけられていた。ドアはチェーンをかけたまま十センチほどあけられており、クレアはそこに立って外を見ていた。そんなふうにして廊下を歩いているぼくを見れば、ぼくがノックしてから隙間をあけるよりもよく見えるはずだった。

クレアは若くて、すごい美人だった。ドアの十センチの隙間からでさえそれがわかった。通りすがりに口笛を二度吹きたくなるような女だった。

カーペットにつまずかないように気をつけながら、ぼくは廊下を進んだ。

目にはとくになんの感情も浮かばないままだったが、ぼくが到着するとクレアはチェーンを外した。彼女がドアをあけ、ぼくはなかに入った。ドアの向こうで誰かが砂袋を持って待っているようなこともなく、ぼくは居間まで進んだ。ちょっと映画のセットじみたところを除けばいい部屋だった。暖炉があって、真鍮（しんちゅう）の薪台（まきだい）がなかに置かれ、優美に輝く火かき棒とシャベルを備えたスタンドまでついていたが、火をつけたことは一度もなさそうだった。暖炉のまえには座り心地のよさそうなソファがあった。ランプも、カーテンも、なんでもあった。とても説明しきれないが、とにかくいい部屋だった。

ソファのまえへまわって腰をおろした。火の入っていない暖炉へ両手を伸ばして、温めているかのようにこすりあわせた。

「すばらしい晩だね。通りには雪が二メートルくらい積もってる。オンタリオ・ストリートに着くまえに、橇を引くハスキー犬たちがへたばってしまってね。最後の二キロ弱は這って進まなければならなかった」そういって、ぼくはまたいくらか手をこすりあわせた。

クレアはソファの端のほうに立ち、両手を腰に当ててぼくを見おろしていた。ノースリーブのワンピースにぴったりのすてきな腕だった。実際、彼女はノースリーブのワンピースを着ていた。

「急いでるわけじゃなさそうね？」

「水曜日から一週間以内の列車に乗らなきゃならない」

クレアは小さな音をたてた。どうやら上品に鼻を鳴らしたらしかった。「だったら、飲み物でもお出ししたほうがよさそうね」

クレアは身を屈めて暖炉の左のキャビネットをあけた。なかにはボトルとグラスがずらりと並んでいた。ジガーカップやマドラースプーンやシェイカーもあり——神に誓っていうが

——片隅に小型の冷凍室まであって、ゴムの製氷トレーが三つ入っていた。

「なんだ、ラジオはないの？」

「暖炉の反対側。ラジオ兼蓄音機よ」

ぼくはそっちを見た。

「レコードはないんだろうね」

「飲み物はいるの、いらないの？」

ボトルの列に目を戻し、混ぜてつくるものはやめておこうと思った。自分でつくることを期待されているのかもしれないが、つくり方なんか知らなかった。「ブルゴーニュワインなら蝦茶色のカーペットと色が合うね。こぼしても跡が見えない」

「それが心配なだけなら、ミントリキュールを飲んだってかまわない。家具はわたしのものじゃないし」

「だけど、それを使って暮らさなきゃならない」

「来週以降はそんなこともない」

「だったらブルゴーニュワインなんかやめて、ミントリキュールを飲もうよ。とにかく、ぼくはそうする」

クレアはちっちゃなリキュールグラスを一組、棚のてっぺんから取りだして、ボトルからミントリキュールを注いだ。そして一つをぼくに手渡した。

暖炉の飾り棚にチーク材の煙草入れがあった。クレアに一本渡して火をつけてやり、次いで自分の一本にも火をつけると、座って酒を一口飲んだ。ペパーミント・キャンディみたいな味で、緑色のインクみたいな見かけだった。ぼくはそれが気に入った。

クレアは座らなかった。暖炉にもたれて立ったまま、ぼくを見ていた。まだなんの表情も浮かべていなかった。

クレアの髪は真っ黒で、ウェーブがかかっていて艶やかだった。ほっそりしていて、身長はぼくとおなじくらいあった。澄んだ、静かな目をしていた。

「きみはきれいだ」

クレアの口の端がほんのすこしピクリと動いた。「あなたが電話をかけてきた理由はそれ？　それをわたしにいうためだったの？」

「いや、あのときは知らなかった。会ったことがなかったからね。ちがうんだ、きみと話がしたかった理由はそれじゃない」

「わたしが何をしたら、あなたはそれをしゃべりはじめるわけ？」

「酒はいつだって助けになる。それから、ぼくは音楽に弱いんだ。レコードはある？」

クレアは煙草を深く一口吸って、ゆっくり鼻から煙を吐きだした。「その目のまわりの黒いあざはどうしたのってわたしが訊いたら、あなたはセントバーナードに嚙まれたんだって答えるんでしょうね」

「ほんとうのことしかいわないよ。男に殴られた（ア・マン・ヒット・ミー）」

「どうして？」

「そいつはぼくのことが嫌いだったから」

「あなたは殴り返したの？」

「ああ」

クレアは声をたてて笑った。完全に、心から笑っていた。「あなたが頭のおかしい人なのか、ちがうのか、わたしにはわからない。判断がつかない。ほんとうの目的はなに？」

「ハリー・レイノルズの住所を知りたい」

クレアは眉をひそめた。「それは聞いてない。あの人がどこにいるかは知らないの。どうだっていいし」

「レコードの話をしているところだったね。きみはレコードを持って……」

「やめて。知りたいのよ、どうしてあなたはハリーを探しているの？」

ぼくは長く息を吸い、まえに身を乗りだしていった。「先週、一人の男がある路地で殺された。その男はぼくの父で、印刷工だった。ぼくも印刷工の見習いなんだよ。見かけほどの年でもないし。おじはカーニバルで働いているんだけど、そのおじとぼくでハリー・レイノルズを探して、父を殺した犯人として警察に突きだそうとしている。おじもここまで一緒に来るはずだったんだけど、いまは眠ってる。すごい人だよ。きみもきっと好きになると思う」

「単音節の言葉で話してくれるほうがいい。目のあざについてはそうやってほんとうのことをいってくれたでんしょう」

「だったら、また単音節の言葉だけでしゃべってみようか？」

クレアはリキュールをもう一口飲んで、ちっちゃなグラスの縁越(ふちご)しにぼくを見た。

「オーケイ。あなたの名前は？」

「エド」

「それで全部なの？　残りは？」

「ハンター。これは二音節だな。だからエドだけにしたのに。きみのせいだよ」

「あなたはほんとうにハリーを探しているの？　それがここへ来た理由？」

「そう」

「あの人をどうしたいの？」

「それをいうには三語になる」

「どうぞ」

「殺したい(トウ・キル・ヒム)」

「あなたは誰のために働いているの？」

「ある男だ。名前をいってもきみにはわからないだろう。わかりそうだと思ったらいうよ」

「まだ舌が自由に動かないようね。もうすこしリキュールを試してみましょう」クレアは二人のグラスをまた満たした。

「それから、音楽だ。殺伐とした胸中をなだめてくれる。レコードをかけるのはどうかな。もし持ってるなら」

クレアはまた笑って、部屋を横切っていった。クレトン生地のカーテンを脇へ寄せるとレコードの棚が現れた。「誰のレコードがいい、エド？　たいていのものはあると思う」

「ドーシーは？」

「両方ある。どっちのドーシー？」

「トロンボーンのドーシーだ」

トミー・ドーシーのことをいっていると通じたようだった。クレアは棚からレコードを何枚か引きだして蓄音機に載せると、自動でかかるようにセットした。

それから戻ってきてぼくのまえに立った。「あなたは誰に送りこまれてきたの？」

「〝ベニーだ〟とでもいえればいい台詞になったのかもしれない。だけどやつじゃない。ぼくはベニーもダッチも、ハリーと同じくらい好きじゃない。誰に送りこまれたわけでもないんだよ、クレア。ただ自分で来ただけだ」

クレアは身を乗りだして、上着の上からぼくの両脇に触れた。ショルダーホルスターがあるはずの場所だった。クレアは体をまっすぐに戻し、眉をひそめた。「何も武器を持ってないじゃ……」

「黙って。ドーシーが聴きたいんだ」

クレアは肩をすくめ、暖炉の飾り棚から自分のグラスを取ってソファに腰をおろした——口説いたりしないでもらいたいと、ぼくにきちんと知らせるだけの距離を置いて。ぼくは口説いたりしなかった。したかったけど、しなかった。

四枚めのレコードが終わるまで待ってから、ぼくは蓄音機を止めた。

「もしお金を払うっていったらどうする？　ハリーの住所を教えてくれたらってことだけど」

「住所は知らないのよ、エド」

クレアはこちらを向いてぼくを見るといった。「聞いて、あなたが信じようと信じまいとどっちでもいいけど、これがほんとうのところよ。わたしはハリーとは縁（えん）を切ったし、それに……それにハリーと関わるすべてのものと縁を切ったの。ここに住んでもう二年になるけど、それで手に入れたものといったら故郷へ帰るお金くらいのものよ。故郷はインディアナポリスなんだけどね。

ここを出て、インディアナポリスへ戻って、仕事を探して、寝室一つの下宿にでも住むつもり。ベッドには枕一つだけ置いてね。何もかも最初から覚え直すの、週に二十五ドルで暮らす方法とか。ほかのこともなんでも。あなたにはおかしく聞こえるかもしれないけど」

「いや、べつに。ただ、銀行に貯金があれば、新しい生活をはじめるにもいい……」

「いいえ、エド。完璧な理由が二つある。一つは、裏切りから何かをはじめてもろくなことにならないから。もう一つは、ハリーがどこにいるかほんとうに知らないから。もう一週間……いえ、二週間近く会っていない。シカゴにいるかどうかさえわからない。どうだってい い」

「そういうことなら……」

ぼくは立ちあがってレコードの棚のほうへ歩いた。古顔のアルバムの束があった——ジミー・ヌーンを特集したものだ。ワン・ワン・ブルースとか、ワバッシュ・ブルースとか——評判はいろいろ聞いていたけれど、ジミー・ヌーンのレコードを聴いたことはなかった。ぼくはそのアルバムを蓄音機のところへ持っていき、なんとか自分で仕掛けて、最初のレコードが流れるまで立ったまま見つめた。それはほんとうに、すごくすばらしい演奏だった。

クレアに手を差しだすと、クレアは立ちあがってぼくのほうへ来た。二人で踊った。その音楽は、ミントリキュールが真緑だったのとおなじくらい、真っ青(ブルー)だった。深い、深いブルーだった。いまの人たちはもうこういう演奏はしない。ぼくはすっかり心をつかまれた。音楽が止まってからやっと、クレアを腕に抱いていることに気がついた。クレアももがいて逃れようとはしていなくて、いま彼女にキスをすることはこの世の何より自然なことに思われた。

ほんとうにそのとおりだった。が、そのとき、レコードとレコードの合間の沈黙のなか、キスの沈黙のなかに、ドアの鍵がまわる音が聞こえた。

それがなんの音かぼくが気づくより早く、クレアはぼくの腕から抜けだしていた。

クレアは静かにするようにとすばやく指を唇に当ててみせ、次いで酒のキャビネットのすぐ左にある、すこしあいたドアを指さした。それからくるりと向きを変え、玄関ドアへ通じる短い廊下を歩きだした——鍵がまわされたドアは、もうひらかれつつあった。

ぼくもそんなにのんびりしていたわけではなかった。自分のグラスと煙草を暖炉の飾り棚から取り、ソファの端にあった帽子をひっつかんで、クレアが廊下へ通じるドア口へ到達するまえに示されたドアを通り抜けた。

入ったところは暗い部屋だった。ドアを押して、元どおり数センチの隙間があくようにした。

クレアの声が聞こえてきた。「ダッチ！　一体全体どういうつもりよ、ここへ来るなんて……」

蓄音機がまた動きはじめ、ジミー・ヌーンの二番めのレコードがかかったせいで残りは聞こえなかった。曲は〈マージー〉だった。〝マージー、きみのことばかり考えているよ、マージー……〟

ドアの隙間から、クレアが部屋を横切って蓄音機を止めようとしているのが見えた。クレアの顔は怒りで蒼白で、目は——まあ、ぼくはあんな目で見られなくてよかった。

クレアは勢いよく蓄音機を止めていった。「なんなのよ、ダッチ、その鍵はハリーからもらったの、それとも……」

「クレア、そうつんけんするなよ。いや、ハリーに鍵をもらったわけじゃねえ。あいつがそんなことするわけがねえってよくわかってるだろ。自分で手に入れたんだよ。一週間まえにこの手を考えたんだ」

「この手って何よ？　ああ、やっぱりやめて。あんたが何をいおうとしてるかなんて知りたくもない。ここから出ていって」

「なあ、クレア」ダッチは部屋のなかまで入ってきていた。初めてこの男が見えた。声からは、ソプラノじゃないということしかわかっていなかった。ようやく見えたダッチは家の壁みたいな大男だった。

こいつがオランダ人（ダッチ）かアイルランド人なら、ぼくはコイコイ人だった。この男はギリシャ人のようにも見えた。ギリシャ人か、シリア人か、アルメニア人。もしかしたらトルコ人かイラン人かもしれなかった。しかしこの男の姓がどうしてリーガンなのか、どうしてダッチなんてあだ名がついたのか、考えようとは思わなかった。浅黒い肌をしていた。もし服を脱いだらこの肌が何エーカーもつづくのだろう。レスラーみたいな見かけで、筋肉の固まりが歩いているみたいだった。

「よう、クレア。そんなにカリカリすんなって。おちつけよ。話があるんだ」

「ここから出ていって」

ダッチはそこに立ったまま、笑いながら手で帽子をくるくるまわした。そして穏やかな声になっていった。

「ハリーがおれを、おれとベニーを騙そうとしてることに、気づいてないとでも思ったか？　まあベニーのことはいい、だがおれだよ、おれは騙されるのが嫌いなんだ。それをハリーに説明してやるつもりだよ」

「なんの話かわからない」

「わかんねえのか？」ダッチは胸ポケットから太い葉巻を出して、分厚い唇のあいだにはさむと、ゆっくり時間をかけて銀色のライターで火をつけた。そして帽子をかぶり直し、またいった。「わかんねえのか？」

クレアはいった。「わからない。ねえ、あんたが出ていかないっていうなら、わたしは……」

「どうするってんだ？」ダッチは小さく笑った。「お巡りを呼ぶのか？　ウォーパカで奪ったばかりの四万ドルがこの住みかにあるってのに？　笑わせんな。おい、よく聞けよ。まず、おれはほんとのところを知ってるんだ。ハリーはおまえと別れたふりをした。冴えてたな、あいつはウォーパカの仕事のまえにそういうふりをしたんだから。だが、おれたちはとんまなことに、ハリーに獲物を持たせて目を離しちまった。で、いまハリーはどこにいる？　おれは知らんが、きっと見つける。それに四万ドルがどこにあるかはわかってる。ここだよ」

「ばかじゃないの。頭おかしい……」

ただの筋肉の固まりと思ったのはまちがいだった。歩き方がそんなふうに見えただけだった。ダッチの手はヘビが襲いかかるかのように動き、クレアの手首をつかんだ。ダッチはクレアの背中を自分に向けてぐいと引き寄せると、腕を押さえつけ、クレアを胸にぴったりくっつけて、そのまま抱えこんだ。

そしてもう一方の手でクレアの口をふさいだ。

ダッチは背中をこっちに向けていた。ぼくには自分が何をしたらいいかわかっていなかった。あんな筋肉の小山を相手に何ができるかなんてわからなかった。だが、ドアをあけた。そして何かないかとあたりを見まわした。唯一、目についたのは、偽物の暖炉のそばの軽そうな火かき棒だった。

足音をたてないようにしながら、それを取りに向かった。

ダッチの声は半音上がることさえなかった。まるで天気の話でもしているかのようにしゃべりつづけた。「ちょっと待ってくれ、イエスかノーかくらいはいえるように口の手をゆるめてやるからな。さて、選択肢の一つは、おれたちで――おれとおまえでな――金をいただいてハリーをいないことにしちまう。もう一つは、まあ……こっちは、おまえは気に入らないだろうな」

ぼくはすでに火かき棒を握っていた。足音はまったくたてていなかった。ただ、これがおもちゃの火かき棒なのが問題だった。火を突くようにも、巨人の頭をたたくようにもできていなかった。重みがまったくなかった。きっと、ただ相手を怒らせるだけだろう。

薪台は固定されていた。

そういえば、どこかで読んだのを思いだした。柔術で、首の横を一撃する方法があった。顎の骨のすぐ下に、顎と平行に打撃を加えるのだ。平らにした手の端で打てばよくて、相手を麻痺させたり、殺したりもできるらしかった。

やってみる価値はあった。ぼくは正しい位置へ動き、思いきり振れるように火かき棒をぐっとうしろに引いた。

そしていった。「動くな、ダッチ」

たくさんのことが起こった。ダッチは両手でクレアを突き飛ばし、ぼくが思ったとおりの角度にふり返った。ぼくは思いきり火かき棒を振りきった。火かき棒は、ダッチの首が図形だったら点線があっただろうと思える場所に当たった。

クレアは倒れ、ダッチも倒れて、ドスンという音がミラン・タワーズを二回揺さぶった。ほんとうにすごい衝撃だった。おかげでクレアのミントリキュールのグラスが飾り棚から落ちて暖炉のタイルに当たり、緑のしぶきがキラキラと飛び散った。結局、蝦茶色のカーペットには染みができることになりそうだった。

最初に思いついたのはダッチの拳銃のことだった。ダッチがほんとうに気を失っているのか、失っているとしてそれがどのくらいつづくのかはわからなかった。銃はホルスターにはなかった。上着の横のポケットから、銃身の短いポリス・ポジティヴが見つかった。

銃を手に入れてしまうと、すこし気が楽になった。何が起こっているかに耳を傾ける余裕さえできた。起こっていたのは笑い声だった。クレアが両手両膝（りょうひざ）をついて立ちあがろうとしながら、とんでもない笑い声をたてていた。かすかに酔ったような声だった。ヒステリーを起こしているようでもなかった。

ヒステリーの発作ではなかった。ぼくが見ていることに気づくと、クレアは笑うのをやめた。

それからまた笑いだした。ただし笑っていたのは口だけだった。顔は蒼白で、目は怯えていた。それから立ちあがると、わざとよろけながら部屋を歩いた。

「もう一度、蓄音機をかけて。早く」

ばかみたいだけど、まだ意味がわからなかった。しかしいわれたとおりにすることはできた。ぼくは蓄音機をかけた。クレアは崩れ落ちるようにソファに座り、静かに、とても静かに泣いた。

蓄音機が鳴っていた。〝マージー、きみのことばかり考えているよ、マージー、きみは世界……〟

その音楽にかぶせるように、クレアはいった。「話して、エド。大声で話して。歩いて、人に足音が聞こえるように」すすり泣きはやんでいて、だんだん声が上ずってきていた。

「ばかね、わからないの？　何かが倒れるような、あんな物音がしたのよ？　殺人か、事故か――酔っぱらいがひっくり返ったかしかないじゃない。あとにつづいて話し声とか歩く音とか笑い声がしていれば、みんなただの酔っぱらいだって思うでしょう。あんなドスンという音がして、あとにまったくの沈黙がつづいたら、誰かがフロントに電話して……」

「そうか」ぼくはいった。だが囁くような声になってしまった。咳ばらいをして、もっと大声でいった。「そうか」大きすぎた。三度めをいうのはやめておいた。

　まだ銃を手に持っていた。邪魔にならないようにそれをポケットに突っこんで、ダッチが両手両足を広げて伸びている場所へ行った。やれやれ、なんだってまだこんなふうに倒れているんだ？　死んだわけでもあるまいに――

　いや、死んでいた。ダッチの上着の内側に入れた手に、心臓の鼓動が感じられなかった。どんなに探っても感じられなかった。信じられない。本で読んだだけのあんな悪ふざけみたいな一撃が、ほんとうに効くとは思っていなかった。ぼくがやっても駄目だと思っていた。柔術の達人ならまだしも、ぼくでは無理だと思っていた。

　ぼくはひどくびくついていたから、全体重をかけたところでダッチを驚かすことさえできないと思っていた。なのに効いてしまった。ダッチはマグロみたいに転がっていた。

　笑いだしたら止まらなくなった。近隣の人々を安心させようとしたわけではなかった。

クレアが寄ってきてぼくの顔をひっぱたくと、やっと止まった。

二人でソファに戻って座った。ぼくはおちつきを取り戻し、二人分の煙草を取りだした。もうすっかりおちついていたので、マッチを擦って持っているときも手は震えなかった。

クレアが尋ねた。「エド、お酒でも飲む？」

「いらない」

「わたしもいらない」

蓄音機のレコードがまた替わっていた。ワン・ワン・ブルースが流れはじめた。立っていって、それを止めた。もし階下や両隣の住人が警察かフロントに電話するつもりなら、もうとっくにしているだろう。

ソファに戻って腰をおろした。お互いを見ることもせず、しゃべりもせず、そうやって二人でそこに座っていた。クレアは手をぼくの手のなかにすべりこませ、火を入れたことの一度もない――これからもないであろう――暖炉をじっと見つめた。

とにかく、暖炉を見ていれば背後の床にいるダッチを見なくて済んだ。

しかしダッチがそこにいることに変わりはなかった。起きあがって出ていったりはしなかった。決して出ていくことはないはずだった。

もう何をすることもないのだ。死んでいるのだから。

そしてダッチの存在はどんどん大きくなり、やがて部屋を満たした。

ぼくの手のなかにあったクレアの手が、痙攣（けいれん）するようにぎゅっと固まった。クレアはまた静かに泣きはじめた。

第十二章

クレアが泣きやむまで待ってから、ぼくはいった。「とにかく行動しなきゃならない。警察に電話をかけて、ほんとうのことを話してもいい、これが選択肢の一つ。もう一つは、ここを出て、警察に勝手に発見させることだ。三つめはもうすこしきつい。死体をどこかへ運んで、そこで警察に発見させる」

「警察に電話はできない。ハリーがここに住んでいたことがわかってしまう。何もかもがわかってしまう。そうなれば、わたしはハリーがやったすべての悪事の従犯として捕まるはず。あいつらには……」クレアの顔が蒼白になった。「エド、わたし、ある仕事に連れていかれたことがあるの。車で待たされて、見張り役をやらされた。ああ、なんて間抜けだったのかしら、わたしが密告できないように、ハリーがわざとわたしを引きこんだのを見抜けなかったなんて。ダッチがその仕事を一緒にやったのは警察も知っているから、もし……」

「警察にはきみがわかるのかな。その仕事ときみを結びつけることができるの?」

「わたし……できると思う」

「だったら警察には電話しないほうがいい。だけどきみはとにかくここを出ないと。インディアナポリスへ帰るんだ。今夜発つことはできる？」

「ええ、でも……指名手配される。ここでダッチの死体を見つけたら、警察はわたしにたどり着くはず。わたしが誰で、どこから来たかなんてすぐにわかる。だからインディアナポリスに戻ることはできない。どこかべつの場所へ行かないと。きっとわたしを探すための手配書がまわる。残りの人生をずっと……」

ぼくは口をはさんだ。「わかった。警察に電話はできないし、ダッチを置いて出ていくこともできない。ここから出すにはどうしたらいい？」

「すさまじく重いわよ、エド。できるかどうかわからないけど、廊下の奥に業務用のエレベーターがあって、路地へつづくドアのところに出られる。ちょうど十二時を過ぎたところだし。だけど路地に出したあとは車が必要になる。それに、ほんとに死ぬほど重いけど、二人でできると思う？」

立ちあがって室内を見まわすと電話が目についた。「何ができるか確かめてみるよ、クレア。待ってて」

電話のところへ行ってワッカー・ホテルにかけ、アンブローズおじさんの部屋番号を告げた。

おじさんが電話に出ると、ほっとするあまり膝(ひざ)の力が抜けて、ぼくは電話台のそばの椅子にへたりこんだ。

「もしもし、エドです。アンブローズおじさん？」

「こら、小僧、わたしを置いて出かけるとはどういうことだ？　ずっと電話を待っていたぞ。どうやら困ったことになっているようだね、ええ？」

「そうなんだ。いま電話をかけてるのは……例の番号の場所なんだけど」

「なんだ、うまくやっているんじゃないか、エド。そうじゃないのか？」

「どうだろう。見方によるんじゃないかな。ねえ聞いて、ぼくたち、車が必要なんだけど……」

おじさんが遮(さえぎ)るようにいった。「**ぼくたち**とは？」

「クレアとぼくだよ。ねえ、この通話はホテルの交換台を通ってる、だよね？」

「こっちからかけ直そうか、エド？」

「それもいいんじゃないかな」

五分で電話がかかってきた。おじさんはいった。「電話ボックスからかけてる。つづきを話してくれ」

「クレアとぼくだけならなんとかなるんだけど、連れがいてね。ダッチって名前の男。ダッチは……あー……ちょっと飲み過ぎちゃってさ、気を失ったみたいになってるんだよ。ぼくたちは正面のロビーを通らずにダッチを家まで連れていきたいんだ。ここにいたことが見つからないと一番いい。もし誰かの車があって、この建物の裏路地に――従業員の通用口のそばに――停めてもらえれば、それからぼくたちが業務用のエレベーターでダッチを降ろすのを手伝ってもらえれば……」

「わかった、エド。タクシーで用が足りるかね？」

「それだと運転手がダッチのことを心配するかもしれないね。ダッチはかなり……その……硬くなってるから。いってる意味がわかるといいんだけど」

「ああ、わかると思う。オーケイ、エド、要塞を守っていてくれ。すぐに海兵隊が行く」

受話器を置いてソファのクレアの横に戻ったときには、はるかにましな気分になっていた。クレアはぼくにおかしな目を向けた。「エド、あなた、電話でアンブローズおじさんっていってたでしょ。ほんとうにあなたのおじさんなの？」

ぼくはうなずいた。

「あのとっぴでばかげたつくり話、ハリーが先週あなたの……あなたのお父さんを殺して、あなたとおじさんでハリーを探してる、ただおじさんはいまは寝てるって話――あれはミシガン・ブルヴァードに雪が二メートル積もって、橇の犬たちがへたばったって話とおなじ戯言だったんじゃ……」

「ちがうんだ。あれはほんとうの話だった。あれを最初に話したのは、ああいう話し方をすればどうせきみは信じないだろうとわかっていたからだ。あのときはきみがどういう立場か知らなかったから」

クレアは手をまたぼくの手のなかにすべりこませた。「そういってくれればよかったのに」

「いったよ、そうだろ？　さて、クレア、よく考えて。ハリーの口から……あるいはダッチかベニーの口から……ハンターって名前を聞いたことがある？」

「ないわ、エド。とにかく覚えているかぎりでは」

「連中とはどれくらいの付き合いなの？」

「二年。さっきもいったでしょう」

クレアを信じたかった。クレアが話してくれたことを全部、心底信じたかった。しかし確認しなければならなかった。

ぼくは尋ねた。「カウフマンって名前を聞いたことは？　ジョージ・カウフマン」

クレアは躊躇(ちゅうちょ)せずに答えた。「それならある、だいたい……二、三週間まえだったと思う。ハリーがいっていたの、カウフマンという名前の男がここの番号に電話してきてメッセージを残すかもしれないって。そのメッセージは住所かもしれないから、書き留めておいて渡せって。あるいは、ハリーが会いたいと思ってる誰かがカウフマン所有の酒場にいるという話の可能性もある。その男が店にいるって話だったら、すぐにハリーに連絡することになっていた。もしハリーの居場所がわかれば」

「カウフマンは電話をかけてきた？」

「いいえ。わたしがここにいるあいだには、電話はなかった」

「べつの誰かがメッセージを受けとった可能性はある?」

「ハリーが受けとったかも……もしそれが一週間くらいまえのことなら。ハリーがここにいて、わたしが出かけていたことがあったから。ほかの人ってことはありえない。エド、カウフマンの店に来たらハリーが会いたいっていっていた男が……それがあなたのお父さんだったの?」

ぼくはうなずいた。話は一致していた。カウフマンの話と、手袋みたいにぴったり合っていた。これでカウフマンとクレアの両方がほんとうのことをいっているとわかった。

ぼくはクレアに尋ねた。「ハリーの兄弟のスティーヴについて何か知ってる?」

「刑務所に入ってるってことだけ。インディアナ州だったと思う。でも、それはわたしがハリーと出会うまえの話。エド、今度こそほんとにお酒が飲みたいんだけど。あなたは? マティーニでもつくりましょうか? それとも何かほかの飲み物がいい?」

「マティーニがいい」

立ちあがったとき、クレアは暖炉の上の鏡でちらりと自分の顔を見た。そして小さく喘いだ。「ちょっと失礼……すぐ戻るから」

クレアはぼくがついさっき隠れていたドアの向こうへ姿を消した。それからもう一つ奥のドアがひらいてしまる音と、水の流れる音が聞こえてきた。気分が回復しつつあるんだな、とわかった。女が見かけを気にしはじめたら、気分がよくなっているってことだ。

戻ってきたときのクレアは、手の切れそうなピン札で百万ドル、といった見かけだった。

クレアは氷の入ったグラスとベルモットのボトルを手にしていた。そのとき呼び鈴が鳴った。

「アンブローズおじさんだ。ぼくが出るよ」

しかしチェーンをかけたままドアをあけたときには、上着のポケットに入れたリボルバーに手を置いていた。

そこにいたのはアンブローズおじさんだった。タクシーの運転手の帽子をかぶって、にっこり笑っていた。

「電話でタクシーを呼びましたね？」

ぼくはチェーンをはずした。「ええ。入って。まだちょっとまとめなきゃならない荷物があるんで」

アンブローズおじさんが玄関を入ると、ぼくはドアをしめて鍵をかけた。おじさんはいった。「ああ、うまくやってるみたいじゃないか。しかし、その口についた口紅を拭いたらもうすこしマシな顔になると思うぞ。で、例の荷物はどこだ？」

ぼくたちは居間に入った。クレアを見て、おじさんの眉がちょっぴりあがった。口笛を吹こうとするかのように、唇が無意識のうちにかすかに動くのも見えた。クレアみたいな人を見ればたいていの男の唇はそんなふうに動く。

それからおじさんは、ダッチが見えるようにちょっと頭を動かした。今度はちょっぴり顔をしかめた。

「エド、クレーンを持ってこいといってくれればよかったのに」おじさんは歩いてそばへ行くと、その場に立って見おろした。「出血はなし、傷跡もなし。たいしたもんだ。何をした？　死ぬほど怖がらせたとか？」

「反対だよ、こっちのほうが怖かった。アンブローズおじさん、こちらはクレア」

クレアが手を差しだすと、おじさんはその手を取った。「状況が状況だけど、お会いできて光栄ですよ」

「ありがとう、アンブローズさん。マティーニはいかが？」

クレアはすでに三つめのグラスを出しかけていた。アンブローズおじさんはこっちを向いてぼくを見た。おじさんが何を考えているかはわかったので、ぼくはいった。「ぼくなら大丈夫。緑のインクを指ぬき二杯分飲んだけど、それはもう何週間かまえのことだし。それから、階下のバーでライ・ウイスキーを一杯飲んだけど、それも去年の話だ」

クレアはカクテルを仕上げ、ぼくたちにそれぞれ一杯ずつ手渡した。ぼくは自分の分を一口飲んだ。おいしかった。気に入った。

アンブローズおじさんがいった。「それで、どこまで話したんだ、エド？」

「だいたいのところは。クレアは状況を理解してる。ぼくたちの味方だよ」

「自分が何をしているか、ちゃんとわかっているといいんだがね、エド」

「わかってると思う」

「まあ、あした全部話してくれればいい。いつだってあしたはある」

「そのまえに、まだ今夜の残りがあるよ」

おじさんはにやりとしていった。「それはどうかな。さて、取りかかろう。きみが酔っぱらった友人の半分を引き受けてくれればいいんだがね」

「やってみるよ」

おじさんはクレアのほうを向いた。「タクシーは路地に停めてある。従業員用ドアのすぐ外だ。だが、鍵がしまっている。わたしは正面から入ってきたんだ。キーは持っているかな?」

「なかからはひらくの。ロックのところに段ボールの切れ端でも嚙ませておけば、またなかに戻れる。エレベーターは一階に降りてるはずだけど、わたしが動かせると思う。いまから階下(した)へ行って、エレベーターを四階まで……」

「いや」アンブローズおじさんがいった。「エレベーターは大きな音がする……とくに、使われていないはずの真夜中にはね。あの裏の階段から降ろすよ。きみはまえを歩いて、われわれが誰かに出くわすことがないようにしてくれ。もし誰かを見かけたら話しかけるんだ。きみの声が聞こえたら、われわれは止まって待つ」

クレアはうなずいた。

アンブローズおじさんがダッチの肩を持って、ぼくが足を持った。あまりにも重かったので、酔っぱらいを歩かせるようにして二人で挟んで動かすのは無理だったのだ。いちかばちかに賭けて運ぶしかなかった。

二人で持って廊下を進み、階段を降りた。毎日やりたいような仕事ではなかった。

運よくすべて切り抜けられた。ドアもクレアがいっていたとおりだった。路地周辺には誰もいなかった。ぼくたちはダッチをタクシーに押しこみ、後部座席の床の上でV字形に折り曲げて、ダッチを隠すためにクレアが持ってきた毛布をかけた。

ぼくは座って額の汗を拭いた。アンブローズおじさんもおなじようにした。

それからおじさんは運転席につき、クレアとぼくはうしろに乗りこんだ。

おじさんがいった。「最後の休息の地は選んであるのかい？」

ぼくはいった。「フランクリン・ストリートの脇の路地が……いや、やめよう。あそこはこいつを一番置きたくない場所だ」

クレアがいった。「この男が何週間かまえまで住んでいた場所を知ってる。ディヴィジョン・ストリート沿いのアパートメントよ。その建物の裏の路地に置き去りにすれば……」

「頭がいいな」アンブローズおじさんがいった。「この男の身元と発見された場所につながりがあれば、そこに捨てられたように見えづらくなるわけだ。ミラン・タワーズが捜査の焦点から外れる」おじさんは車のギアを入れた。

路地を抜けてフェアバンクス・コートに入り、北へ進んでエリー・ストリートに出ると、そこを通って大通りへ入った。大通りは混雑していて、ディヴィジョン・ストリートの手前で時間を食った。

クレアがおじさんに住所を教え、ぼくたちはその十分後にはダッチを置き去りにしていた。すこしも時間を無駄にせずにその場を離れた。

ぼくたちはぜんぜん口をきかなかった。南へ向かって大通りを走り、また混雑に呑みこまれるまでずっと黙っていた。どこかで大時計が二時を打った。

クレアは後部座席の隅でとても静かにしていた。ぼくはクレアに腕をまわした。

アンブローズおじさんがいった。「エド、まだ銃を持っているか?」

「ああ、持ってる」

おじさんは路地に乗り入れ、タクシーをさっきとおなじ場所に停めた。「二人とも、車のなかで待っていてくれ。エド、銃を貸すんだ。わたしが先に部屋を見てくる。一人来たからには、べつのやつが待っていてもおかしくない。クレア、鍵を貸してくれ」ぼくも一緒に行きたかったが、おじさんに止められた。あたりはものすごく静かだった。クレアがいった。

「キスして、エド」

すこしあとで、クレアはいった。「あした早い時間の列車に乗る。エド、わたし……あの部屋に一人でいるのが怖い。朝まで一緒にいて、駅へ送ってくれる？」

「シカゴは大きな街だよ。どこか、シカゴのべつの場所へ行くことはできないの？　せめてしばらくのあいだだけでも。これがすっかり片づくまで」

「いいえ、エド。ねえ、約束して、わたしを探しにインディアナポリスに来たりしないって。住所も教えないつもり。あしたの朝を最後の別れにするの」

それには反対したかったが、心の奥底ではクレアのいうことが正しいとわかっていた。どうしてわかったのかはわからないが、とにかくわかっていた。

アンブローズおじさんがタクシーのドアをあけようとした。「離れてくれ、お二人さん。ほら、銃と鍵だ、エド。聞くんだ、その銃は何に使われたものかわかったもんじゃない。今夜だけ持っている分にはいいが、ワッカー・ホテルに戻ってくるまえに捨ててくれ。指紋を残すなよ」

「そこまでばかじゃないよ、おじさん」

「ときどきどうかなと思うこともあるがね。しかしすぐに成長するだろうさ。次はいつ落ちあう？　昼ごろか？」

「そうだね」

クレアがいった。「階上で飲み物でもいかが、アンブローズさん？」

ぼくたちはタクシーを降りかけていた。アンブローズおじさんはまえのドアをあけて運転席にすべりこんだ。「やめておくよ、お二人さん。このタクシーと帽子を借りるのに、一時間につき二十五ドルかかってるんだ。それがもう二時間になる。いささか財布に負担がかかりすぎてる」

クレアはいった。「さようなら、アンブローズさん」

おじさんはタクシーのアクセルに足を乗せ、窓から身を乗りだしていった。「きみらに神の祝福がありますように。わたしだったらやらないようなことは、きみたちもしないように」

おじさんのタクシーは走り去った。

ぼくたちはしばらくのあいだそこに佇(たたず)んだ。手を取りあい、夏の蒸し暑い夜気に包まれて、路地の暗がりのなかで。

クレアはいった。「いい夜ね」

ぼくはいった。「これからもっといい夜になるよ」

「そう、もっといい夜になるわね、エド」

クレアはほんのすこしぼくにもたれた。ぼくは手を放し、両腕をクレアの体にまわして、キスをした。

しばらくしてクレアがいった。「雪から抜けだして、部屋に入らない?」

ぼくたちは雪から逃れて部屋へ入った。

目を覚ますと、クレアはもう服を着て、スーツケースに荷物を詰めているところだった。ナイトテーブルの上の小さな電気時計を見ると、まだ十時だった。

クレアはぼくに笑いかけた。「おはよう、エディ」

「外はまだ雪？」

「いいえ、雪はもう終わり。ちょうど起こそうと思っていたところ。十一時十五分の列車があるの。朝食に何か食べたいなら急がないと」

クレアはもう一つスーツケースを取りにクローゼットへ向かった。

ぼくは起きだし、急いでシャワーを浴びて服を着た。そのときまでにはクレアは荷づくりを終えていた。「駅でコーヒーを飲んでドーナツを食べるくらいで間に合わせないと。あと一時間しかない」

「タクシーを呼ぼうか？」

「正面入口にタクシー乗り場があるから。朝のこの時間ならすぐに乗れる」

ぼくがスーツケース二つを持ち、クレアは一泊用の旅行鞄と、郵送用に切手を貼った小包を持った。ぼくがそれを一瞥（いちべつ）したのに気づいてクレアはいった。「友達の誕生日のお祝い。二日まえに出しておくべきだったんだけど。忘れてたら途中で思いださせて」

誕生日プレゼントなんかどうだってよかった。ドアまで行き、向きを変えてドアに背を向け、スーツケースを下に置いた。

ぼくが両腕を差しだしてもクレアは来なかった。クレアはゆっくりと首を横に振った。

「駄目よ、エド。もうさよならもなし。わたしたちにとっては昨夜がさよならだったの。わたしを探さないでね。あとをつけようとするのも駄目」

「どうして？」

「どうしてかはきっとわかるはず。よく考える時間ができたらね。わたしが正しいってきっとわかる。あなたのおじさんにもわかると思う。おじさんから聞いてもいいかもしれない。わたしには説明できないから」

「だけど……」

「エド、あなたいくつ？　ほんとうのところ。二十歳？」

「もうすぐ十九だよ」

「わたしは二十九よ、エド。わからないかしら……」

「そうだね、きみは高齢で死にかけてる。動脈硬化だし、それに……」

「エド、わかってないみたいね。二十九はべつにそんな年じゃない。だけどもう若くもない、女としてはね。それに……エド、きのうの夜、わたしは嘘をついた。仕事とか、寝室一つの下宿とか、そういうものについて。女は贅沢なものとかお金のある暮らしに慣れてしまうと、あと戻りできないのよ。わたしよりずっと強い女じゃないと無理。わたしは戻るつもりはない」

「つまり、またハリーみたいなチンピラを探すってこと？」

「ハリーみたいなやつじゃない。わたしもその程度は学んだつもり。お金はあっても、ああいうやり方で稼いだお金じゃ駄目。そのくらいのことはシカゴで覚えた。とくに昨夜、ダッチが来たとき……あなたがいてくれてよかったわ、エディ」

「たぶんすこしはわかったと思う。だけどどうしてぼくたち……」

「印刷工として働いて、あなたの稼ぎはどれくらいになるの、エディ。わかるでしょ？」

「そうだね」

スーツケースを取りあげて外に出た。ホテルの正面入口にある乗り場でタクシーを捕まえ、ディアボーン駅へ出発した。

タクシーのなかで、クレアはやけに背筋をぴんと伸ばして座っていたけれど、彼女が目に涙をためていることに、ぼくはたまたま気がついた。

それを喜んでいいのか悲しむべきなのか、よくわからなかった。昨夜のことを思えばうれしかったし、クレアのことを思えば悲しかった。内心すっかり混乱していた。ぼくがアンブローズおじさんに会いにカーニバルに出かけて帰宅したときに、母さんがすごくやさしくなっていて混乱したときと似ていた。

女っていうのはどうしてこう一貫しないのだろう、とぼくは思った。どうして、いいか悪いかのどちらか一方に心を決められないのか。まあ、たいていの人はそんなふうに善と悪が混じりあっているものかもしれないけど、女はさらに悪い。あちらへこちらへと、すばやく変わりすぎる。ばかにやさしいかと思うと、すぐに意地が悪くなったりもする。

クレアがいった。「いまから五年もすれば、あなたはわたしのことなんてほとんど覚えていないと思う」

「覚えてるよ」

ぼくたちの車は高架下のヴァン・ビューレン・ストリートを渡り、ループ地区を通り抜けた。駅まであとほんの二ブロックほどだった。

クレアはいった。「もう一度キスして、エド……もし……あんなふうにほんとうのことを話したあとでも、まだしたいと思うなら」

まだしたかった。だからぼくはキスをした。タクシーが停まったときも、腕はクレアにまわしたままだった。クレアが身動きすると、持っていた小包が床にすべり落ちた。ぼくはそれを拾ってクレアに手渡した。そのとき、宛先の住所と名前が目についた。

ぼくはいった。「もし百万ドルの大当たりを出したら、きみのそのマイアミの女友達を通して連絡するよ」

「やめたほうがいいと思う。わたしのためにも、その大当たりのためにも。あなたはいまの仕事といまの自分から離れないほうがいい。駅まで一緒に来てくれなくていいわ。ポーターが来てるから荷物は頼める」

「だけどきみがいっていたのは……」

「もう列車の時間よ、エド。あなたはタクシーのなかにいて。ママはなんでも知ってるの。さよなら」

ポーターが荷物を取りあげ、向こうへ行きかけた。
「さよなら」ぼくはいった。

タクシーの運転手が訊いてきた。「ミラン・タワーズに戻りますか?」クレアが遠ざかるのを見ながら、ぼくはいった。「ああ」クレアはうしろをふり返らなかった。駅の手前の郵便ポストで立ち止まり、小包を入れて、一度もふり返らずにディアボーン駅の扉を入っていった。

タクシーが縁石を離れはじめても、ぼくはまだ外を見ていた。だからたまたま気がついたのだ——浅黒い肌をした小柄な男が、縁石のそばでぼくの車のすぐうしろに停まっていたタクシーから降りて、駅のなかへ足早に歩いていった。

何かが引っかかった。男には見覚えがあったが、どこで見たかが思いだせなかった。

車は北へ向きを変え、ディアボーン・ストリートへ入ろうとしていた。ぼくは運転手にいった。「ミランへ戻るようにいうつもりじゃなかった。クラーク・ストリートのワッカー・ホテルに行きたい」

運転手はうなずいて、走りつづけた。

タクシーは次の角の赤信号の手前でスピードを落とした。そのとき突然、うしろのタクシーから降りた男をどこで見たのか思いだした。きのうの夜、ミラン・タワーズのバーで見たのだ。イタリア人の殺し屋みたいに見えると思った男だった。もしかしてベニー・ロッソじゃないかと——

「止めてくれ」ぼくは運転手にいった。「ここで降ろしてくれ、いますぐ」

運転手は通りを渡り終え、縁石のところに並んだ車の脇にタクシーを停めた。「どこでもおっしゃるとおりに停めますよ、ミスター。早く決めてください」

財布から慌てて一ドル札を何枚か出し、運転手に渡した。釣りは待たなかった。タクシーを降り、駅へ向かって駆け戻った。タクシーに乗ったままそのブロックをぐるっとまわって角でいちいち信号に引っかかるより、走ったほうが早く駅に戻れるはずだった。

ところがハリソン・ストリートとポルク・ストリートのあいだのブロックはやけに長かった。駅の正面を横切る車に轢かれそうになりながら、扉を抜けるまで走りつづけた。

駅へ入ると走るのをやめ、あたりを見まわしながら早足で歩いた。こんなに巨大な場所だったなんて初めて知った。クレアは見あたらなかったし、クレアのあとをつけていたかもしれない男もいなかった。

駅のなかを急いで二回まわってみたが、二人とも見つからなかった。ぼくは案内所へ急ぎ、デスクで尋ねた。「インディアナポリス行きの列車は何番線ですか？　まだ出ていないとすればれ」

「まだ乗車がはじまっていません。十二時五分まで列車は入ってきませんから」

「十一時十五分の列車は、もう出てしまったんですか？」

「十一時十五分発のインディアナポリス行きはありません」

時計を見あげると、もう十一時十四分だった。ぼくは尋ねた。「十一時十五分発の列車にはどこ行きがありますか？」

「二本ありますね。六番線のセント・ルイス行きの特急と、一番線の十九号です……行き先はフォート・ウェイン、コロンバス、チャールストン……」

ぼくはくるりと向きを変えてそこを離れた。

望みはなかった。あと一分で、長い列車が二本出てしまう。おそらくそのうちの一本に到達することさえできないだろう。両方なんて絶対に無理だ。それに、財布に金が残っていなかった。フォート・ウェインまで行く切符すら買えなかった。

顔をあげると、駅員が五番線と書かれた鉄のゲートをしめようとしているのが見えた。自棄（やけ）になって、最後の賭けとして思いついたのはポーターだった。さっきのポーターが見つかれば——あたりを見まわすと、駅のさまざまな場所に十人以上のポーターがいた。ポーターたちの顔は互いに似ているわけではなかったが、気がつけば、ぼくはクレアの荷物を運んだポーターの顔を見ていなかった。クレアだけを見ていたから。

一人がそばを通りかかったので、ぼくはそのポーターの腕をつかんだ。「きみはほんのすこしまえに、一人旅の女性のスーツケースを二つと一泊用の鞄一つを運ばなかったかな?」

ポーターは帽子をうしろへ押して頭をかきながらいった。「ええと、運んだかもしれませんね。どの列車ですか?」

「こっちもそれを知りたいんだ。十五分まえのことなんだけど」

「そうですね……そのくらいまえに、ご婦人をセント・ルイス行きに乗せたと思いますけど。スーツケース二つとバッグ一つだったかどうかは、ちゃんとは覚えてません。ああ……バイオリンのケースもあったかな」

「わかった、もういい」ぼくはそういってポーターに十セント渡した。ここにいるすべてのポーターに訊いたところで役に立ちはしないだろう。いずれにせよ、正しいポーターに当たるころには、そのポーターは忘れているだろう。

考えてみれば、クレアがまったく列車に乗らなかった可能性もある。ぼくが一緒に駅に入るのを止めたのだ。行き先については嘘をついたのだろう。もしかしたら、残りも全部嘘だったのかもしれない。駅のもう一方の扉から出ていくとか何かしたのかもしれない。

ベンチに腰をおろし、心配するんじゃなくて怒るべきだと自分にいい聞かせた。タクシーから降りた男がミラン・タワーズで見かけたのとおなじ男だと思うなんて、とんでもないまちがいかもしれない。ぼくたちのタクシーがつけられていたかどうかも、はっきりわかっていたわけではなかった。それに、もし同一人物だったとしても、彼がぼくたちのタクシーをつけてきたとか、ロッソだったとか思うのは、突飛な憶測に過ぎないかもしれない。シカゴにいるすべてのイタリア人がロッソという名の殺し屋であるとはかぎらないのだ。

ただ、クレアに腹を立てることは、どうしてもできなかった。

確かにはぐらかされはしたけれど、最初からそうするつもりだといっていたし、その理由も聞かされていた。

きのうの夜のあとでは、クレアにほんとうに腹を立てることなどできなかった。この先ぼくが結婚して家庭を持ち、子供ができたり、孫ができたりしたとしても、クレアの記憶とともにほんのすこしの愛情がいつまでも残るだろうと思った。

大声で泣きだしたりして笑い者になるまえに駅を出た。それからサウス・クラーク・ストリートまで歩いて、北へ向かう路面電車に乗った。

第十三章

アンブローズおじさんの部屋のドアをノックすると、返事が聞こえた。「入ってくれ」ぼくはそうした。

おじさんはまだベッドにいた。

ぼくは尋ねた。「起こしちゃった？」

「いや、三十分くらいまえに目は覚めていたよ。横になったまま考え事をしていただけだ」

「クレアは行ったよ。街を出た……と思う」

「〝と思う〟とはどういう意味だね？」

ぼくはベッドの端に腰をおろした。アンブローズおじさんは枕を二つに折って当て、頭を起こしていった。「話してくれ、エド。個人的なことはいい。そこは飛ばして、ただしあの女がハリー・レイノルズについていったことは全部教えてくれ。それから、昨夜ダッチに起こったことと、けさあったことも。最初からはじめるといい。きのうの夜、きみがここを出たところから」

ぼくは話した。全部話してしまうと、おじさんはいった。「やれやれ、坊や、すごい記憶力だね。しかし話に穴があることには気がついていないのかな？」

「穴って？　クレアがいった嘘のこと？　だけどそれはぼくたちが調べていることと何か関係があるの？」

「わからんよ、エド。ないかもしれない。なんだか妙な感じがしているんだよ、けさも、午後になったいまも。何が引っかかるのかはわからないが。ずっと無駄な努力をしているような、どこにもたどり着けないような気がしているんだ。もしかしたらきみのほうがよくわかっているかもしれんな。確かではないがね。あとは、バセットのことが気がかりだ」

「姿を見た？」

「いや。だから心配なんだ。それが心配事の一つだ。何かがおかしい、で、わたしにはそれが何かわからない」

「どういうこと？」

「どう説明したらいいかな。きみは音楽が大好きだったね。こういえばいいだろうか。コードのどこかに不快な音が混じっていて、それが特定できないんだよ。それぞれの音を聴くと正しいんだが、もう一度コードを聴くと、やっぱり不快なんだ。メジャーでもマイナーでもディミニッシュコードでもない。ノイズなんだよ」

「楽器を特定できないかな？」

「トロンボーンじゃないな、エド。だからきみじゃない。だがね、骨に響いてくるんだよ。

誰かが何かについてわれわれを騙そうとしている。その何かがわからない。バセットだと思うんだが、何をしようとしているのかわからない」

「だったら、心配するのはやめて先へ進もうよ」

「先へ進んで何をする？」

ぼくは口をひらき、すぐにまたとじた。おじさんはぼくを見てにやりとした。

「坊や、大人の階段を昇りはじめているようだね。これは覚えておいたほうがいい」

「なに？」

「女とキスをしたときは、口紅を拭いておけ」

ぼくは口紅を拭いて、笑みを返した。「覚えておくよ。それで、きょうは何をする？」

「何か考えがあるかい？」

「ないかな」

「わたしもない。一日休むことにして、ループ地区にでも遊びにいくか。映画を観て、豪勢な夕食をとって、それからフロアショウでも見にいこう。できればいいバンドのいる店がいいな。一昼夜かけて息抜きをして、ものを見る目を取り戻すんだ」

奇妙な時間だった、あの午後と夜は。ぼくたちはいろいろな場所へ行き、楽しむはずが、楽しめなかった。嵐のまえに急に気圧が下がったときのような静けさがあった。ぼくでさえそれを感じた。アンブローズおじさんは、何かを待っていながら自分が何を待っているかわからない男のように、おちつきをなくしていた。こんなふうにちょっとイライラしてるところを見るのは、おじさんを知るようになってから初めてだった。バセットを捕まえようとして殺人課に三回も電話をかけていた。バセットはいなかった。

しかしぼくたちはそのことを話さなかった。見たばかりのショウやバンドのことを話し、おじさんはカーニバルのことをさらに話してくれた。二人とも、父さんのことはまったく口にしなかった。

夜中の十二時ごろになると、きょうはこれまでにしようといって解散した。ぼくは家へ帰った。まだおちつかない気分だった。もしかしたら、一つには暑さのせいかもしれなかった。熱波が戻っていた。蒸し暑い夜で、あしたも地獄みたいに暑くなりそうだった。

母さんが部屋から声をかけてきた。「エドなの？」ぼくが返事をすると、母さんはバスローブをはおって出てきた。ちょうどベッドに入ったところで、まだ眠りに落ちていなかったのだろう。

母さんはいった。「珍しくちゃんと家に帰ってきてくれてよかったわ、エド。あなたに話したいことがあったの」

「なに、母さん？」

「きょう、保険会社に行ってきた。書類を持っていって、手続きをしてもらったんだけど、小切手はセント・ルイスの本社から来るから、あと数日かかるんですって。それで金欠なのよ、エド。いくらか持ってない？」

「二、三ドルしかないよ。このあいだつくった貯金用の口座に二十何ドルか入ってるけど」

「それを貸してもらえない？　保険金がおりたらすぐに返すから」

「もちろん、いいよ。貯金から二十ドル貸すよ。端数は自分で使うのに取っておきたいんだ。あした引きだしてくる。もしもっと必要なら、きっとバニーがいくらか貸してくれるよ」

「バニーならさっきまでここにいたんだけど、あんまりお金のことで煩わせたくなかったの。あの人には心配事があってね。スプリングフィールドにいる姉妹が来週早々に手術を受けることになっているんだって。それがかなりの大手術らしくて。来週は仕事を休んで向こうに行こうと思ってるみたい」

「そうか」

「でも二十ドル貸してもらえるなら大丈夫。小切手は二、三日かかるだけだっていってたから」

「わかったよ、母さん。あした起きたら一番に銀行へ行ってくる。おやすみ」

部屋へ入って、自分のベッドにもぐりこんだ。おかしな感じだった。何年も留守にしたあと、ようやく戻ったような気がした。自分の家のように思えなかった。ただ見たことのある部屋というだけだった。ぼくは時計を巻いたが、目覚ましはセットしなかった。

どこか外で時計が一時を打ち、ぼくはいまが水曜から木曜にかけての夜であることを思いだした。一週間まえのいまごろ、父さんは殺されたのだ。

どういうわけか、それよりずっと長い時間が経ったように感じられた。一年近くが過ぎたように思えた。あれからいろんなことがあったから。たったの一週間しか経っていないなんて。しかしこうも思った——仕事に戻らなければ。これ以上仕事を休みつづけるわけにはいかない。もう一週間になるのだ。次の月曜日には戻らなければ。けれども仕事に戻るのは、この部屋へ帰ってきて眠るよりも奇妙に感じられた。

クレアのことは考えまいとした。それでようやく眠りに落ちた。


目が覚めると十一時近かった。服を着て、キッチンへ出ていった。ガーディはどこかへ出かけていた。母さんはコーヒーを淹れていた。やはり起きたばかりのようだった。

母さんはいった。「家になんにもないのよ。いまから銀行へ行くなら、卵とベーコンを買ってきてくれない？」

「いいよ」そういって、ぼくは銀行へ出かけ、帰り道で朝食の材料を買った。母さんがそれを料理して、ちょうど食べ終えるかどうかというときに電話が鳴った。出ると、アンブローズおじさんだった。

「起きたか、エド？」

「ちょうど朝ごはんを食べたところ」

「ようやくバセットを捕まえた……いや、向こうがわたしを捕まえたんだがね。数分まえに電話をかけてきた。すぐにこちらへ来るそうだ。何か進展があったらしいぞ。カナリアを食った猫みたいに満足げな声だった」

「ぼくも行くよ。すぐにうちを出る」

テーブルに戻り、コーヒーを手に取って立ったまま飲み終えた。母さんに、いますぐアンブローズおじさんに会いにいくことになったと話した。

「忘れてたんだけど、エド。きのうの夜ここに来たとき、バニーがあなたに会いたがってた。いつ、どこに連絡したらいいかわからないからって書置きを残していったわ。何か、来週シカゴを離れることと関係があるらしいんだけど」

「書置きはどこにあるの？」

「居間のサイドボードに置いたと思う」

玄関を出るまえにそれを拾って、階段を降りながら読んだ。バニーはこう書いていた――

〝おれが今週末にスプリングフィールドへ行く理由はマッジから聞いたことと思う。ゲイリーで保険を売ってたアンダーズって名前の男がスプリングフィールドへ移っていて、そいつに会いたいといっていたね。おれが向こうにいるあいだに探して、話を聞いてきてやろうか？　もしそうしてほしければ、日曜よりまえに知らせてくれ。それから、質問の内容を教えてくれ〟

その書置きをポケットに突っこんだ。アンブローズおじさんに訊いてみるつもりだったが、あの保険外交員には話せるようなことは何もないだろうとおじさんはまえにいっていた。それでも、いずれにせよバニーが行くのなら、やってみる価値はあるかもしれない。

ホテルへ行くと、バセットのほうが先に着いていた。バセットはベッドに座っており、目はこれまでに見たなかで一番くたびれていた。服も、着たまま寝たようなありさまだった。平たい酒壜（さかびん）がポケットに入っていた。壜は茶色い紙に包まれ、栓の上で紙がひねってあった。

おじさんはぼくに笑いかけた。ずいぶん陽気に見えた。

おじさんがいった。「やあ、エド、ドアをしめてくれ。ここにいるフランクから重大発表があるそうなんだが、きみが来るまで待ってもらったんだよ」

ホテルの部屋は暑くて空気がこもっていた。ぼくは帽子をベッドの上へ放り、襟もとをゆるめて書き物机に腰かけた。

バセットがいった。「あんたたちが探していたチンピラを捕まえたよ。ハリー・レイノルズ。ベニー・ロッソ。ダッチ・リーガンは死んだ。ただ……」

「ただ」おじさんが口をはさんだ。「ウォリー・ハンターを殺したのはそいつらじゃなかった」バセットは言葉をつづけようとして口をあけたところだった。だがその口をとじ、アンブローズおじさんを見た。おじさんはバセットににっこり笑いかけた。「わかりきったことだよ、バセットくん。その声の調子と見苦しい口もとできみがいおうとしている明るく楽しい知らせなどほかにありえんじゃないか。きみはわれわれに火中の栗を拾わせようとしたんだ」

「ばかをいうな。あんたはハリー・レイノルズのそばへなんか寄らなかったじゃないか。あいつを見てもいない。そうだろう？」

アンブローズおじさんは首を横に振った。「そのとおり。見てもいない」

バセットはいった。「もっとうまくやってくれると思っていたんだがね、アンブローズ。あんたのことは抜けめのない男だと思っていた。だからハリーがあんたの弟に興味を持っていたと知って、あんたがハリーを追いはじめたときには好きにさせておいたんだよ。もしかしたら、おれたちをハリーのところへ連れていってくれるかと思ってね」

「しかし連れていかなかった」

「そう、連れていってくれなかった。がっかりしたよ、アンブローズ。あんたは一塁にさえ出られなかった。われわれがハリーを見つけた。なあ、アンブローズ、あんたがあのチンピラの話を持ちだした瞬間に、私にはそいつらがシロだとわかっていたんだよ。まあ、あんたに話さなかったのは汚い手ではあったかもしれんが、連中はウィスコンシン州ウォーパカの銀行強盗の件で手配されていたからな。ウォーパカの目撃者が確認したよ。報奨金のポスターまで貼られていたんだ。で、そのウォーパカの仕事が、あんたの弟が殺された夜だった」

「なんてやつだ、フランク。わたしから百ドル取っておいて、その報奨金もせしめようっていうのか。どうなんだ？」

「そんなわけあるか。連中を捕まえたのは私じゃない。もしいくらかでもあんたの気が晴れるならいっておくがな、アンブローズ、私だってしてやられたんだよ。まず、ダッチの報奨金は誰のものにもならなかった。死体で見つかったからな。ベニーは州外で捕まったんだ、それにな、レイノルズを捕まえたのは誰だと思う？　一介のお巡りだよ！」

「ずいぶんと負けがこんでるみたいだな？」

「一人につき五百ドルだった。ウォーパカの金はまだ出てこない。四万ドルだ。これにかけられた報奨金は十パーセントの四千ドル」バセットは唇をなめた。「しかしまあ、どこかの貸金庫から、いつか定期点検のときにでも出てくるんだろうさ。これを追える手がかりはない」

「そりゃよかった。ところで、わたしの百ドルを返してくれる気はないかな？　すこしばかり手もと不如意になってきてるんだよ」おじさんは財布をあけてなかを覗きこんだ。「百ドルしか残っていない。ここに来るときに四百ドル入れてきたのに」

「ばかをいうな。ここまであんたたちにつきあってきたんだぞ。もらった分の働きはしたはずだ。私がしようとしたことは全部教えてやったんだからな」

「あんたが百ドル返してくれるほうに賭けてもいい」

「賭けるだって？」

「二十ドルだ」アンブローズおじさんはそういってまた財布を取りだし、二十ドル札を引き抜いた。そしてそれをぼくに寄こした。「この坊やが賭け金を預かってくれる。あの百ドルはあんたが自主的に、自由意思で、きょう返してくれる。それに二十ドル賭けるよ」

バセットはおじさんを見て、それからぼくを見た。バセットの目は半分とじて、フードをかぶったみたいになった。「相手がいいだした賭けには乗らないことにしているんだ。まあ、しかし……」バセットは二十ドル札を出してぼくに手渡した。

アンブローズおじさんはにっこり笑っていった。「さて、そのボトルの酒を飲むっていうのはどうだい？」

バセットはポケットから取りだしてそれをあけた。アンブローズおじさんは大きく一口飲んで、ぼくは付き合いで小さく一口飲んだ。バセットはやはり長く一口飲んで、それからボトルをベッドのそばの床に置いた。

アンブローズおじさんは、ぼくが机に腰かけている隣で壁にもたれていった。「チンピラどもはどうやって捕まったんだ？」

「どうだっていいだろう？　さっきもいったとおり、連中は誰も……」

「もちろんそうだろうさ。ただの好奇心だよ。話してくれ」

バセットは肩をすくめた。「ダッチはきょうの早朝、夜が明けたころに、ディヴィジョン・ストリートの裏路地で発見された。レイノルズは、ダッチが見つかった道沿いの建物の一部屋でぐっすり眠っているところを見つかった。ダッチはやつの窓の真下にいたってわけだ」

ぼくがまえに身を乗りだすと、アンブローズおじさんはぼくの腕を取って引き戻した。おじさんはぼくの腕を握ったままでいた。

「その状況をどう思う?」おじさんはバセットに尋ねた。

「レイノルズはやってない。これは確かだ。おそらくベニーだろう。レイノルズがやったなら、死体を自分の部屋の窓の下に放置したりはしないだろうからな。しかし全員が騙し合いをしていたようだ。レイノルズの女が――ミラン・タワーズで暮らしていたところまで突き止めたよ――全員を裏切ったんだ」

「それはどんな女なんだ?」

「シカゴではクレア・レイモンドと名乗っていた淑女だよ。われわれが調べた本名はエルシー・コールマンだった。インディアナポリス出身だ。報告によれば、かなりの美人だったらしいな」

アンブローズおじさんはぼくの腕をぎゅっと握った。おじさんの手が「しっかりしろ、坊や」といっていた。おじさんは、口では慎重にこう尋ねた。「だった、とは?」

「女も死んだからだ。昨夜ベニーが殺して、その場で捕まった。列車のなかで、場所はジョージア州だった。けさ、われわれのところに長距離電話で連絡が入ったんだよ。ベニーはたっぷりしゃべったらしい。女にナイフを突き刺したところを現行犯で捕まってね」

「そいつは何を吐いたんだ？」

「シカゴから女をつけたそうだ。ベニーとダッチはそれぞれに、女が金を持っていて、ハリーと二人で自分たちを裏切ろうとしていると思ったらしい。一方、ベニーとダッチも互いを裏切った。おそらくベニーがダッチを殺したんだろう。ダッチの死体を、ハリー・レイノルズが捕まる糸口になりそうな場所に置き去りにしたんだからな。ただ、やつはそれは認めていない。すくなくとも、まだ」

「話が脇道に逸れているよ、フランク。ベニーはなぜそのエルシー・クレア・コールマン・レイモンドをナイフで刺した？」

「女が金を持って逃げていると思ったんだ。もしかしたら、ベニーは正しかったのかもしれない。わからんがね。とにかくベニーは女をつけた。女は列車のコンパートメントを取った。夜のあいだに、ベニーはそのコンパートメントに忍びこんでお宝を探していた。すると女が目を覚まして騒いだので、ナイフで刺したわけだ。だが、たまたまその車輛に保安官が二人乗りあわせていた。二人はベニーがコンパートメントから逃げだすまえに取り押さえた。しかしそこに現金はなかった」

「ボトルをまわしてくれ、フランク。そのウイスキーをもう一口飲みたい」

バセットはボトルを取りあげ、渡しながらいった。「ウイスキーだと。これは上等なスコッチだぞ」

アンブローズおじさんはそれを飲んで、返しながらいった。「それで、どうするんだ、フランク。これから何をするつもりだ？」

バセットは肩をすくめた。「わからんよ。とりあえず記録だけつけておいて、ほかの線を当たってみるか。なあ、アンブローズ、結局のところ、ただのホールドアップ強盗だったのかもしれない、犯人は見つからないかもしれない、と思ったことはないのかね？」

「ないね、フランク、そんなふうに思ったことは一度もない」

バセットはボトルからもう一口飲んだ。すでに半分くらいなくなっていた。「だったら、あんたは頭がおかしいんだな。まあ聞けよ、ただの強盗でないとすればマッジがやったんだよ。ちなみに保険会社は私がゴーサインを出すまで保険金の支払いを止めている。しかしまあ、私が支払いを止めているのは、あのウィルソンという男にまだ会っていないからというだけの理由なんだがね。もしかしたら、すぐにでも会ってけりをつけるべきかもしれない」

バセットは立ちあがって洗面台のほうへ行った。「豚みたいに汚れているな。また出かけるまえに、すこしきれいにしないと」

バセットは水を出した。ぼくはアンブローズおじさんにいった。「バニーが書置きを残していったんだ。日曜日にスプリングフィールドへ行くって。バニーは……これだ……」書置きが出てきたので渡した。おじさんはそれを読むと、すぐに返してきた。

「例の男に会いにいってもらう？」

アンブローズおじさんはゆっくりと首を横に振った。

おじさんはバセットに目を向けてから、長く息を吸いこむと、それをゆっくり吐きだした。

バセットはタオルで手を拭き、眼鏡をケースに入れてポケットにしまうと、目をこすった。

「さて……」

「あの百ドルだけどね」アンブローズおじさんがいった。「あんたは、あのウォーパカの四万ドルがどこで手に入るか知りたくはないかね？　それを知るために百ドル出す気はあるか？　まあ、手に入れるためには街を出なければならないかもしれないんだが」

「四千ドルを手に入れるためなら、百ドルくらい喜んで払うよ。しかし冗談だろう。いったいどうして知っているんだ？」

「百ドル払いたまえ」

「頭がおかしいんじゃないのか。あんたが知ってるわけないだろう」

「わたしは知らんよ。だが、知ってる男と知り合いなんだ。それは保証する」

バセットはしばらくのあいだおじさんを睨みつけていたが、やがてゆっくりとポケットから財布を出した。バセットは二十ドル札を五枚取りだして、アンブローズおじさんに渡しながらいった。「もしこれがくだらないごまかしか何かだったら……」

アンブローズおじさんはいった。「話してやれ、坊や」

バセットの目がこちらへ移った。ぼくはいった。「その金はきのうの十一時何分か過ぎにシカゴから郵送された。クレアがまえもって送りだしたんだ。宛先はエルシー・コールで、マイアミの局留めになってる」

バセットの唇が動いたが、ぼくに聞こえるようなことは何もいわなかった。

「賭けに勝ったみたいだね、アンブローズおじさん」ぼくはそういって、手にしていた二十ドル札二枚をおじさんに渡した。おじさんは、さっきバセットからもらった紙幣と一緒にそれを財布にしまった。

アンブローズおじさんはいった。「そんなにショックを受けないでくれ、フランク。もう一つ手を貸すよ。これから一緒にバニー・ウィルソンのところへ行こう。わたしも会ったことがないんだ」

バセットはようやく正気に返ったようだった。

第十四章

サハラ砂漠かと思うほど暑かった。グランド・アヴェニューを歩いているあいだも一分ごとにどんどん暑くなった。ぼくは上着を脱いで手に持ち、帽子を取ってそれも手に持った。横にいるアンブローズおじさんを見ると、暖かいと感じてさえいないように見えた。スーツの上着とベストを着こんで帽子までかぶっていた。こんなに涼しそうに見えるなんて何かトリックがあるにちがいない、とぼくは思った。

橋を渡っても、水面からそよ風の一吹きがあがってくることすらなかった。

ハルステッド・ストリートに着くと、南へ一ブロック半歩き、バニーの下宿の玄関のあるほうへ道を入った。そして階段を昇り、バニーの部屋のドアをノックした。

ベッドが軋む音がなかから聞こえてきた。バニーはスリッパを履いた足を引きずって玄関へ来るとドアを細くあけ、ぼくに気がついて大きくドアをあけた。

「やあ」バニーはいった。「ちょうど起きようと思っていたところだ。入って」ぼくたちは全員で部屋に入った。

バセットはドアの内側にもたれた。アンブローズおじさんとぼくは奥まで進んでベッドに腰をおろした。部屋はオーブンのなかみたいで、ぼくはネクタイをゆるめてシャツの一番上のボタンをはずした。長くここにいることにならなければいいのだが。

アンブローズおじさんはおかしな表情を浮かべてバニーを見つめていた。とまどった顔、いや、途方に暮れているような顔だった。

ぼくはいった。「バニー、こちらはぼくのおじのアンブローズ。あちらはミスター・バセット、父さんの事件を調べている刑事だよ」

ぼくもバニーを見たけれど、とまどうようなことは何も目に入らなかった。バニーは、寝ているとき何を着ていたにせよ、その上に色褪（いろあ）せたドレッシングガウンをはおっていた。ひげを剃（そ）る必要があったし、髪はくしゃくしゃで、昨夜何杯か飲んだことがはっきりわかる顔をしていた。

バニーはいった。しかしひどい二日酔いというわけではないのもわかった。

「お知り合いになれてうれしいですよ、バセットさん。それにアンブローズさんも。噂はエドからたくさん聞いている」

ぼくはいった。「おじはちょっと変わってるけど、いい人だよ」

バニーは立ちあがり、ドレッサーのほうへ歩いていった。そこに酒のボトルとグラスがいくつかあるのがぼくの位置からも見えた。バニーはいった。「みなさん、飲み物でも……」

バセットが遮（さえぎ）るようにいった。「それはあとだ、ウィルソン。まずはちょっと座ってくれ。マッジ・ハンターについてあんたがいっていたアリバイを確認したい。べつの糸口があったから、いままで放置してしまったんだがね。しかし改めて知りたいんだよ、あんたが証明できるのは、何時……」

アンブローズおじさんがいった。「黙れ、バセット」

バセットはふり向いておじさんを見た。カッと怒りが燃えあがったような目だった。「うるさいぞ、ハンター、邪魔をしないでもらおうか。さもないと……」

バセットはベッドへ一歩近づいたが、おじさんが自分にまったく、一つも注意を払っていないことに気がついて足を止めた。おじさんはまだバニーを見つめていた。さっきとおなじおかしな表情を浮かべたまま。

おじさんはいった。「わからないな、バニー。あんたはわたしの想像とちがう。とても殺人者のようには見えない。だが、あんたはウォリーを殺した。そうじゃないか?」

室内から音が消えた。沈黙が切り分けられそうなほどだった。

長いあいだ無音だった。

沈黙が引き延ばされてつづくにつれ、やがてそれ自体が答えになった。

おじさんは静かに尋ねた。「ここに保険証書があるのか?」

バニーはうなずいていった。「ああ。あそこの一番上の引出しに」

バセットが我に返ったように、ドレッサーのほうへ行って引出しをあけた。そして何枚かのシャツの下を探った。手を引きだしたときには、保険証書を入れておくのに使う厚手の封筒を持っていた。

バセットはそれを凝視しながらいった。「よくわからないんだが。これでどうやって保険金を受け取るんだ？　マッジが受取人なんだろう、ちがうのか？」

アンブローズおじさんがいった。「バニーはマッジと結婚するつもりだったんだよ。マッジから好かれているのはわかっていたし、彼女はすぐに次の夫を探すはずだったからね。マッジみたいな女はだいたい再婚するもんだ……いい仕事に就いてるバニーみたいな男が自分を助けたがってるっていうのに、ウェイトレスに戻りたいなんて思うはずがないんだ。それに、もう若いわけでもないし……まあ、全部絵にして描いてみなくたってわかるだろう？」

バセットがいった。「つまり、この男は保険料の領収書があることを知らなかった、だから結婚するまでマッジが保険について知ることはないと思っていた、そういうことか？　しかし保険について隠していたことをどう説明するつもりだったんだ？」

アンブローズおじさんがいった。「そんな必要はなかったんだよ。結婚したあとに、ウォリーの所持品のなかから証書を見つけたふりをすればよかった。そしてマッジはその金を、バニーが自分の印刷店をはじめるための資金として使わせるはずだった。バニーがマッジを説得するのは簡単だ、店を持てば二人が一生暮らしていける収入が保証されるんだからね」

バニーはうなずいた。「マッジはまえまえからウォリーにそういう野心を持ってもらいたいと思っていたんだよ。だが、ウォリーはそれを望まなかった」

アンブローズおじさんは帽子を取って、額から汗をぬぐった。もう涼しそうには見えなかった。「バニー、まだよくわからないんだが。もし……バニー、これは誰の考えだったんだい？　あんたか……いや、ウォリーの考えだったのか？」

バニーはいった。「ウォリーだ。ほんとうだよ。ウォリーはおれに殺されることを望んでいた。そうじゃなきゃ、おれは考えもしなかった。ウォリーはおれを突きつづけたんだ。そりゃあね、単刀直入に〝よう、おれを殺してくれ〟なんていったわけじゃない。だが、よく一緒に飲みにいくようになって、おれが自分の店を持つために金を必要としてることとか、おれがマッジを好きで、マッジもおれが好きなことなんかがわかると、おれを刺激しつづけた」

バセットが尋ねた。「どういう意味だね、刺激しつづけたとは？」

「まず、保険証書をどこにしまってあるかおれに話した……職場のロッカーだ。それで、このことはほかには誰も知らないっていうんだ。よくこんなふうにいっていたよ。〝マッジはあんたのことが好きなんだよ、バニー。もしわたしに何かあったら……〟くそ、全部ウォリーが考えたとおりになったんだよ。ウォリーはいってたんだ、もし自分に何かあったら、マッジには生命保険のことは知られないほうがいい、すぐ金が手に入ったら、カリフォルニアかどこかへ行って浪費してしまうだろうからって。だからその金をマッジのために運用することのできるどこかの男と結婚して安心できるまでは、金が入ってくることを知られないようにしたい。それがウォリーの望みだった」

バセットはいった。「だが、あんたに殺して、くれといったわけじゃないだろう。もし自分が死んだら、というだけの話で」

バニーは首を横に振った。「それはウォリーの言葉であって、本心じゃなかった。自殺する度胸があればいいんだが、それがないんだともいってた。誰かがやってくれたらいいのにって……」

バセットは尋ねた。「あの夜、何があった?」

「エドに話したとおりだ、十二時半までは。おれはマッジを家まで送った、一時半じゃなくて、十二時半にね。あとになって、あれが何時だったかなんてマッジにはわからないだろうから、おれが一時半だっていえば二人とも安全だと思ったんだよ。

そのときには、ウォリーを探すのはあきらめていた。シカゴ・アヴェニュー沿いの川のそばに一晩じゅうポーカーをやってる店があるのを知っていたもんだから、おれはオーリンズ・ストリートを歩いて向かい、もうすこしでシカゴ・アヴェニューに出るってところで、ウォリーが反対側から歩いてくるのに出くわしたんだ。ビールのボトルを四本持って、家へ向かってた。かなり酔っていたよ。

ウォリーは家まで一緒に歩いてくれといい張った。で、持ってくれといってボトルを一本寄こした。一本だ。そして近道をするのに一番暗い路地を選んだ。反対端の街灯が切れてる路地だ。そこを歩きはじめると、ウォリーはしゃべるのをやめた。ウォリーはおれよりすこし先を歩いてた。それから帽子を取って手に持った……で、まあ、ウォリーはおれにやってもらいたがった。もしやれば、おれはまえまえからの望みどおり、マッジと自分の店を手に入れることができるんだなと思った……だからやった」

バセットが尋ねた。「だったらなぜあんたは……」

おじさんがバセットにいった。「黙れ、お巡り。必要なことは全部聞いただろう。あとは放っておいてやれ。わたしにはもう全貌がつかめた」

おじさんはドレッサーのほうへ歩き、ボトルから飲み物を注いだ。こちらを見たので、ぼくは首を横に振った。おじさんは三杯注いだところで手を止め、一番多く入ったものをバニーに渡した。

バニーは立ちあがってそれを飲んだ。一息に飲みほすとバスルームのドアへ向かった。バニーがドアを抜けようとしたところで、これから何が起こるかバセットにもピンときたらしい。「おい、やめろ……」バセットは大声を出し、なかから鍵をかけられるまえに、しまりつつあったドアのノブをつかもうと部屋を横切りかけた。

おじさんがよろめいてバセットにぶつかっているあいだに、バスルームのドアの鍵がスライドしてカチャリと音をたてた。

バセットがいった。「くそっ、あの男が……」

「そうだよ、フランク。これよりいい考えがあるのか？　行こう、エド。ここを出るぞ」ぼくとしても、すぐにも出たかった。

階下に着いて、歩道に出てからは、小走りにならないとおじさんについていけなかった。焼けつくような午後の日射しのなかを、ぼくたちは急ぎ足で進んだ。何ブロックも歩いてからやっと、おじさんはぼくが一緒にいることに気がついたようだった。

そして歩くペースを落とした。ぼくを見ると、にやりと笑っていった。「わたしたちはとんだ間抜けじゃないか、坊や？　狼を狩りに出かけたはずなのに、兎を捕まえちまったなんて」

「いまとなっては、狩りになんか出かけなきゃよかったと思うよ」

「わたしもだ。わたしのせいだよ、エド。一時間まえにあの書置きを見たときに、バニーがやったとわかったんだが、理由がわからなかった。バニーに会ったことがなかったし、それに……くそ、なんでいい訳なんかしなきゃならない？　わたしは一人でバニーに会いにいくべきだったよ。だがそうはせず、バセットを連れていって、これ見よがしに解決しなきゃ気が済まなかった」

「なんであの書置きで……ああ。やっとわかった、見るべきところがあると思って見ればわかる。バニーは名前のスペルを正しく書いていたね。そういうことでしょう？」

アンブローズおじさんはうなずいた。「アンダーズ。バニーはその名前をきみから電話で聞いた。きみはわざわざスペルを説明したりはしなかった。だから書置きにその名を書いたとき、最後の一文字はsと書くはずだったんだよ、もしバニーがまえにいっていたとおり保険証書の存在を知らず、書面でアンダーズの名前を見たことがなければね」

「ぼくは書置きを読んだのに、それが見えていなかった」

おじさんは聞いていないようだった。「自殺じゃないのはわかっていた。ウォリーの心理的な特異性については話したね……ウォリーには自殺することはできなかったんだ。だが、ウォリーがこんな離れ業をやってのけるほど坂を下り落ちていたとは夢にも思わなかったよ。思うに……まあ、人生がウォリーにそれを余儀なくさせたなら、どうしようもなかったんだろう。だがあんなトリックをバニーに仕掛けるなんて……」

「父さんはバニーのためを思ってやったんじゃないかな」

「そう思いたいね。もっとよく考えるべきだったがね」

「どれくらいまえから計画していたんだと思う?」

「あの保険は五年まえにゲイリーで契約したものだ。ウォリーはレイノルズの兄弟の無罪に投票するよう買収されておきながら、有罪に投票した。それでレイノルズの一団に殺されるだろうと思っていたにちがいない。

しかし当時、決心を変えるようなことが何か起こったか、度胸をなくしたのか。ウォリーはゲイリーから逃げだして足跡を隠した。レイノルズがここ、シカゴにいるなんて知りようがなかった。知っていればバニーを煩わせることはなかっただろう。レイノルズのところへ行けば、もっと簡単に用が足りたはずだからな」

「つまり、父さんは五年も……」

「それを考えていたんだろうね、エド。契約した保険に支払いをつづけていたんだから。もしかしたら、きみが学校を出て、いい仕事に就くまでは乗りきるつもりだったのかもしれない。たぶん、バニーへの働きかけをはじめたのも、きみがエルウッドで仕事をはじめたころじゃないのかな。まったくね」

ぼくたちは信号が変わるのを待っていた。気がつけば、ミシガン・ブルヴァードを渡ろうとしているところだった。ずいぶんたくさん歩いたものだ。思ったより遠くまで来てしまった。

信号が青に変わり、ぼくたちは通りを渡った。

おじさんがいった。「ビールでもどうだい、坊や」

「マティーニがいいな。一杯だけ」

「だったら、とびきりの一杯を飲ませてやるよ、エド。行こう、見せたいものがある」

「なに？」

「まわりに小さな赤いフェンスのない世界だよ」

ぼくたちはミシガン・ブルヴァードの東側を北へ二ブロック歩いてアラートン・ホテルへ

行った。ホテルに入ると、特別なエレベーターがあった。長い時間をかけて昇った。何階あるのかもよくわからないけれど、とにかくアラートンは高層ビルだった。

最上階はとても洒落たカクテルバーだった。窓があいていて、涼しかった。これくらい上まで昇ってくると、そよ風はひんやりしていて、溶鉱炉から吹きつけるような風とはちがった。

二人でテーブル席についた。ループ地区が見渡せる、南側の窓のそばだ。明るい日射しのなかの街は美しかった。高く細いビルが、空へ向かって伸ばされた指みたいだった。SFの一場面のようだった。目のまえにあってさえ、信じられない光景だった。

「なかなかのもんだろう?」

「ものすごくきれいだ。でも、ぼったくり酒場だね」

おじさんはにやりとした。目の端の小さな笑い皺が戻っていた。

「すばらしきぼったくり酒場だよ、坊や。途方もないことが起こる場所だ。全部が悪いことってわけでもない」

ぼくはうなずいていった。「クレアとかね」

「カウフマンが雇った間抜けどもに、きみがはったりをかけたりとかね。バセットの眉間に一撃を加えるかのように、ウォーパカの金のありかをいってやったりとか。きみがどうやってそれを知ったのか、バセットは一生疑問に思いつづけるだろうな」

おじさんは小さく笑った。「きみは何日かまえには驚いていたね。ウォリーがきみの年で決闘や新聞社の社長の女房との情事を経験したことに。しかしきみだってそう悪くないぞ、坊や。わたしはきみよりすこしばかり年上だが、銀行強盗をちゃちな火かき棒で殺したことも、悪党の情婦と寝たこともないからな」

「でももう終わったことだよ。ぼくは仕事に戻らなきゃ。おじさんはカーニバルに戻るの?」

「ああ。で、きみは印刷工に戻るのかい?」

「そうだね。駄目かな?」

「駄目なことはないさ。いい仕事だよ。カーニバルの芸人になるよりいい。なんの保障もないからな。ときには稼げることもあるが、出ていく金額も大きい。遊牧民みたいなテント暮らしで、家を持つこともない。飯はまずいし、雨でも降った日にはお手上げだ。ひどい暮らしだよ」

ぼくはちょっとがっかりした。もちろん一緒に行くつもりはなかったけれど、ついてこいといってほしかった。ばかみたいだけど、そんなふうに感じていた。

おじさんはつづけた。「ああ、まったくひどい暮らしだよ、坊や。だがもしきみが酔狂にもやってみたいっていうなら、一つ二つコツを教えてやれるだろうな。きみならやっていけるよ。ああいう商売に必要なものを持っていると思う」

「ありがとう。だけど……その……」

「わかってる。説得しようってわけじゃないんだ。さて、ホーギーに電報を打ちに行くよ。それからワッカー・ホテルに戻って荷づくりだ」

「じゃあ、またね」

ぼくたちは握手をした。おじさんは立ち去り、ぼくはテーブルのまえの席に座り直して外を見た。

ウェイトレスがまたやってきて、ほかに注文はないかと尋ねたので、ぼくはないと答えた。

怪物のようなビル群の影が長く伸び、ミシガン湖の明るいブルーが濃くなるまで、ぼくはそこに座っていた。あけ放した窓から涼しい風が入ってきた。

しばらくして、ぼくは立ちあがった。おじさんがぼくを置いて行ってしまうのだと思うと、死ぬほど怖くなった。電話ボックスを見つけ、ワッカー・ホテルに電話をかけた。部屋につないでもらうと、おじさんはまだそこにいた。

「もしもし、エドだけど。やっぱり一緒に行くよ」

「きみを待っていたよ。思ったよりすこし長くかかったな」

「急いで家に帰って荷づくりをする。そのあと駅で待ち合わせでいいかな?」

「坊や、貨物列車で戻るぞ。わたしは金欠でね。途中で食うものを買うための数ドルしか残っていない」

「金欠? そんなはずないよ。ほんの二、三時間まえには二百ドルあったんだから」

おじさんは声をたてて笑った。「これが芸ってもんだよ、エド。カーニバルの芸人の金は長くはもたないっていっただろう。じゃあ、一時間後にクラーク・ストリートとグランド・アヴェニューの角で会おう。路面電車に乗って、貨物に忍びこめる場所まで行く」

急いで帰宅して荷物を詰めた。母さんとガーディが出かけていたのは、うれしくもあり残念でもあった。二人に書置きを残した。

ぼくが到着すると、アンブローズおじさんはすでに角のところにいた。スーツケースと、トロンボーンのケースを持っていた。新しいやつだ。

ぼくがそれを見ている様子に気がつくと、おじさんは小さく笑っていった。「旅立ちのプレゼントだ、坊や。カーニバルにいれば演奏を覚えられる。芸人と一緒にいるとなれば、うるさければうるさいほどいいんだ。それに、いつかカーニバルの外で演奏できるようになるかもしれない。かのトランペット奏者ハリー・ジェイムスだって、最初はサーカスのバンドにいたんだよ」

その場ではケースをあけさせてもらえなかった。ぼくたちは路面電車に乗って、街の外へ向かった。それから操車場まで行き、線路を横切って歩いた。

「さて、わたしたちは宿なしだ。ありあわせのごった煮シチューを食ったことがあるかい？あしたつくろう。あしたの晩にはカーニバルに合流できるだろう」

編成中の列車があった。空っぽの有蓋(ゆうがい)車輛を見つけて乗りこんだ。夕暮れどきで車内は薄暗かったけど、ぼくはトロンボーンのケースをあけた。

思わず低い口笛を漏らした。次いで喉もとに何かがこみあげ、そこでつかえた。アンブローズおじさんの二百ドルがどうなったか、わかった。

プロが使うようなトロンボーンで、ふつうに手に入るなかでは最高の部類だった。金メッキの表面が鏡として使えそうなほどぴかぴかに磨いてあった。軽量モデルで、ジャック・ティーガーデンやトミー・ドーシーが吹きそうな逸品だった。

とびきりの楽器だった。

ぼくはうやうやしい手つきでそれをケースから取りだし、組み立てた。感触もバランスもすばらしかった。

ゲイリーの学校で吹いていたことがあったので、ドからはじまる音階をまだ覚えていた。

一、六、四、三……

楽器を唇に当て、最初の音が出るまで吹いた。ぼやけた、雑な音が出たが、それはトロンボーンじゃなくてぼくのせいだった。慎重に、音階を上へ吹いてみた。

列車のエンジンがかかり、振動が次々と連結器を伝わってぼくたちのほうへ来て、通り過ぎた。束にした爆竹が順番にはぜたみたいだった。車輛がゆっくりと動きだした。ぼくはまた探るようにしながら音階を下へ向かって吹き、だんだん一音一音に自信が持てるようになった。これならそう長くかからずに演奏できるようになりそうだった。

そのとき、誰かが怒鳴った。「おい！」見ると、ぼくのセレナーデがトラブルを招いたのだとわかった。制動手が車輌の横を小走りに駆けていた。そして「そこから降りろ」と大声でいい、両手を床に置いて車輌に乗りこもうとした。

「それを貸してくれ、エド」そういって、おじさんはぼくの手から楽器を取った。それからドアのそばへ行って、トロンボーンを唇に当てると、スライド管を制動手の顔に向けて押しだしながら、とてつもないブーイングみたいな音を出した――だんだん下がる、ひどい音だった。

制動手は悪態をついて手を離した。そしてもう何歩か車輌について走ったあと、列車のスピードがぐっとあがると、ついてこられなくなってうしろに残った。

おじさんはぼくにトロンボーンを返した。二人とも声をたてて笑っていた。

ぼくはなんとか笑うのをやめ、マウスピースをまた唇に当てた。吹くと澄んだ音が出た――クリアでものすごくきれいな、朗々と響きわたるような音。まったくのビギナーズラックだった。

しかしその音はすぐに割れて、アンブローズおじさんが制動手のために出したあれよりもさらにひどい音になった。

アンブローズおじさんが笑いだし、ぼくはまた吹こうとしたけれど吹けなかった。ぼくも笑っていたからだ。

一分か二分くらい、ぼくたちは顔を見合わせて笑いつづけ、それがだんだん悪化して止まらなくなった。そんなふうにして、貨物列車がシカゴから遠ざかるあいだ、ぼくたちは二人でばかみたいに笑っていた。

解説

杉江松恋

これは、エド・ハンターがトロンボーンを手に入れるまでの物語である。

エドは十八歳で、印刷会社の見習いとして働いている。給料は知れたものだろう。

彼がトロンボーンを手にしようとする夢の場面で小説は幕を開ける。それが新品ではなくて、質屋(しちや)の店頭に飾られた中古というのが泣かせるところだ。だが、手に取ることはできぬまま、エドは目を覚ましてしまう。いつもの一日の始まりだ。

エドにとってトロンボーンは希望の象徴である。それを手にすれば自分を変えることができるかもしれない魔法の道具だ。同じような夢を見たことがない者はいないだろう。夢から覚めて、また同じ現実の中にいることにがっかりしたことがない者も。

だがその朝、エドが足を踏み入れたのは、昨日とは違う世界だった。トロンボーンを手に入れるという夢がかなったからではない。

父、ウォレス・ハンターの死体が発見された朝だったからだ。どこかの路地で、何者かに頭を殴られて。

肉親の死という突然の事件に直面した主人公が、否応なく大人への階段を上ることになる。フレドリック・ブラウン『シカゴ・ブルース』はそういう小説だ。いわゆる教養小説の性格を備えたミステリはこれまで数多く書かれているが、本書はその嚆矢と言うべき長篇である。『屠所の羊』（一九三九年。ハヤカワ・ミステリ文庫他）に始まるA・A・フェア（E・S・ガードナー）の〈ドナルド・ラム&バーサ・クール〉シリーズなど、探偵の成長を連続で見せていく趣向の作品はそれ以前にも存在したが、十八歳という子供と大人の境の年齢に主人公を設定した点に独自性があり、作者は成長物語の構図を明確に意図してこの作品を書いている。〈エド・ハンター〉シリーズはこのあと、ブラウン最後の長篇となった一九六三年の『パパが殺される！』（以降、特に記述ない場合は創元推理文庫）まで全七作が執筆されるのだが、少年の表情をしていたエドはその中で着実に逞しい若者へと変貌していく。

原書の刊行は一九四七年、最初の邦訳は『別冊宝石』一〇一号（一九六〇年七月十五日刊）で、『悪徳の街』の題名であった。訳者は永井淳である。一九六四年に早川書房の〈ハヤカワ・ミステリ〉に再録されて『わが街、シカゴ』と改題、一九七一年に青田勝訳で創元推理文庫に入った。『シカゴ・ブルース』はその際に付された題名だ。今回、約五十年ぶりに新訳版が刊行されたことになる。訳者によってエドの一人称は違っていて〈わたし〉のこともあるのだが、やはり初々しい〈ぼく〉がこの主人公にはふさわしい。高山真由美の訳文は瑞瑞しく、ひさしぶりに懐かしい旧友と出会ったような気持ちになった。

やあ、エド。おかえり。

簡単に本書の概容を紹介しておきたい。父ウォレスが殺されたため、エドは独りになってしまう。ウォレスにはマッジという後妻があり、彼女の連れ子のガーディという義妹もいるのだが、打ち解けているとは言い難い間柄なのだ。冒頭にガーディの寝姿を見てしまい、その成育のよさにどぎまぎする場面がある。「いずれ妊娠して帰ってくることになるだろう。まだ十五にもならないのに」というエドの独白は、義妹に性的関心を持ってしまった罪悪感の裏返しでもあるだろう。義妹との関係があまりにも近いことにエドは耐えられないのだ。この兄妹の関係を描くことで、作者はエドの家族との距離をさりげなく表現している。父親が朝になっても帰っていないことに気づいたエドは最初、酔っぱらってどこかに泊めてもらったのだろうと考えるようにする。父親は毎晩飲むのだ。しかしそこまで度を過ごしたことはないのに、と思っているところに悪い報せを携えた警察官がやってくる。

父親と同様、マッジも飲酒の問題を抱えていることがやがてわかる。両親が二人とも、現実を見たくないために酒に逃げている家庭なのである。都市の貧困家庭が抱えているさまざまな問題を浮き彫りにしたという点でも、『シカゴ・ブルース』は先駆的な作品だ。

一言で表現すれば本書は、エド・ハンターの父親捜しの物語である。ウォレスが死んだことを知ったエドは、自分が本当の意味では父親のことを知らなかったことに気づく。そのため彼は、ウォレス亡き後は唯一の肉親となったおじのアンブローズを訪ねるのである。ここは青田訳を踏襲してこの愛称を使わせてもらうが、アンブローズことアムおじはカーニー、すなわち移動遊園地（カーニバル）で働く芸人として身過ぎ（みすぎ）をしていた。再会したアムおじはエドに、ウォレスを殺した犯人を自分たちで突き止めることを提案する。しろうと探偵コンビの誕生だ。世慣れたおじと共に住み慣れたシカゴを歩き、それまでは話したことがないような人士（じんし）を訪ねたエドは、街に自分の知らなかった顔があることを知っていく。その体験が、父親の再発見とも重なるのだ。

原題の *The Fabulous Clipjoint* は終盤にアンブローズがエドを連れていく「すばらしきぼったくり酒場」から採られている。そこは「途方もないことが起こる場所だ」が「全部が悪いことってわけでもない」とアムおじは言う。エドがシカゴの街を通じて世界を知ったことの喩（たと）えになっていることは言うまでもない。少し前までは酒の飲み方も知らなかったエドは、こうして大人の世界に通じる扉をくぐることになる。その過程のどこかで夢にまで見たトロンボーンも手に入れるのである。家族との問題に悩んでいたエドが一つの決断を下す結末にはたまらない爽快感がある。狭いところで閉じこもってしまっていた心を大きな世界へと解放する。それが『シカゴ・ブルース』という小説の魅力なのだ。自分の人生をどうすればいいかと思い悩む十代で私は本書に出会い、大きな示唆（しさ）を得た。ぜひ同じような若い方に読んでもらいたいと思う。

一九四七年に本書が刊行されると〈サンフランシスコ・クロニクル〉紙のアントニー・バ

ウチャーによる書評を筆頭に絶賛を博し、翌一九四八年にはアメリカ探偵作家クラブ賞（エドガー賞）の第三回最優秀新人賞を獲得するに至る。だが初めから出版社に歓迎されていたわけではなかった。

ジャック・シーブルックによる評伝 *Martians and Misplaced Clues: The Life & Work of Fredric Brown*（一九九三年。以下、シーブルック書と表記）が長きにわたってブラウンのエージェントを務めたハリー・アルトゥシュラーの証言を紹介している。それによれば、出版が決まるまでに彼は十二社に断られているというのである。

ブラウンが本書の執筆を開始したのは第二次世界大戦下の一九四四年八月のことだった。アルトゥシュラーに対しては、三万三千語分の本文と以降の梗概を十月二十三日に、残りの二万七千語を十一月十九日に送っている。それを受けて彼は動き、一九四五年五月にパルプ雑誌の『ミステリ・ブック・マガジン』との契約にこぎつけた。ただし掲載されたのは同誌の基準で大幅に手を入れられた内容だったようで、完全なものはニューヨークのダットン社から一九四七年三月八日に刊行された。初版刊行に当たって同社から支払われたのは合計千二百五十ドルであったという。

ブラウンが本書を脱稿した時期は、世界大戦のさなかであった。そうした時勢においては都市の貧困地帯を主舞台とし、カーニバルの住人のような一般社会から外れたひとびとに主人公が共感を示す内容は、受け入れられにくかったかもしれない。現在の視点から見ると

『シカゴ・ブルース』は多感な年齢の主人公を配した青春小説に過ぎないが、当時の規範からすれば反社会的な要素のある作品だったのだ。

『シカゴ・ブルース』の成功を受け、ダットン社はブラウンにエド・ハンターものを続けて書くことを依頼する。それが一九四八年に刊行された『三人のこびと』で、前の事件から約一年後の話だ。マッジたちとの生活に見切りをつけたエドは、アムおじと共にカーニバルで暮らしていた。といっても遊戯場を切り盛りするアンブローズを手伝うくらいで、まだほんの見習いにすぎない。そこで事件が起きるのである。前作の中でも異彩を放っていたカーニバルを舞台にした物語で、この作品が成功したことはブラウンに大きな生活の変化をもたらした。一九二九年に結婚し、二人の子を授かっていた妻ヘレンと離婚することになったのだ。原因はいくつかあるだろうが、『三人のこびと』執筆によってブラウンが多忙になったのが決め手だったらしい。代わりにブラウンは、ウィスコンシン州ミルウォーキーで秘書として働いていたエリザベス・チャリアーと一九四八年十月十一日に再婚している。ちなみに『三人のこびと』の刊行は同年三月二十二日である。

『シカゴ・ブルース』と『三人のこびと』は姉妹篇と呼んでいいほど内容が近い作品だ。カーニバルに来てもエドは居場所を見つけられず、トロンボーンの練習に打ち込むわけでもなくぶらぶらと過ごしている。この作品の中でアムおじに探偵社で働いていた経験があることが初めて明かされ、物語の終わりで二人はカーニバルを去って、探偵となるためにシカゴにうやく私立探偵になる決心をつけたのだ。『シカゴ・ブルース』には後半にクレア・レイモンドというエドにとっては年上の女性が登場する。彼女と出会ったこともエドが成長する一因となるのだが、『三人のこびと』ではリタというショーガールに彼は惹かれる。この二つの恋はエドにとって、大人になるための卒業試験のようなものだ。以降のシリーズでも、作品ごとにエドは若い女性と恋をすることになるのだが、それらのヒロインはクレアやリタに比べればステロタイプであり、彼女たちほど重要な役回りを演じることはなかった。

両作品のもう一つの共通点は、カーニバルだろう。特に『三人のこびと』は、エドとアムが調べごとのために出張する場面はあるものの、ほぼカーニバルの中で話が進行する。ここで疑問なのは、ブラウンはいつカーニバルの知識を得たのだろうかということだ。それを確かめるためには、彼の作家以前の軌跡を追ってみる必要がある。

ブラウンは自身についてあまり語らなかった作家である。一九五八年の *The Office* は例外的な長篇で、一九二二年から一九二四年まで働いていた会社のことを書いた半自伝的小説だ（最近、初刊六十周年の記念版が刊行されて、電子書籍でも読めるようになっている）。だが、それ以外にはあまり自身の文章では過去のことを書き残していない。伝記的文章で比較的参照しやすいのは、『フレドリック・ブラウン傑作集』（サンリオSF文庫）を一九七七年に編纂したロバート・ブロックが書いた序文「ブラウンについて」である。長きにわたって親交のあったブロックの文章はよくまとまっているのだが、細部にはあやふやなところがある。たとえば「一九〇七年」とある生年は一九〇六年十月二十九日が正しい（ちなみに二度目の妻であるエリザベスは一九〇二年生まれ）。また、「ハノーバー大学を卒業したあと、さまざまな職業を体験した。事務の手伝い、時にはカーニバルの飾り作り」（星新一訳）とざっくりまとめられている職歴は、もう少し丁寧に説明する必要がある。

ブラウンはオハイオ州シンシナティの労働者階級の家庭に生まれた。一九一七年にアメリカ合衆国が第一次世界大戦に参戦し、翌年まで戦争が続いていたことは当時十代であったブラウンにとっても大きな出来事であったはずだ。十四歳のときに母エマが病気で死亡してしまう。母の無事を神に祈ったが叶えられず、以降徹底した無神論者となったというエピソードは有名だ。この一九二〇年、ハイスクールの夏休みを利用してブラウンはもう働き始めている。単なるアルバイトではなく食うための仕事ではないかという気がする。翌一九二一年、今度は父カールが死んでしまう。ハイスクールを卒業するまでの期間、ブラウンはおじに引き取られる形で暮らしていたようである。そして一九二二年には前述のとおり *The Office* に書かれたような見習い会社員の時代が始まる。

おそらく『シカゴ・ブルース』におけるエド・ハンターの境遇には、ブラウン自身が投影されているのだろう。中途から登場して以降エドの保護者となるアンブローズは、ブラウン自身のおじそのものだ。よく知らないままに父を喪（うしな）ってしまったという悔恨も、幾分かはカール・ブラウンに対してのものだったのではないか。

作家以前の職業について聞かれたブラウンは「速記者、保険のセールスマン、簿記係、倉庫係、皿洗い、給仕助手、それと探偵も」などと答えている。おそらく雑多な職業についたのだろうが、その後〈ミルウォーキー・ジャーナル〉紙の校正係という安定した職を得る。もっとも、それだけでは生活が苦しかったらしく（もう結婚して子供がいる）、生活のために文章を書いて、雑誌に売るようになるのだ。シーブルック書によれば最初に印刷業界誌向けの小文を書いたのが一九三六年九月のことだという。一九三七年六月には初めてミステリの短篇“Monday's an Off Night”を書いている。

以前に調べたときもブラウンがカーニバルで働いていたという証言はブロックの序文以外に発見することができなかった。職業を転々としていた時期にあるいはそういうこともあったのだろうと推測するしかない。これもシーブルック書によれば、初めてブラウンがカーニーの出てくる短篇を書いたのは“Big-Top Doom”であるという。これは、『テン・ディテクティブ・エイセス』の一九四一年五月号に掲載された。このあといくつかカーニーの短篇を書いており、それらが『シカゴ・ブルース』や『三人のこびと』の原型になったと見るべきだろう。

エリザベス・チャリアー・ブラウンは*Oh, for the Life of an Author's Wife*という回想記を出している。その中に、ブラウンとカーニーの関わりを示唆する一文があった。ブラウンにはカーニバルで読心術師として働いている友人があり、二週間彼と行動を共にして仕事を学び、特に芸人たちが使っているスラングを拾って語彙のリストを作っていたというのだ。それよりも前に作者がカーニバルで仕事をしたこともしかしたらあるのかもしれないが、おそらく小説で用いられている知識は、この集中取材で得たものが元だったのではないだろうか。ブラウンのカーニー小説はこのほかに『現金を捜せ！』（一九五三年）がある。トッド・ブラウニング監督の映画『フリークス』（一九三二年）を思わせる内容で、犯罪小説としての酷薄さという意味ではブラウン作品の極北に位置する。

紙幅が尽きてきた。フレドリック・ブラウンはミステリとSFの両分野を股にかけた作家で、一九六〇年代前半に健康を害して半ば引退しているため、全盛期は一九四〇年代後半から一九五〇年代にかけてと短かった。SFに関しては東京創元社からSF短編全集全四巻が刊行されつつあるのでそちらに譲りたい。ミステリのうち、短篇の仕事については『まっ白な嘘』（一九五三年）『復讐の女神』（一九六三年）という二つの作品集が日本でも刊行されているが、単行本未収録作は非常に多い。特に初期短篇の未訳作品については、機会があればぜひ翻訳を望みたいところだ。

ミステリ長篇については、『通り魔』（一九四九年）『手斧が首を切りにきた』（一九五〇年）『遠い悲鳴』（一九五一年。ハヤカワ・ミステリ）『3、1、2とノックせよ』（一九五九年）などの諸作でサイコ・スリラーの分野に先鞭をつけた作家であることを書いておかなければならない。特にお薦めは『手斧が首を切りにきた』で、いわゆる新本格世代から後の自己言及性が高いトリッキーな作品を好む読者は、これを読んで驚かれるのではないか。この他、ノンシリーズの犯罪小説にも秀作が多く、特に誘拐テーマの『悪夢の五日間』（一九六二年）を読んだときは、使われた奇手に仰天した記憶がある。ブラウン犯罪小説の主人公たちには憔悴を漂わせた人物が多く、貧困や将来が見えないことへの絶望から行動を起こし、不幸な事態に巻き込まれていく。エド・ハンターがそうであったように、味気ない日常の檻に閉じ込められた主人公なのだ。ブラウンの人生観が彼らには色濃く反映されているのだろうと思う。

エド・ハンターとアムおじが活躍するシリーズは前述のとおり七作書かれている（他に「女が男を殺すとき」「消えた俳優」と、確認できているだけで二つの短篇が書かれている）。第三作の『月夜の狼』（一九四九年）でアンブローズの旧友であるベン・スターロックの探偵社に二人は入り、同作ではエドが初めて単独で事件を手掛ける。第五作『死にいたる火星人の扉』（一九五一年）で二人は独立してハンター&ハンター探偵社を作る。作者は以降その設定で続けていくつもりだったと思うのだが、残念ながら七作目でシリーズは中断してしまう。続けて読んでいくとエドの成長がわかって楽しいことは前に書いた。作者は律儀にエドがトロンボーンをその後どうしているかを作中に織り込んでいるので、練習をサボったり、素人ながら店のセッションに駆り出されたりと、毎回変化があっておもしろい。エドのお気に入りの演奏家は絶大な人気のあったトミー・ドーシーなのだが、一九五九年に発表された第六作『消された男』では、当時人気が上り調子だったデイヴ・ブルーベック・カルテットに惹かれたらしく、レコードに合わせて演奏してみたりしている。一九五九年はカルテットいちばんの人気作『TIME OUT』が発売された年なのだ。トロンボーンがらみでいちばん驚く事件は最終作『パパが殺される！』で起きるが、ここでは書かないことにする。

ノンシリーズ作と比べるとやはりエドとアンブローズのキャラクターに頼っている印象が強いが、ブラウンは決して書き飛ばしてはいない。その証拠に毎回趣向が異なるのである。いちばんの異色作はアムおじが突然失踪してしまう第四作『アンブローズ蒐集家』（一九五〇年。論創海外ミステリ）だろうが、その着想だけではなく、作中では人間秘匿に関するおもしろいトリックが使われるなどアイデアが多く盛り込まれている。ややぼかして書くが、このシリーズの美点は変わった動機や犯行計画などを設定し、犯人の心理状態を丁寧に作りこんでいることだろう。『三人のこびと』の犯人が異常な計画を立てた理由、『月夜の狼』の異常な状況が出来した原因などは独自性が強く、『アンブローズ蒐集家』までそのおもしろさがある。次の『死にいたる火星人の扉』は奇想天外なトリックを使った分、やや他が薄く、『消された男』は平凡なギャング小説だ。

しかし最終作の『パパが殺される！』はいい。謎めいた状況設定が最初にあり、何が起きるのかわからない時間がずっと続くのである。たぶんブラウンは意識していないはずだが、アガサ・クリスティ『ゼロ時間へ』（一九四四年。クリスティー文庫）と似た味があり、まだまだ作家の才能は枯渇していなかったことがわかる。病のために筆を折らなければ、さらなるハンターものが書かれていただろうと思うと残念でならないのである。

フレドリック・ブラウン、一九七二年三月十一日没。最後に発表した作品は、雑誌『マガジン・オブ・ファンタジー&サイエンス・フィクション』の一九六五年六月号に掲載された「アイネ・クライネ・ナハト・ムジーク」（SF短編全集第四巻に収録予定）ではないかと思われる。その偉大な功績には感謝の念しか湧かない。

訳者紹介　青山学院大学文学部卒業、日本大学大学院文学研究科修士課程修了、英米文学翻訳家。ロック「ブルーバード、ブルーバード」、ロプレスティ「日曜の午後はミステリ作家とお茶を」「休日はコーヒーショップで謎解きを」など訳書多数。

検印
廃止

シカゴ・ブルース

2020年9月30日　初版

著者　フレドリック・ブラウン

訳者　高山真由美（たかやままゆみ）

発行所　(株)東京創元社
代表者　渋谷健太郎

162-0814/東京都新宿区新小川町1-5
電話　03・3268・8231-営業部
　　　03・3268・8204-編集部
URL　http://www.tsogen.co.jp
DTP　工友会印刷
萩原印刷・本間製本

乱丁・落丁本は、ご面倒ですが小社までご送付ください。送料小社負担にてお取替えいたします。

ISBN978-4-488-14622-1　C0197